梦 山 书 系

“梦山”位于福州城西，与西湖书院、林则徐读书处“桂斋”连襟相依，梦山沉稳、西湖灵动、桂斋儒雅。梦山集山水之气韵，得人文之雅操。福建教育出版社正坐落于西湖之畔、梦山之下，集五十余年梓行之内蕴，以“立足教育、服务社会、开智启蒙、惠泽生命”为宗旨，将教育类读物出版作为肩上重任之一，教育类读物自具一格，理论读物品韵秀出，教师专业成长读物春风化雨。

“梦”是理想、是希望，所谓“梦想成真”；“山”是丰碑，是名山事业。“积土成山，风雨兴焉”，我们希望通过点点滴滴的辛勤积累，能矗起教育的高山；希望有志于教育的专家、学者能鼓荡起教育改革的风雨。

“梦山书系”力图集教育研究之菁华，成就教育的名山事业之梦。

梦山书系

陶继新 著

教坛春秋

——20位中学教师的境界与智慧

海峡出版发行集团 | 福建教育出版社
THE STRAITS PUBLISHING & DISTRIBUTING GROUP

自 序

这本书是我近三十年所采写的中学教师事迹的选编，其中年龄最大的于漪老师出生于1929年，年龄最小的王立华出老师生于1979年，年龄相差50岁，故将此书名之曰"教坛春秋"。

1985年，我去上海采访于漪老师，当时年轻气盛，第一次是在于漪老师家里采访的，当天晚上就急着把文章赶写出来，第二天就在她的家里为其读了自己所写的初稿。于教师给我提出了一些修改意见，她内在品质散发出来的气场，她的包容与谦恭，她的学养与底蕴等，迄今让我难以忘怀。她不希望我因为她的优秀而去触及任何教师的不足，而且认为对她的评价不必太高。我敬仰她的人品，也尊重了她的意见。今天当我再次审视这篇通讯的时候，我自己真的很不满意，因为于漪老师精神的高格与教学之道，还没有真正在我的作品中呈示出来，只是写出了于老师丰富的教育世界中的冰山一角。如果今天再让我写于漪老师，相信会是另一种情况。不只是于漪老师，我所写其他老师，尤其是20世纪80年代、90年代所写的教师，有的还是全国极其著名的特级教师，都留下了不少未能尽述的遗憾。不过，这也记载了我曾留下的脚印，记载了我的成长历程。

在采访这20位教师时，他们都曾让我深深地感动过。在写他们的时候，我也是用心在写的。所写尽管只是其教学或班主任工作及其精神世界的某些片断，可是，却足以让人们感受到他们的品格与水平，从而给人们一定的启示。于漪今年已经83岁，可是，她的生命亮度却不减反增。而其精神人格，则是这亮度的最大的动力源泉。

我最晚采写的老师是苏同安，一个坚持十多年与学生一起吃饭且没有手机的教师。在喧嚣的当今社会，能够守候这种心灵者，真的是"几希矣"。他寂寞吗？在一般人看来，他一定是寂寞的；可是，他丰富的精神世界却是一般人无法想象的；他在学生的心里矗立起一座精神的丰碑。我并不是说要求所有的教师都要像苏同安一样没有手机，我本人也有手机；我是希望教师能够像他那样安顿心灵，莫要让自己的心灵浮华起来。诸葛亮说："非淡泊无以明志，非宁静无以致远。"不管社会如何功利，不管世人如何浮躁，教师却是不能不有一颗定心的。因为他们承载着历史的使命，他们不但在教育学生，也是学生的榜样。人们说孩子是祖国的未来，而教育孩子的教师，其责任之大则可想而知。

有些教师很想成为名师，这有其追求进步的可贵处，同时，还应当知道，任何的"名"都是与"实"紧密联系在一起的。没有内在的品质与较高的能力，是不可能真正成名的。不具备这些条件，即使当下有了一点儿名气，也会随着时间的流逝而最终"泯然众人矣"。孔子说："无欲速，无见小利；欲速则不达，见小利则大事不成。"有了深厚的思想，有了很强的教育水平，即使未必想着出名，也多能成为名师。魏书生是很有名的教育大家，可是，他刚当老师的时候，并没想到自己要如何出名，而是全身心地投入工作之中，认真研究教育教学的规律，总结出了很有启示意义的经验，从而赢得了人们普遍的认可与赞誉。从开始出名，到今天已经三十多年，他的大名非但没有在全国教师的心里消解，反而有了"愈演愈烈"之势。可以说，他的精神生命是长青的，是永远具有生命力量的。

要想走进久盛不衰的名师特别是大师的阵营，有一个因素是绝对不可缺少的，那就是人格。不管其如何努力，不管其有多高的教学艺术，如果人格上出了问题，就一定不会成为真正意义上的名师，更不可能成为大师。一个教师的口头与书面语言固然重要，可是，如果没有行为语言与其和谐，都将变得苍白无力，而原来的名也会逐渐褪色与消亡。比如蔡京的书法与苏东坡的书法齐名，当时他们在宋朝都堪称名家；可是，由于蔡京人格的缺失，其书法之名也为世人遗忘。关键不是被不被遗忘的问题，而是行为语言有着左右口头与书面语言的伟力。大凡在中国教育界几十年不变的名师名家，几乎都有高尚的人格在起作用。从这个意义上说，我之所以将所采写的这 20 位教师的作品结集出版，还有一个重要的期许，那就是希望通过他们的教育经历，给当下走在教育路上的教师以启示，那就是要想做好教师，首先要做好人。人格的完善，才是成为名师的必备要素。

本书采取了"序齿不序爵"的方式，即按年龄的大小先后编排，以免产生不必要的误读。

陶继新

2013 年 12 月 10 日于济南

目　录

叩开学生兴趣的门扉

——于漪老师教学艺术采撷

　　有人说：于漪是我国情景派教学的最大的代表。可是，当我面对面地问起此事时，她却谦虚地笑着说："我不大知道。不过，在教学中，我始终不忘激发学生的学习兴趣，'兴趣是最好的老师'嘛！"是的，她确实叩开了学生学习兴趣的门扉，使学生在愉悦与情趣盎然的境界里获得知识与生成智慧。但这并不能囊括于漪教学经验的全部，只能是一个小小的侧面，而且即使在这个侧面里，也仅是几个小小的片断而已。

精湛的提问艺术

　　于漪说："教师的教不能同学生的学在同一个平面上移动。"她要教出学生之未知，他人之未想，纵横捭阖，左右延伸，形成一种立体的教学结构层次，从而使学生在亢奋的精神状态中，获取难能可贵的东西。我们只要从她的提问艺术中撷取几朵小小的浪花，便可以看到这位特级教师的匠心与功力。

　　《孔乙己》一课的教学开始了——

　　于漪满面春风地走上讲台，抑扬顿挫地开始了提问："有人说，古希腊的悲剧是命运的悲剧，莎士比亚的悲剧是人物性格的悲剧，易卜生的悲剧是社会问题的悲剧。看了悲剧，使人泪下。《孔乙己》这篇小说写了孔乙己悲剧的一生，可是我们读了以后，眼泪不会夺眶而出，而是感到内心一阵痛楚。这是为什么呢？这是因为，孔乙己的悲剧，是在笑声中进行的。那么，孔乙己的悲剧，到底是命运的悲剧，性格的悲剧，还是社会的悲剧呢？"

一些前来听课的教师感到问题提得新奇，但同时又觉得过深过难。

但于漪的学生却正在积极思考，脑际间闪现出于漪平时教学中延伸的丰富内容——古希腊的悲剧故事，《哈姆雷特》的崇高悲壮，《玩偶之家》的凄切悲惨，以及鲁迅先生《再论雷峰塔的倒掉》之中关于悲剧所下的定义……

于是，不少同学举起了手，有的做出了圆满的回答："孔乙己的悲剧，既是人物命运、人物性格的悲剧，也是社会问题的悲剧。"

听课的教师不由得惊讶与赞叹，而于漪与她的学生却视作平常。

这确是一个有质感、有深度的提问。学生通过自己的知识储备与积极思考，做出了正确的回答，这就使他们在自觉地打破心理上的不平衡之后，产生一种获取胜利的愉悦与满足，甚至滋生了一种向更深层次掘进的强烈追求。

于漪老师在教《白杨礼赞》时，则又出现了另一种情形。

教学进行到一半，于漪老师正在赞扬白杨树时，一个女孩子站起来发问："白杨树并没茅盾先生写得那么美，白杨树的质地不好，哪里有楠木好呢？"

这位勇敢的女学生对大作家茅盾的看法提出了异议，同时，也是对于漪的发难。

"你可以谈下去。"于漪笑容可掬，亲切而和蔼。

小姑娘引经据典，侃侃而谈："俄国大作家屠格涅夫的《猎人笔记》中也写过白杨树，说它的叶子硬得像金属，枝条也不美，只在夕阳西下的时候才给人一点儿美感。"

其他的学生也陷入迷惘之中，一双双眼睛望着于漪老师。

于漪老师平静而安详，笑着说："你能大胆发言，这是很好的。但要懂得：文章写物的目的，主要是托物言志，而写景又往往是景随情易或情随景易，哪里会孤零零地去写景呢？茅盾先生写白杨树的目的，是要赞扬它的平凡而伟大，实际上是赞扬北方的农民，抗日前线的健儿。"

"这个意思我懂了。"

一个男同学又站起来，问："不过，茅盾先生说白杨树严肃、挺拔，也不乏温和。严肃、温和用在一段文章里头不好，因为严肃往往不温和，温和的人也大都不严肃。"

同学们又愣了，于漪也为之一愣。但她对《论语》的深入研究，竟在这个时候帮上了忙："有人问孔子是怎样的，回答是'子温而厉，威而不猛，恭而安'。有些东西，像品格、作风，好像在一个人身上是矛盾的，可是有些时候又是可以成为一个统一体的。"

学生个个点头称是，都为有这么一位知识渊博、态度和善的老师而欣慰。

这样做的结果，既保护了学生向老师、名家质疑问难的积极性，又矫正了学生中的某些片面性的看法，并为学生创设了一种各抒己见、驰骋想象、大胆提问的气氛。

但于漪也有错的时候。一天，于漪教《变色龙》一课，适值江苏教育学院一批骨干教师前来听课。她为了说明主人公奥楚蔑洛夫多变的现象与不变的本质，画了一条曲线，借以增强教学的直观性。

突然，一位女生举手发言："老师，您讲错了！"

听课者大吃一惊，于漪也觉得出乎意料。但她当机立断，请这位同学走上讲台讲一讲自己的见解。

这位学生毫不犹豫地走上讲台，胸有成竹地说："当奥楚蔑洛夫知道了狗是将军哥哥的狗时，他那巴结、奉迎、拍马的心情就更厉害，频率也更高，因此，你用等距离的曲线表达主人公彼时彼地的心理，便不够妥当。我认为，表示主人公那一时刻的曲线应当更长更高。"于漪充分肯定了这位同学的意见，立刻调整了自己的板书曲线，并对她表示真诚的感谢。

学生注视着老师，更觉得老师可亲与可敬，也更增加了质疑问难的勇气。

远道而来的听课者，则不由得啧啧称道。

于漪创造了一种师问生、生问师的课堂教学氛围。

学生的学习兴趣被激发起来了，学习也有了积极性。于漪所教的由差生组成的班级，初中毕业升考高中时，几乎都成了优等生，而且还有的以语文成绩 97.5 分名列榜首。

引入美育，触动感情的琴键

教育家蔡元培首次将美育的名称和概念引入中国，迄今已有六十余年了。其间在语文教学中对学生有意识地进行美育的，固然不乏其人，但像于漪如此着意并取得成功者，却是寥若晨星。

于漪教《香山红叶》、《海滨仲夏夜》、《春》与《济南的冬天》一组教材时，摒弃了传统的五段式教学法，也扬弃了教学写景散文的一般讲法；从让学生感受美的角度直接切入，从而引起了学生对祖国山河以及课文本身的审美情趣与浓烈兴趣。

教学伊始，她说："继米开朗琪罗之后，法国大雕刻家罗丹曾这么说：'美是到处都有的。对于我们的眼睛，不是缺少美，而是缺少发现。'"

学生对名家名言感到新奇，一开始便对老师的教学着了迷。

于漪接着说："我们人在和大自然的接触当中，可以说无时无刻不在感受着美。可是大自然的美，又不同于我们所看到的巧夺天工的工艺美，也不同于绕梁三日的音乐美，还不同于充满青春活力的人体的健壮美。然而大自然的美，又好像把这些美都包含在当中。而我们祖国的大好河山，更是美得难以描绘，在春夏秋冬不同的季节，它会展现不同的美姿。今天我们所学的这组散文，正是写的我们祖国不同地方春夏秋冬的美景。"

她的这段富有审美情趣的开场白，不仅使学生产生了感受自然美的强烈感情，而且也将学生引入追求文学艺术美的王国里。

在处理这四篇课文时，她又从不同的审美角度，同学生一道，去欣赏教材中所描绘的不同季节、不同地方的壮丽秀美的河山，使学生也似乎走进了这个美的天地里，甚至步入"物我两忘"的审美境界，并在潜移默化中受到了热爱祖国的思想教育。

于漪在教每一课的开头时，也各具特色。仅从《春》一课的教学开头，便可窥一斑。

于漪说："一提到'春'，人们眼前就会呈现阳光明媚、万象更新、生机勃勃的景象。关于春天，文人笔下的描绘很多，诗人杜甫笔下的春天是怎样的呢？"

"两个黄鹂鸣翠柳，一行白鹭上青天。窗含西岭千秋雪，门泊东吴万里船。"同学们齐声背诵。

"王安石在《泊船瓜州》里又是怎样描绘的?"

同学们又琅琅地背诵起来："京口瓜州一水间，钟山只隔数重山。春风又绿江南岸，明月何时照我还?"

之后，于漪又让学生背诵苏舜钦的《淮中晚泊犊头》，并体会春雨春潮的描写……

平时，于漪让她的学生每周背诵古诗一首，其中有不少描绘春天美景的诗歌，于漪让学生通过古人对"春"的描写，去感受"春"的美好，为学习朱自清的《春》奠定感情与审美的基调。

时值阳春三月，于漪又联系现实进行提问：现在是怎样的大好春光? 你每天背着书包上学的时候看到了哪些春景? 鸟儿是怎么叫的? 花儿是怎么开的? 杨柳是怎么吐絮的?

同学们回答之后，她说："现在我们看看朱自清先生在他的《春》中是怎么写的，他写得可细致生动了!"

这样一来，学生的学习兴趣更加高涨，他们要去欣赏朱自清笔下的美景，并同所学古诗中的描写及现实中观察到的春天相比较，从而对美进行多层次的体验，增强对美好事物的鉴赏水平。

于漪不仅让学生感受自然的优美，而且也让学生体味志士仁人英勇就义的壮美。

教《刑场上的婚礼》一课，她先说了这么两句话："'刑场'是死亡的场所，意味着生命的结束，是悲的气氛；'婚礼'是欢乐的事情，意味着幸福，是喜的气氛。然而，两者合二为一的事情却发生了，这究竟是怎么一回事呢?"

于漪饱含情感的话语，触发了学生生疑求知的神经区域，并成为学生感受烈士悲壮之美的一个良好的开端。

正当学生急切要知晓事情真相时，于漪紧扣第二节文字中的四个句子提出一系列问题："这件事发生在什么岁月? 什么地点? 具有怎样的意义? 为什么说是'壮举'? 为什么说是'亘古未有的壮举'? 又为什么说'这亘古未有的壮举，像一柄锋利的匕首，直刺不共戴天的死敌'?"

感情激越，层层深入。

学生的感情在升华，思维在活跃，他们已开始触摸烈士崇高精神的琴键。他们品味着"壮怀激烈"、"视死如归"、气吞山河"等词语的丰富内涵，理解着"生命诚可贵，爱情价更高，若为自由故，二者皆可抛"的丰厚底蕴，并与裴多菲原诗进行比较。于是，学生通过自己的感情跃动与认真思索，得出了合乎实际的审美评价：二位烈士面对死亡，却洋溢着对生活的热爱，执著于对幸福的追求，充满着乐观主义精神，将坚贞不渝的爱情根植于对伟大的无产阶级革命事业无限忠诚之中，胸怀多么宽广，情操何等高尚！

鲁迅先生说，悲剧是将人生有价值的东西毁灭给人看。二位烈士"毁灭"了，但这一悲剧却激起了师生对悲剧美的向往，感情上得到了净化，思想上得到了提高。

但于漪还不希冀自己的学生滞留在这种审美评判的层次上，她要促使学生深入到事物的本质，从历史发展的必然规律寻求答案。于是，她要求学生回答："这种甘洒青春血，笑迎未来春的源泉何在？为什么他们高大的形象光照人间？"

同时，她引导学生深入思索，从而使学生懂得源泉在于树立了伟大的共产主义理想，在于对旧世界的彻底否定，对新世界的热烈向往；懂得革命理想是伟大的火种，能燃亮人的心灵，使生命灿烂辉煌；懂得一个人只有树立伟大的革命理想，才会无比忠贞，英勇顽强。

美被毁灭了，但美所辐射出来的光却照亮了学生追求真正美的途径。

于漪教学《最后一次讲演》时，也有一段令人难忘的精彩。

一上课，她就刷刷地在黑板上写下了闻一多先生《红烛》序诗里的四句："请将你的脂膏，不息地流向人间，培出慰藉的花儿，结成快乐的果子。"

这四句诗，是诗人对世人的希求，也是自身的生动写照。他首创诗歌的建筑美、音乐美、绘画美，并终生实践，给美学园地增添了一枝奇葩。这四句诗，可以看出他的美学追求。

这时，学生也为这一著名诗人的名句所吸引，产生了探求其间奥妙的兴趣。

于漪让学生发表对这些诗句的见解。但他们的理解却一直在浅层次上徘徊。

　　于是，她作了进一步的引发："闻一多先生是这样写的，也是这样做的。他从青年时代新月派的新诗人，到后来成为钻研古典典籍的学者，到最后成为昂首作狮子吼的民主战士，走了一条知识分子爱国民主的道路。他确实是把自己的脂膏不息地流向人间。为了民主，反对内战，反对分裂，他面对国民党特务的手枪，拍案而起，横眉冷对，最后倒在了血泊之中。毛主席在《别了，司徒雷登》一文中，还给了他崇高的评价。"

　　她用诗的语言，介绍这位先生的简单经历，使学生明白了这几句诗的意蕴，并为学习课文奠定了基础。她用抑扬顿挫的语调朗读诗句，将诗的平仄起伏的节奏显示出来，给人以音乐美的感受。她深一层的控诉与借助富有特色的封面以及用语言描绘一幅壮丽的画面，又给学生以建筑美、绘画美的感受。

　　这种审美体验，使学生进一步认识了序诗的美学价值以及闻一多本人的崇高人格。黑格尔说："真和善只有在美中间才能水乳交融。"凡是听过于漪课的老师和学生，都感到一种美的享受，同时又在兴味盎然的情绪中，获取了知识与能力。

　　这是于漪的魅力，也是她自觉进行美育的结果。

在平淡中教出新奇

　　古人说，文似看山不喜平。其实，教学亦然。在平淡中教出新奇，正是教坛高手的高明所在。在这方面，于漪为我们提供了可资效仿的典范。

　　在教学《正月十五吃元宵》一文时，学生感到一看便懂，平平常常，没有认真学习的兴趣。

　　于漪掌握了学生的这一心理状态，决定激起学生的兴趣，将他们从半懂不懂、似懂非懂中解脱出来，变为真正的懂。于是她提出一个问题："韩铁匠的手头究竟有准没有准？请认真阅读课文，回答这个问题。"

　　这是"于无疑处生疑"，挑起"矛盾"，从而引起学生的深入思考。

　　学生兴趣顿起，积极阅读课文，认真思索起来。

　　一个学生说："韩铁匠的手头没有准，因为分元宵时，分到他家没了。"

　　"不对！"另一个学生站起来反驳，"韩铁匠的手头是有准的，因为他心里有一杆共产党员的秤。他是先人后己，把元宵都分给了群众，所以分到自己家时却没有了。这说明他分的时候是有准的。"

于漪并不急于表态，让他们争辩。于是，学生又继续从课文中找根据，兴趣更浓了。最后，在于漪老师的引导启发下，他们才有了正确的认识：韩铁匠分元宵有准，又没有准。看起来他手头是无准的，可是心头却是有准的。正是这种貌似无准，实际有准，韩铁匠这一共产党员先人后己的高贵品质才突出地表现了出来。

这时，学生才知晓这篇课文并不是一看就懂，老师的提问也不是轻易可以答好的，课文的内容与人物的形象也不是轻易可以把握的。如此浅文深教，不仅引导了学生从浅易的文章表层探求其间深层次的意蕴，而且也培养了学生认真阅读浅易文章的良好习惯。

普通的句子，往往含有深刻的含义，而又为学生所忽略。于漪善于激发学生思考，从普通处见出不普通来。

《二六七号牢房》中有这么两个句子："从门到窗户是七步，从窗子到门是七步，这个，我很熟悉。""走过去是七步，走过来是七步，是的，这一切我很熟悉。"

在教学时，于漪让学生体会其中的内涵；但学生说平平常常，只是描写房屋的狭小而已。

"这只是表面意思，请同学们往深层挖掘一下。"

经过引导，学生的认识进了一步："四个'七步'，不只是描写牢房的狭小，更是控诉法西斯囚禁革命者的罪恶。"

于漪又启发道："伏契克当时是被德国法西斯关押的，过去也被捷克资产阶级关过。那么，作者连写两个'我很熟悉'，其深义又是什么呢？"

"是为了把捷克资产阶级反动派跟德国法西斯紧密地联系在一起，使读者明白所有的反动派都是残害革命者的。"学生的理解又深了一层。

"那么，作者反复写四个'七步'的用意又是什么呢？"于漪又追问一句。

学生经过思考、议论之后说："的确，牢房是很狭小的，可是关在这七步之内囚房里的人心中想的却是捷克整个的国土，想的是捷克的人民，因此这四个来回往复的七步正表现了被囚者伏契克这个反法西斯战士热爱自由，向往自由，为了追求自由宁可粉身碎骨这样一种崇高的思想感情。"

学生的理解更深了一层，同时，从普通句子中挖掘深义的兴趣更浓了。

在教学中，于漪还从旧文中寻新意，将时代的活水引入课堂。她在教《中国少年说》一课时，正值国庆节后，她便马上将国庆盛况拉过来用："我们刚刚沉浸在国庆的欢乐气氛里，可是请同学们回想一下，1840 年到 1900 年，那个时候我们的中国又是怎样的情景呢？请你们回忆一下，在中国近代史上，发生了哪些丧权辱国之事？"

学生纷纷讲了第一次鸦片战争、第二次鸦片战争、中日战争，等等。这个条约，那个条约，一件件，一桩桩，都是丧权辱国的。

于漪说："所以，凡有爱国心的人，都去寻求救国救民的道路。尽管康梁变法失败，梁启超逃往日本，逃亡期间，他还念念不忘中国的崛起，向往着、憧憬着有一个少年中国。"

学生们活跃起来，思维的触角已不单单在梁启超一个人身上，而且看到了近代的中国——一个负辱受侮而又衰败羸弱的中国，当然又想到今天蒸蒸日上的社会主义祖国。鲜明的对比，多维的思索，使他们对两个时代有了更深的认识，对梁启超当时的思想有了一定的把握，也更加热爱今日的中国。

之后，于漪又对梁启超进行历史的评价。

最后，于漪又用启发性的话语说道："梁启超所向往的'少年中国'如'红日初升'，现在已成为现实。那么，我们今日之责任是什么呢？请同学们回忆一下国庆游行的电视屏幕上的最后几句话。"

"祖国的儿女，祖国的命运就是你们的命运，你们的命运也就是祖国的命运。"学生齐声背诵起电视屏幕上的话语。

于漪说："梁启超这个人尽管非常复杂，从维新变法到最后变成保皇党，但是，他毕竟有'一颗中国心'啊！"学生对"我的中国心"这句话相当熟悉，感情一下子掀起了高潮，全场活跃，顷刻感情升华到了对今天的社会主义祖国的热爱。

将时代的活水引入课堂，不仅可将旧文教新，还可以激发学生的学习兴趣，并使兴趣升华，精神感奋，增强学习的时代感。

孔子说："知之者不如好之者，好之者不如乐之者。"著名特级教师于漪的教学实践，证明了这位教育先哲所谈的正确。她的教学为我们敞开了一扇非常宽阔的门扉，令我们看到了一个引发学生学习兴趣的异彩纷呈的世界。

（原载于《教育改革家》，山东教育出版社，1986 年 8 月第 1 版。）

"三主四式"与"戴着脚镣跳舞"

——钱梦龙老师教学改革新思维

钱梦龙——中国中学语文界的特级教师，近乎为现代每一位中学语文教师所知晓。但将他的"三主四式"与"戴着脚镣跳舞"联系在一起，却又使不少人大惑不解。

这，必须在认真地研究他的教学改革之后，才能将其联系在一起思考。

教学观念的更新——"三主"

上海市嘉定县南翔镇中学。

钱梦龙教初一课文《人民英雄永垂不朽》。

书上有一幅浮雕画，钱梦龙自己有一组挂图。这个，他的学生知道，前来听课的老师知道。他们认为，钱老师将会循着课文，讲到哪里，将挂图依次显示出来，以增强直观性与层次感。然而，钱老师却打乱了挂图的先后顺序，并将图上的序号与标题预先遮掩住，然后才不慌不忙地挂在黑板上。

"图挂乱了……"前来听课的老师窃窃私语。

钱梦龙不急不慌，有节奏地对学生们说："你们能不能给这组挂图标上序号与标题,按照它的原样理清挂图的先后次序?"

学生情绪很高,立即认真地看书,认真地看图,就连一些细节也看到了。

下一节课,钱梦龙让学生合上课本,自排顺序,有条不紊地说出挂图的内容。结果,就连平时学习较差的学生,也顺利地完成了这一任务。

学生由此感到了自我探索未知的浓厚兴趣,感到了自己是主人的自豪与愉悦。以至于下课之后,他们还喜形于色,津津乐道。

一位前来听课的青年教师握住钱梦龙的手,激动地说:"您,办法真多!"

实际上,钱梦龙并非十分聪明的人。

他上小学时,就留过三次级,初中又留一次级。他是既笨又不用功。

但钱梦龙是一个善于思考的人。初二时,他开始总结教训,探索自学的途径。他爱诗,为了读懂《唐诗三百首》,买了《辞源》。于是,他读懂了,兴趣也来了。他自读韩愈的诗文,读《古文观止》,读各种各样的书。后来,自己也写起诗歌与文章来。无法发表,便自己出钱办墙报。而且从初二到初中毕业,愈写愈多,越写越好。初中毕业时,成绩居然名列前茅,语文成绩独占鳌头。

原因何在,他从自己的学习实践中总结出了一个道理——自学能力的培养是学习成败的关键。

初中毕业,正当二十来岁,钱梦龙便留校任教了。

他学会了思考,也充满了自信。他刚刚初中毕业,却要去教初中的学生!

钱梦龙没有因袭一些老师的教法,极少从头讲到尾。他将自读文章的方法教给学生,培养他们的自学兴趣,并支持学生自办墙报。学生学会了学习的方法,课外生活丰富多彩,不仅学习兴趣浓,而且学习的效果也好起来。教了三年,他居然就被评为优秀教师,并作了《必须打破语文教学的常规》的大会发言,学校还给他加了一级工资。

1957年,钱梦龙被打成右派,降了三级工资;但是,他的教学改革的信念并未动摇。

……

此时,他对这位青年教师说:"我知道,要教好学,观念的更新很重要。按照传统的教法,挂图是帮助教师讲清楚的,就应当按顺序显示出来;但我现在却想,我要利用一切教学手段,调动学生学习知识与探索未知的兴趣,将他们真正地视作教学的主体。因为教学观念的更新，必然带之以教学方法的革新，也必然带来更好的教学效果。这也可以说，是'观点出方法，观点出效果'吧。"

一、学生为主体

钱梦龙又说："以学生为主体，不是以学生为主，也不是将教学的权利完全放给学生。我所说的学生为主体，仅仅确认学生为认识的主体。教师在教学中要施以引导、启发等，这与儿童中心主义不是一回事。同时，教学过程，是一个认识的过程，也是一个发展的过程。以学生为主体，是说学生的学习是认识的过程，也是发展的过程。在教学过程中，教师就像导游。比如我这次教《人民英雄永垂不朽》时，学生看书，我并不是不管不问，而是随时提醒学生注意。教学中，有无教师的引导，其结果大不一样。没教师的引导，效果是不会太好的。"

二、教师为主导

既要以学生为主体，又要以教师为主导，会不会形成难以协调的矛盾呢？

"不会的！"钱梦龙这样肯定地回答。他解释说，主导与主体，各有其不同的内涵：其一，学生为主体，是教学的出发点，教师只能采取因势利导的方法；其二，教师的主导作用，也强化了学生的主体地位；其三，带有鲜明的训练色彩。其间，教师的讲解不可缺少，关键是为什么讲、如何讲。

一次，钱梦龙教《苏州园林》，他便将教学现场挪到了学校附近的一个古园林里。

上课了，没有讲台，没有课桌。但师生都像平时上课一样认真。

钱梦龙说："同学们，《苏州园林》中所写的园林，在我们这个古园林里都可以找到印证。"他让学生拿着课本，一边读，一边观察，一边有机地引导，使学生逐步加深对课文的理解。

一边读，一边找。学生真的找到了印证，一个个高兴得又说又笑。

回校之后，钱老师布置学生写一篇《谈古豫园的构景艺术》的作文，结果学生写得既快又好。

这充分体现了教师的主导地位。所谓教师为主导，简言之，即因势利导也。在教学中，钱梦龙总是顺着学生的思维流向、学生的智力状况、学生的能力情况，进行有的放矢的引导。

三、训练为主线

即整个教学过程必须贯穿着训练。不论是教《人民英雄永垂不朽》，还是《苏州园林》，始终贯穿着较强的训练，这其间有观察训练、阅读训练、说话训练，也有思维训练以及写作训练。

当然，"学生为主体、教师为主导、训练为主线"并非彼此割裂的三个方面，而是互相关联、有机和谐的一个整体。在教任何一篇课文时，这三者都会充分地体现出来，从而显示出他的教学观念的更新。

教学方法的变革——"四式"

教学改革要打破僵死的模式，同时还要探索教学的规律。

钱梦龙在变革教学观念，也在变革教学方法，在探索体现他的教学个性、适宜学生个性的教学模式。在长期的教学实践中，他终于总结出了教学的几种基本模式——"四式"，即自读式、教读式、练习式、复读式。当然，这几种模式并非一成不变，在教学中，还要根据具体情况，灵活掌握。

一、自读式

自读是培养学生自读能力的一种训练方式，它是对学生进行有计划、有目的的阅读能力的培养。这是钱梦龙教学体系中的最核心的部分。

语文课中传授知识必须注意两个方面的问题：一是一般的知识，一是阅读方法的知识。而后者，既容易为人忽略，又是最重要的。要想达到教是为了不教的高境界，就必须培养学生的自读能力。为此，钱梦龙在课堂教学中设计了一种学生自读的具体模式，反映了由表及里，由里及表的规律。

自读式分为六个步骤——

第一，认读。

钱梦龙要求学生从文字的表面去读，包括良好的阅读习惯的培养。他要学生用红色的圆珠笔作读书笔记，并运用各种各样的符号，还要有眉批、总批等。在阅读习惯上，要求八个字——圈圈点点，硃墨纷呈；在解决生字生词方面，则要求学生自查字典、词典或看书上的注释解决。

第二，辨体。

这个阶段，不仅要求学生把握文章的体裁，而且要学生从具体的课文内容中，体会这些内容的具体的表达方式。

第三，解题。

题目是文章的窗户，因此，为了把握课文内容，有必要让学生理解题目。在教《第比利斯地下印刷所》时，学生是这样解题的："印刷所"是中心词，"第比利斯"限制了地点，"地下"则是题眼、关键。这比教学一开始教师解题，学生听讲，要好得多。因为这经过了学生的思索，是他们在把握了课文一定的内容之后提炼出来的。有的解题较难，则需要学生去找材料，抑或教师提供材料。

第四，问答。

要求学生自问自答，结合他们对课文的理解一层一层地深入下去，让他们发现问题，提出问题，解决问题。

在这个阶段，学生需要从以下三个方面自问自答。

①写的什么，这是对课文内容的挖掘与理解。记叙文要从时间、地点、原因、事件、意义五个方面问答；议论文要从论点、论据、论证三个方面问答；说明文要从说明的对象、特征等方面问答；散文要从线索及各部分写的什么等方面问答。

②怎样写，这是对写作方法的探索。记叙文要知道如何叙事的：叙事的人称、叙事的顺序、叙事的重点；还要知道是如何写人的：正面描写还是侧面描写等。议论文则要知道如何提出论点的，用了什么样的论据与论证方式。说明文则要了解如何说明的：运用了什么说明方法，采用了怎样的说明顺序和说明语言。散文不仅要把握线索，还要知道意境等。

③为什么写，这是进一步地理解作者构思的匠心。读到这一步，学生便基本上理解了课文的内容。

第五，质疑。

这一步渗透于前四个步骤之中。明确要求学生读了课文之后，不受教师思想的影响而质疑，尤其是主张无疑而问，明知故问，也可以自问自答、生问师答等。

钱梦龙非常注重学生求异思维能力的培养，鼓励学生同教师商榷，同作者商榷。在教《猫》一课时，学生便质疑：作者郑振铎在课文的后半部分说"我开始觉得我是错了"，似乎弄出了个水落石出；其实，作者不仅没弄出个水落石出，而且继续做着不合理的推想。

学生之间的争辩更是经常的。教学《茶花赋》时，一个学生说："作者杨朔说'凡是生活中美的事物都是劳动创造的'这句话不对，例如'泰山日出'等，尽管美，却并非劳动创造的!"但立即有一位同学起来反驳："你说错了!作者是说凡是生活中美的事物都是劳动创造的，而你说的却是自然中的美的事物。"

在质疑中，学生的思维非常活跃，他们的能力也从而得到了培养。

第六，评析。

评析在自读与问答等阶段便进行了，圈圈点点，了解文章怎样写的，为什么这么写等，这实质上便是在简单地评析了。不过，到了高年级，则不再停留在这样的层次上，而是让他们写评析的文章。比如，学了《潘虎》，则让学生写《从潘虎看农民起义的独立与局限》；学了《孔乙己》，则让他们写《一个充满笑声的悲剧》。

自读贯穿于整个的初中语文阅读教学之中。初一开始，便要求他们写出自读笔记，而且不少学生写得相当不错，初二、初三便写得更好了。

每篇课文，一般给学生一节至二节课的时间。自读笔记并非要学生每课都写，一般是每单元写一篇；其余的，则是在书上勾勾点点，品品评评。

这样，语文课本就成了一本训练的手册，教师要对学生在书上所做的练习进行检查，每次重点抽查一个组。

于是，自读便成了一个有目的、有步骤的训练体系。学生的能力，便在这种训练中循序渐进地提高。钱梦龙老师说得好：能力，只能是训练的结果，而绝不是训练的前提。

二、教读式

教读即教学生读，与自读同步进行。钱梦龙认为，教读是一门艺术，对教师有较高的要求。

首先，教案要简明可用。钱梦龙写的不是一篇详细的教案，而是一个训练有素的方案。他只是确定几个训练项目，设计几个大的问题。他认为，重要的不是写教案，而是进行科学的设计。当然，不写详细的教案，并不是不好好地备课。他一般在确定了教学要点后，用简明的文字写下来，以便在教学时既可突出重点又可随机而变。因此，他的教案，文字虽少，但却都是深思熟虑之后产生的。备课时，他常常在地上走来走去，反复思考教学中的问题。见了这种情况，有的人说：钱老师的教案不是用手写出来的，而是用脚写出来的。

其次，要善于分配自己的注意力。钱梦龙之所以反对写详细的教案，原因便在这里。他认为，注意力应当集中到学生身上，要根据学生的个性灵活机动地进行教学。如果教师将所有知识，甚至每一个教学环节都写上，将注意力集中到自己所写的教案上，那实质上还是教师的意志，不能突出学生的主体地位。

再次，教师要有一定的教学机智，要有随机应变的能力。让我们看看他教《故乡》的一个片断——

"碗碟是谁埋的?"

生：闰土埋的。

生：杨二嫂埋的。

生：迅哥的妈妈埋的。

师：不论你们说是谁埋的，都要到书中找根据。手不离书，言必有据嘛。

生：肯定是闰土埋的，因为他已变得迷信、愚昧了。

生：不是闰土埋的，因为书上明明写着他用什么东西都可以由他自己去捡；是杨二嫂埋的。

生：不知道是谁埋的。

师：这是一个历史悬案，不去考证。

其间，教师三次说话。第一次是提问，促使学生思考，但学生对课文理解并不深刻。教师的第二次说话，便将学生带进研读教材、认真思考的境地里。但这个问题学生一时难以理清，争辩下去，只能是白白地浪费时间了，老师这才第三次说话，结束了这次讨论。钱老师几次说话，都反映了他的教学机智。

此外，他还特别注意发扬教学民主，保护学生的积极性。一天，他在教《故乡》——

生$_1$：为什么老写冬天?

生$_2$：冬天有象征意义。写景是为了写情，写鸟语花香与本文的气氛不协调。

师：不可以写鸟语花香？

生₃：写也可以，关键是要写好，反衬有时可以起到更好的作用，这就是所谓的乐景写哀。

师：你们同学比我高明。（肯定学生，注意保护学生的积极性。）

还有一则精彩的教学片断：

生₁：为什么详写吃螃蟹？

师：谁能回答？

生₂：（生₂手举得特别高，并拿着一本书。）

师：拿的什么书？

生₂：教学参考书。

师：这种参考书本来就是让大家看的，希望同学们到课外去找一些类似的书看。不过，我们现在暂时可以不看，试着凑一凑，看看是否比教参书上说得更好。

（结果，学生谈了四点，比教参上的还多了一点。然后，钱老师让那位拿教参的同学谈谈。）

生₂：先想后看好，因为这样是用自己的脑子想出来的，并真正知道了为什么对与为什么不对。

教师如果在学生一拿出教参就斥责一番，势必挫伤了学生的自尊心和积极性。而如此教学，不仅活跃了学生的思维，使他们学到了真正的知识，而且保护了他们的积极性，激发了他们的学习热情。

在教读中，要真正达到良好效果，钱梦龙还有四条具体的措施。

第一，把握重点，整体设计。

教《孔乙己》时，钱老师先给学生简单地介绍了一下《孔乙己》的时代背景，然后让学生写《一个充满笑声的悲剧》的评析文章。他提请学生注意，关键词在于"笑"与"悲剧"，请他们围绕着这些去写。结果，给了学生三个课时尚且不够。于是，又让他们课外写。作文交上来后，钱老师浏览一遍，感到学生对"笑"写得较好，对"悲"写得不够，挖掘不深。于是，他便确定了教学重点——悲剧，从字里行间启发学生思考这一问题，使学生深入理解孔乙己的悲剧在于封建科举制度与文化制度对他的戕害。此后，钱老师又让学生修改作文初稿，并誊写清楚。这时学生写的作文，则明显地提高了一大步。

第二，巧于设疑，引导求知。

钱梦龙的提问从来不多而杂，他总是抓住涉及课文中心的问题设疑，尤其善于用曲问的方式提问，曲折而富有波澜，给学生以充分思考的空间。这种问，问在此而意在彼，颇能促进学生的积极思维。我们不妨看一个曲问的教学片断——

随着一阵清脆的铃声，钱老师神态自若地走上公开课的讲台。这一节讲的是传统的文言文教材《愚公移山》。一开始，钱梦龙只用几句话就把四十多个学生带到太行、王屋两山脚下的老愚公家里。课堂气氛顷刻活跃了起来。

"有个孩子也要帮助老愚公移山，那孩子的爸爸肯让他去吗？"

这一问，把学生问住了。学生们你看看我，我看看你，一时不知从何回答。望望老师，他那不算太大的眼里光华灼灼、神采飞舞。这些"小脑袋"不知怎的，慢慢地获得了启示，一只只小手陆续举了起来。看着这情景，钱梦龙脸上的皱纹，随着微笑渐次舒展开来。但他并没有抽问，而是让一位欲举手而又未举起来的坐在前排的小同学回答。

"这孩子没有爸爸。"小同学迟疑地说。

"你怎么知道？"

"他妈妈是'孀妻'，'孀妻'就是寡妇。"

钱梦龙连连点头，听课的老师也连连点头。

学生智慧的火花被他点燃了。

哦，这就叫"曲问"。同行们茅塞顿开。

走廊里洒下了一串铃声。咳！下课铃打得这样早。

那些坐在阶梯教室后面的领导同志和各中学语文教研组组长缓缓起立，一双双眼睛向他传递赞许的目光。

又一次，他教《冯婉贞》一课，在让学生理解"骑"与"旋"的词义时，并不直接提问，而是曲折地问道："从侦察到回来时间长不长？"学生说："不长。"钱老师问道："为什么？"于是，学生从课文里找到了答案："课文上说'旋见一白酋印度卒约百人'，不就是时间不长，快吗？""为什么快？"钱老师又问一句。"'谍报敌骑至'嘛！"这种曲问法，已经从单纯释词的小圈子里跳出来，将理解词义与理解文意、思考问题联系了起来。

第三，组织讨论，多向交流。

钱梦龙教学，绝不只是单纯的师问生答式，而是师问生答、生问生答、生问师答交错进行，学生之间、师生之间可以互相反难、争辩，从而形成了一个网络式的思维多向交流的局面。在他教学的时候，学生情趣盎然，思维异常活跃。

第四，教给方法，授以规矩。

钱老师不仅教给学生辨识各种文体的方法，教给学生读书的规矩，而且教给学生写批语的方法，甚至用什么颜色的笔，都有一定的要求。久而久之，他的学生都学到了不少行之有效的学习方法。

三、练习式

练习即让学生通过作业进行综合训练。学生的作业，主要在课内完成；如果量大，再适当延伸到课外。一般地说，钱老师每天给学生布置大约半个小时的家庭作业。

作业主要有以下几种类型：

第一，补缺改错。

老师发现学生自读时有遗漏或错误，让他们自己补缺改错。前面谈到的《孔乙己》教学中对"悲剧"的再认识、再写作，便是这一类型。

第二，迁移应用。

钱梦龙旨在让学生举一反三、触类旁通。他教一篇课文，目的是教学生会读这一类的课文。比如他教《食物从何处来》后，又让学生自读两篇类型相似的说明文，并写一篇运用举例法的说明文。这样，知识不仅迁移，能力也在迁移；不仅会读同一类课文，而且会写这一类的作文。

第三，强化记忆。

为了增强学生的记忆力，钱老师也让学生背诵默写诗文，有的还要背抄某些词语的解释。但是，要找出内在的联系，这样，既把握了内在联系，又促进了记忆。同时，他每天让学生做列夫·托尔斯泰的记忆保健操，以促进他们的记忆力。

练习不是为了完成作业，而是在于强化学生自读与教读的效果，使他们进行综合的思维训练，使所学知识与增强能力有机地结合起来。

四、复读式

复读的目的，是温故而知新。温故是手段，知新是目的。

钱梦龙教初二课文《茶花赋》时，他不就这一课教这一课，而是让学生把它与在初一学过的《香山红叶》、《荔枝蜜》一块儿读，并让他们分析、比较，谈出自己的看法。这样一来，学生的兴趣浓，思维非常积极。通过他们自己的学习，得出了这样的结论：杨朔的散文，语言像诗一样美；构思也十分巧妙，往往采用托物喻意，"卒章显其志"的方法。但也有的同学说：单看某一篇，的确构思巧妙，但将三篇放在一起看，又给人似曾相识之感，成了一种模式化。这是学生自己得出的结论，但竟然与当代文学评论家的基本观点大体相同。真是有见地、会思考的中学生！

教初三课文时，他将教过的鲁迅的所有文章，以及别人写鲁迅的一些文章组成一个大的单元，并起名曰"认识鲁迅"。让学生纵横观察，反复阅读，认真思索。于是，学生便比较深刻地认识到了鲁迅的伟大，以及他的思想的演变、卓越的贡献。

这种复读法，摒弃了机械简单的复习单篇课文的方法，将新旧知识联系起来，学生从同中、异中、思考中、比较中，加深了对课文内容的把握。

对于钱梦龙的"三主四式"，笔者已经做了一个基本的介绍。但"三主四式"与"戴着脚镣跳舞"有何必然联系？听听钱梦龙下面的一段话，便可以茅塞顿开了——

"既要参加现行的考试，又要进行教学改革，这恰如戴着脚镣跳舞。我们就像《红色娘子军》中的娘子军一样，学点戴着脚镣跳舞的艺术。"

原来如此！

细细品味，教师还的的确确需要这种本事，而且要真正地教给学生这个本事。他们学会了，就不仅具有了知识，具备了能力，还可以应付各种名目的考试，而且每每可以考出好的成绩。就连钱梦龙教的"快班"（由37名"差生"组成的一个班，他不叫它差班，而叫它"快班"），毕业时成绩也都比较优秀。这也许就是"戴着脚镣跳舞"的技艺证明吧。

采访钱梦龙老师，总感到有一种幽默机智在他身上环绕，令你感到趣意横生的时候，又感受到一个改革者、思索者的思想的行进轨迹。他没有因循既有的教学思路与教学方法，而是构建了一个以学生为主体工程的教学新框架，规划了一条适合自己教学个性，又对广大中学语文教师具有启示作用的新路子。这种新的教学思想与教学方法，激发了学生的学习兴趣，特别是培养了他们主动探索未知、自主解决问题的能力。在活泼融洽的教学氛围里，有效地培养了学生的创造品质。这无疑具有前瞻性的眼光，可以说，钱老师在为培养适应未来社会挑战的人才方面，已经先人一步，取得了可喜的成绩。

现在，钱梦龙已经成为上海市嘉定县实验中学的校长，但他却仍在教学第一线教课、听课；他早已成了著名的特级教师，但仍在不骄不躁地学习与探索；他已经取得了累累硕果，但他已 58 岁，一身疾病。

鲁迅先生有一句名言："倘能生存，我仍要学习。"钱梦龙也有一句名言："我倘能生存，我仍要探索。"

改革者，就是这样不息地奋斗，为学生，为社会。

（原载于《教坛名家》，知识出版社，1988 年 3 月第 1 版。）

一个全新的作文训练体系

——刘胐胐、高原写作教学改革的探索

写作教学改革的路在哪里？

这条艰难曲折的路，吸引着全国许多语文教学改革的有志之士坚持不懈而又充满信心地去探索。北京市月坛中学特级教师刘胐胐与北京师院分院副教授高原夫妇二人，则是这支探索大军的先锋战士。他们自 1977 年开始实验，所创立的作文三级训练体系，终以一个全新的面貌脱颖而出，在全国语文界引起了非常强烈的反响。

一、观察

改革写作教学，必须从写作的内容开始；写作的内容，又需要丰富多彩的生活作基础；而认真地观察，则是索取这些生活素材的有效途径之一。

这是刘胐胐与高原从成功与失败中，得出的一条合乎逻辑的推论。

培养学生观察能力的开端，便是让学生写观察日记。1977 年，刘胐胐带领学生下乡秋收，她要求学生在上车、入村、进户、劳动等时候，细心观察身边的人、事和景物等，然后写成观察日记。学生刚开始写这种日记时，要求并不太高，只要做到四点就可以了：第一点是真实，记录的必须是自己对生活的观察，而不是抄的别人的现成东西，或是生编硬凑的；第二点是集中，力求围绕一个中心来写；第三点是具体，写出观察到的事物的形状、姿态、声音、色彩或人物的音容笑貌与所作所为等；第四点是有感受。同时，要每位同学准备一个本子，随时观察，随时记录。她提醒同学们，写观察日记，不能今天观察，明天再记录或过了两三天再一起补记。初记时，每周至少两篇。

秋收结束，学生满载而归：带着对乡村的感情，对生活的热爱，对美的追求，也带着写成的一篇篇观察日记。

刘朏朏简直不敢相信自己的眼睛，所有观察日记，都明显地高出了平时的写作水平，几乎篇篇都是有内容、有感情、有色彩的。

"美是到处都有的。对于我们的眼睛，不是缺少美，而是缺少发现。"刘朏朏含着喜悦，咏诵起伟大的艺术家罗丹的名言来。

刚回城市里，同学们还时不时对丰富多彩的农村生活津津乐道；同时，他们又感到城市不如农村，生活比较单调，可供观察的事物不多。针对这种情况，刘朏朏决定在开阔学生的观察视野方面下工夫。她同高原一道，共同研究培养学生观察能力的一系列措施。

实践，认识，再实践，再认识；失败，成功，再失败，再成功。

1977 年年底，刘朏朏与高原终于探索出一个培养学生观察能力的序列，寻得了改革作文教学的起点。

他们将培养学生观察能力的训练分为两个阶段。第一个阶段进行一般观察训练，分成九步：①观察与记观察日记；②定向观察与机遇观察；③热爱大自然；④留心身边的科学现象；⑤注意平凡的日常生活；⑥重视观察人；⑦努力了解人的内心世界；⑧观察日记的多种表达方式；⑨学习观察与记观察日记的收获。第二个阶段进行深入观察训练，分九步：①深入观察与记观察笔记；②全面观察与细致观察；③比较观察与反复观察；④观察与体验；⑤观察与调查；⑥观察与阅读；⑦观察与联想；⑧观察与想象；⑨观察日记、笔记的编选。

这是一个培养学生观察能力的序列，放在整个初中一年级实施。训练的方式是写观察日记与观察笔记。观察日记，是为进行一般观察训练而设计的作业方式。观察笔记，则是为了适应深入观察训练的需要而设计的。训练的方法是交替做定向观察与机遇观察练习。定向观察，是预先确定好了对象或范围的一种观察。机遇观察，则是没有预先确定对象或范围而偶然遇到又引起自己注意的一种观察。此外，对这一级训练中18步中的每一步训练，都规定了具体的目的要求与实施方法。

对学生进行观察训练的目的，不仅仅在于让学生通过观察去获取一部分写作的素材，解决学生作文"写不具体"的问题，培养学生的观察能力与叙述描写的水平；而且还在于使学生养成注意观察的良好习惯，发展他们认识事物的基本能力，培养他们热爱生活、关心他人的思想品质，为逐步树立起实事求是的文风打下基础。

这一改革实验引起了语文界的普遍关注，不少同行前来探经取宝。就连东北师大教授朱绍禹先生，也来听刘朏朏的作文教学课，并对她的改革实验进行了充分的肯定。北京教育学院则建议她与高原系统地总结这一经验。有关培养学生观察能力的经验，刘朏朏在会上作过多次介绍，并撰写文章，陆续发表在《福建教育》、《北京师范大学学报》等报刊上。1979年，刘朏朏与高原编著的《作文入门——从学习观察开始》一书正式出版（现已4次印刷，印数达130多万册，并获得1980～1981年度国家少年读物优秀奖），体现科学性、新颖性、序列性的实验课本与教学参考用书，也相继编写完毕，并运用于实践之中。

学生的观察视野拓宽了，思路打开了，"无米之炊"的现象不复出现。由于有了作文教材，有了相互联系的教学环节，作文教学已与数理化教学一样，教师的教和学生的学有了顺序和规定。

学生写作的兴趣浓了起来，一学期尚未结束，学生的观察日记便记了许许多多。在老师让他们总结"记观察日记的收获"时，每个人都写了自己的进步。一位同学这样写道——

过去作文，最使我头疼的是感到没有东西可写。每逢拿到作文题，就拼命地想呀，想呀，绞尽脑汁，才好不容易做成一篇作文。可是等作文本发下来，得的批语不是"写得不具体"，就是"内容较空泛"！因此，我对自己的作文越来越失去了信心，心想，我的作文就这样了。但自从学习观察和记观察日记以来，经过短短一个学期的时间，现在写作文，我感到不再是无话可说，而是有话可说，有话想说了。实践使我体会到作家老舍说得对：养成观察研究生活的习惯，将观察到的生活随时记下来，这样日积月累，脑子里的东西就会多起来了。12 月 16 日，我接到表姐写来的一封信，读后立即写了一篇日记，这篇日记真实地记录了我对观察的认识，也反映了我当时的心情。

我们不妨将这位同学表姐的来信摘录几句，以进一步地看看这位同学的变化——

想不到仅隔两个月，你竟然变得如此能写了。我是远离北京的人，很想知道首都各方面的变化，渴望了解各种新事物的面貌，但你以前总是"没见过"、"没有"。可现在怎么啦？一下子讲了这么多，讲得头头是道，既具体又清楚。快告诉我，你是怎样变得这样快的？

观察训练体系的建立，为实验班学生写作水平的提高奠定了基础，也为全国作文教学改革的有志之士传递了新颖而又科学的信息。

二、分析

观察训练这一突破口，为刘胐胐与高原建立作文三级训练体系奠定了良好的基础。1979 年，他俩将建立一个全新的作文训练体系的设想正式披露出来。

他俩认为，有了观察，有了生活，写作便有了内容，表达自然会应运而生。于是，两个人日夜兼程地编写了一些有关表达训练的教材。

然而，出乎意料的是，学生的表达并不令人满意，他们的观察兴趣并未像预料的那样持续高涨下去。他们觉得城市生活单调贫乏，可资观察的东西寥寥无几，即便硬着头皮去做观察，也远没有刚去农村劳动时的新鲜感、情趣性。因此，所写的习作，大都平平淡淡，没有生气；只是在平面上移动，缺少理性的分析，缺乏深度、力度与质感。

失败与教训使他们找出问题的症结：从观察到表达，其间必须具备一个关键性的环节——分析。

人们感觉到的东西，不一定认识它；而认识到的东西，却可以更好地感觉它。而认识水平的提高，则来自分析能力的培养。这是一个真理，但刘胐胐与高原对它的理解，是在苦恼与失败中更深地感受到的。

对作文分析训练规律性的探索，便成了他们工作的当务之急。

编写作文分析训练教材的过程，是一个异常艰难的过程。两个人的意见往往发生分歧。高原在北京师院分院教写作与文艺理论，有雄厚的教学理论做后盾；刘胐胐在月坛中学既教初中实验班，又教高中毕业班，有异常丰富的教学实践做基础。所以，两人提出的意见，几乎都有难以驳倒对方的论据。况且两个人个性强，坚持真理，不管研究任何问题，从不迎合对方，唇枪舌剑，辩论争鸣之风自然地在夫妇间形成。

1979年，夫妇二人就作文分析训练的问题撰写文章，并发表在《中学语文教学》上。但在后来的教学实践中发现了问题，他们又自我否定，重新探索新的途径。

作文分析训练的讲义几经反复，终于写成了，厚厚一叠，足有十几万字。他们自筹钱款，自己印刷，准备发给学生。但理论与实践再一次无情地证实这一讲义的不可行性。怎么办？两个人含着泪，又用自己的手将它焚毁了。

"路漫漫其修远兮"，两个人继续求索。

作文分析训练的研究逐渐深入，日趋明了。作文分析训练的实践也在双轨同行：刘胐胐在任教的初中实验班与高三毕业班实验，高原则在他所教的中学教师那里实践。采用同一实验方案，经由不同的实验对象，得出同异均有的结果。然后分析比较，从而得出一个综合的平均值。

就在反复实验、反复研究之中，写作分析训练的序列明朗化了。他俩终于成功地写出了15万字的《作文入门续编——要学会分析》一书，并于1982年正式出版。

于是，作文分析训练形成了一个科学的序列，它像作文观察训练一样，也分为两个阶段：第一个阶段进行分析起步训练，分为八步：①分析与记分析笔记；②命题分析与选题分析；③分析的基本方法之一——提出问题，给予解答；④分析的基本方法之二——了解情况，实事求是；⑤要研究分析的具体方法；⑥分析的角度之一——条件分析；⑦分析的角度之二——因果分析；⑧分析的角度之三——演变分析。第二阶段进行分析入门训练，也分为八步：①多角度分析；②特点分析；③本质分析；④意义分析；⑤分析与认识；⑥分析与联想；⑦分析与情感；⑧学习分析的小结。

这是一个培养学生分析能力的序列，放在整个初中二年级实施。训练的方式是写分析笔记。分析笔记，是将分析与表达统一起来进行训练的作业。通过写分析笔记，可以达到分析能力与论说水平同步提高的目的。训练的方法是交替做命题分析与选题分析练习。命题分析，是由教师或学生将情况及问题摆出来让同学们分析给予回答的一种练习。选题分析，是由自己选定对象提出问题而又自己做出回答的一种练习。此外，对这一级两段 16 步中的每一步训练，又都规定了具体的要求与实施的方法。

进行作文分析训练，旨在培养学生爱好分析的习惯，提高他们的分析能力，使他们的思维进一步活跃起来，并逐渐趋向深刻而缜密。这是开发智力的一项重要训练。

刘朏朏与高原有关作文分析训练的系列文章，曾在《北京师范大学学报》1981 年第 1～6 期连载过，并在社会上引起了非常强烈的反响。1982 年，《作文入门续编——要学会分析》正式出版。体现这一精神的实验课本与教学参考书也相继编写完毕，并应用于实践之中。

和观察训练一样，由于有了固定的教材，教师又有了把握教材的参考书，所以，教学的每一个步骤，都紧紧环绕着培养学生的分析能力这一主轴在旋转。学生的分析能力，也围绕这个主轴呈螺旋式上升的趋势。他们不再是感到无啥可写，而是觉得写作的材料俯拾即是。我们不妨举一个小小的例子。

作文分析训练进行到"特点分析"时，教师要求学生写出事物的特点，即事物所具有的独特之处，就是一事物与他事物的区别。学生都能按照教师的要求去写，而且分析得体，特点突出。我们可以看一篇习作《酸奶与变酸了的牛奶》——

昨天的牛奶变酸了，奶奶说倒掉可惜了，要煮煮吃掉。我告诉她不能吃。她说："你们常到外面去买酸奶吃，这家里的酸奶就吃不得了？"奶奶的话真好笑，这酸奶与变酸了的奶是不一样的呀！从外观看，酸奶凝结的样子细腻、均匀，像一块嫩嫩的豆腐，没有渗出的液体；而变酸了的奶，却结成疏松散乱的碎块，像被捣碎的豆腐脑儿泡在黄汤里，有的还带着气泡儿。闻闻气味，酸奶有一股诱人的清香，吃起来，酸中有甜，凉爽可口；而变酸了的奶，却有一股刺鼻的馊味儿，尝一下，除了酸味儿，还是酸味儿！

更重要的区别，酸奶是一种加工制作的食品，它含有大量的乳酸菌，利于消化吸收，富有营养价值；而变酸了的奶，却是一种自然变质的食物，它含有大量的腐败菌，不但没营养价值，人吃了还容易生病。虽然它们都是具有酸味儿的奶，但这两种"酸"是截然不同的。因此，我们不能把变酸了的奶——准确地说，应该叫馊奶——当做酸奶吃。

这篇笔记是通过比较分析的方法来说明酸奶与馊奶的区别的。在分析这两种奶的区别时，小作者先从它们的外观与味道上加以分辨，这是认识事物的外部特点；然后在此基础上，进一步从这两种奶的形成、性质、价值方面加以分辨，指出这是它们"更重要的区别"，这就由感性上升到理性，进入到对事物内部特点的认识了。如此分析，便把握了"特点分析"的精髓，达到认识事物特点的目的了。学会了分析训练，学生便不单单停留在对事物的观察上，而且观察的面也扩展了，理性的分析加强了，分析的兴趣浓厚了，写作水平也由此而产生了质的飞跃。

在年末进行"学习分析的小结"练习时，学生都深有感触地谈了自己对分析训练的认识，谈了自己写作水平的提高。一个学生写道："'吾十有五而志于学'，这是两千多年前孔子的自述。再过一年零三个月，我也要'十有五'了，到那时我能不能做到'志于学'呢？过去不敢说，而现在，我想：行！为什么敢夸这个口呢？因为我现在学会了分析……"

为了更清楚地了解学习分析的情况，不妨再将刘胐胐的一位学生的习作《果实累累，汗水津津》完整地展示出来——

从开始学习分析，到如今我已写了近六十篇分析笔记，可以说，分析的方法、角度、重点，我算是基本上掌握了。掌握了这些，我的作文内容丰富了，深刻了，思想水平也有了很大的提高。

最近，我听到妈妈对人说："我家小军懂事了，像个大孩子了，这可使我省了好多心哪。"的确，过去大人们总说我没有主见，办事不果断。学了分析的角度，我便试着从条件、因果、演变的角度，分析自己身上的毛病。通过分析，我找到了病根，改正了错误，自觉地加强了修养。此后遇到什么问题，我总要先分析分析，辨别出是非好坏，判断出怎样去做才是对的，再采取行动。这一来，妈妈自然就少为我操心了。从我个人感觉说，我也觉得是比以前能够掌握自己的言行了。这也许就是妈妈说我"懂事了"的意思吧。

不仅如此，通过分析的学习和练习，我还发现了生活中大量的新人新事，进而激发了我探求美好事物的愿望，使我更加热爱生活了。例如，弟弟的同学小强，原先留着老长的头发，一天突然剃了个秃头来到我家，接着跟来了一大帮同学，嘻嘻哈哈地说来"观光"，拿他的光头取乐。我以为小强又出什么洋相了，等他们走后就叮嘱弟弟少跟他们在一起瞎闹。没想过了两天，弟弟也剃了个光头。我生气地责问他，他只是一笑了之。又过了几天，我发现弟弟的小伙伴一个个都剃成光头了，其中还有他们的班长。这事引起了我的好奇，我分析这里一定有名堂。老师讲，分析的过程就是调查研究的过程。经过一番调查，原来是小强的姐姐刚分配到理发店去工作，小强为了支持姐姐尽快掌握理发的技术，就让姐姐拿自己的长发做练习。弟弟他们的光头也是这么剃成的。这事使我非常感动。从表面看，一群小男孩个个剃成了和尚头，好像是在淘气，而其实，这行为里却包含着闪光的思想。我们的生活里的确有许多美好的东西，但如果你不去分析，不去了解，那就不能发现。

我体会，学习分析，培养爱好分析的习惯，对提高自己的思想修养确实有许多好处。让我再举个例子来说。有一次，王立同学把我借给他的数学练习本弄丢了。他一说，我顿时火冒三丈。好呀，我好不容易写的练习，竟让你轻易地丢了，这怎么能轻饶了你！我刚要责备他，但观察与分析的习惯却使我注意到他眼中透露出的不安，而闪电般的联想又使我想起了他的过去。记得去年寒假，他从我家借走一副扑克牌，十天半月过去了，也不见还，我找他去要，他竟毫不在乎地说丢了。对比之下，如今他丢了练习本主动找我承认错误，向我道歉，有了这样大的进步，我怎么能再责备他而去增加他内心的不安呢？我立刻冷静下来，去安慰他，尽力减轻他的思想负担。就这样，通过分析，我控制了自己的情感，正确地处理了这小小的矛盾。

学习了一年的分析，我现在也成了个爱好分析的人了。我体会到，动脑筋分析问题，有苦恼也有快乐。碰上自己认识不清的事，一时理不出个头绪，这时候，感到分析是艰苦的劳动；可是一旦分析清楚了，认识提高了，就感到自己是个能独立处理问题的人，心中十分自豪。在学习分析的过程中，我反复品尝过这种甘苦，我要说，这种果实累累、汗水津津的劳动，我还是真喜爱呢！

这位小作者的小结，尽管只是刘朏朏的学生学习分析训练之后所写小结中的一篇，但通过这个小小的窗口，我们却完全可以看出分析训练对激发学生的写作兴趣，提高学生的写作水平，培养他们科学思维的方法，以及加强他们的思想修养是多么的重要。

作文分析训练体系的建立，为刘朏朏与高原整个作文训练体系的建构解决了关键性的问题。他们怀着激动，怀着喜悦，又奔向了作文表达训练的改革实验中去。

三、表达

培养学生的语言表达能力离不开章法训练，但是否就从章法训练开始，刘朏朏与高原并没有轻易地决定。

他们认真研究学生语言表达的实际，学习著名教育家的理论论述和伟大文学家的创作体会。

叶圣陶先生的话给了他们深刻的启示。叶老说："多思索，多观察，必将有所见；多读作品，多训练语感，必将渐能驾驭文字。"他还强调说："至于文字语言的训练，最要紧的是训练语感。"而语感，则是对于语言的直接感觉。培养学生敏锐的语感，必然能够提高学生的语言表达能力。于是，他俩决定将训练学生表达能力的重点放在语感上。同时，他们又认真地阅读了郭沫若等作家关于培养敏锐语感的精辟见解。

和观察训练与分析训练一样，表达训练也要有一个科学的序列。刘朏朏与高原从理论与实践两个方面浓缩出了着重提高表达能力的序，即作文三级训练体系的最末一级训练——第三级训练。这一级训练也分两个阶段。第一阶段进行语感训练，分为五步：①加强语言的修养；②分寸感的训练；③畅达感的训练；④情味感的训练；⑤形象感的训练。第二阶段进行章法训练，也分为五步：①要在章法上下功夫；②角度的选择；③剪裁的设计；④层次的安排；⑤衔接的处理。

第三级训练的方法是：交替做借鉴性表达与创造性表达练习。借鉴性的表达练习，是研究分析他人表达方面的特点与优点的一种练习。创造性的表达练习，是将自己研究表达的心得用于写作实践的一种练习。这一级训练方式是：写语感随笔与章法随笔。语感随笔，是自我训练语言敏感性的一种作业；章法随笔，是自我训练文章构造能力的一种作业。通过这两种作业，来着重提高学生运用语言与架构文章的水平。

　　既然语感训练是表达训练的一个重点，那么，我们就不妨粗略地看一下语感随笔的写法。

　　语感随笔是专门记录自己学习语言的心得的随笔，凡是自己在听、读中对语言（他人或自己的）有所感悟，哪怕只有点点滴滴，都可作为语感随笔的内容。我们不妨看看刘朏朏的一位学生所写的一小段语感随笔《不是笑话的笑话》——

　　昨晚电视台播放"梅县足球"节目。编辑者显然是想称赞那些从小立志成为优秀足球运动员的小朋友。可是，话一出口，却是"你不要小看那些乳臭未干的孩子……"我听了觉得很不是滋味。立刻去查成语词典，见"乳臭未干"条中写着"讥刺人年幼无知"，足见"乳臭未干"不仅是贬义词，而且有特别轻视年轻人的意思。小时候，常听别人骂："这群乳臭未干的黄毛丫头！""乳臭未干，轮不上你插嘴！"说人"乳臭未干"是决不会让人感到亲切和体验出受到赞赏的滋味的。节目的编辑者当然不会有意骂人，而且，从电视报道的前后情节看，作者原是想告诉观众：那些可爱的小队员，小小年纪，就对足球发展史和足球技术有着怎样的了解；他们振兴祖国足球事业的雄心壮志是多么深地打动人的心灵……偏偏一句并非由衷的解说词却大煞风景。其实，改成"羽毛未丰"不就行了嘛！

　　不分褒贬地用词，常常事与愿违，闹出不是笑话的笑话。

　　这一小段语感随笔，达到了四项基本要求：第一，它写的是作者自己品味语言的心得；第二，这心得写得具体，结合语言环境与生活体验进行了分析；第三，写得比较集中，就一个语言实例深入开掘，终于获得了运用语言的真切体验；第四，讲究章法、语言，初步做到了边研究，边实践。初写语感随笔，只要达到这四点要求就可以了。

　　但敏锐的语感是由多方面的因素构成的。在语感训练中，还应抓住一些基本的内容，进行循序渐进的训练。经过对中学生语言实际的调查研究，刘朏朏与高原选定了语感训练的四项基本内容，即分寸感、畅达感、情味感、形象感。

　　语言的分寸感，即对语言运用准确的一种敏感。语言表达思想，反映客观事物，首要的是准确。因此，分寸感的训练可以说是其他类型语感训练的必要基础，在训练中占有重要的地位。

　　语言的畅达感，就是对语言的通顺以至畅达的敏感。畅达是通顺的高标准，它不仅要求语言的连贯性，还要求用语言把意思表达得非常明白、顺畅。有了分寸感与畅达感，在说和写的时候就可以达到"畅通"，就可以接近"渐能驾驭文字"的地步了。

　　语言的情味感指的是在听、读、说、写中对语言所包含的情味的敏感。语言表达情感，常常不是浅白直露的；而且，随着语言表达环境的变化，语言所蕴含的情味也会发生改变。这就需要有敏锐的情味感，才能在"治事接物"中把握住语言的真实而丰富的含义。情味感的训练不但对于说话、作文，而且对于语言风格的形成也是十分有益的。

　　语言的形象感是指对语言所表达的情态、意境的敏感。为什么呢？因为在字面的背后还有意境和情味。语言形象感与情味感，都意在探究语言的最大容量。因此，具有这两方面的语言敏感的人，无论是吸收语言还是运用语言，都容易取得较好的效果。

　　在进行语言训练的时候，刘朏朏与高原不仅列出了语感训练的基本内容，而且还在每一类型语感训练的过程中，做出了具体的安排，提出了具体的要求，使接受训练的人有所遵循。例如，在进行分寸感的训练时，他们不仅从"符合对象、把握程度、划定范围、确认褒贬"这四个方面，结合语感随笔的实例，具体分析说明了分寸感的主要表现；同时，他们还指导学生从这四个主要方面去研究，并且取得了非常好的效果。在这里，我们可以通过看一篇刘朏朏的学生所写的语感随笔《"轻视"的教训——读〈讲话〉有感》来感受，小作者是从"把握程度"方面着笔的，全文如下——

　　语感训练以前，我曾在手抄报《长鸣》上发表过一篇谈体育锻炼的短文，谁能料到其中的一句话——今天我班荣获年级课间操比赛"殿军"，没说的，完全是平时轻视体育锻炼的结果——竟会在班上掀起了轩然大波。同学们有的说我无的放矢，有的说我以偏概全，有的说我乱抡棍子。纷纷声明自己没有轻视体育锻炼，而轻视体育锻炼的是作者自己。当时我真不明白，一句话怎么招来那么多人的反对。

　　参加语感训练以后，特别是在这次做作业的时候，我终于弄明白了。

　　当我读到毛泽东同志《在延安文艺座谈会上的讲话》中批评某些人不重视文艺普及的问题时，我注意到了这样的语言："有些同志，在过去，是相当地或是严重地轻视了和忽视了普及，他们不适当地强调了提高。"在这里，用了"轻视"，又用了"忽视"。这两个词都有不重视的意思，但细细品味又是有差别的。轻视，多指思想上的不重视，是主观的有意低估；忽视，多指行动上不重视，是疏忽大意没放在心上，它没有低估的意思。用这两个词来说明某些同志对待文艺普及不正确的态度与行为，这在程度上已经显出了轻重的区别。可作者还嫌不够，又用了"相当地或是严重地"这样的词语来进一步加以区分，这样就将不重视普及分成了：相当地轻视，严重地轻视，相当地忽视，严重地忽视等不同的情况，再加上用"有些同志"在范围上给以限定，用"在过去"从时间上加以限制。这批评就极有分寸了。

可在过去，我却将一次课间操比赛失败的原因，毫无分析、毫无区别地归结到"全班同学"对体育锻炼的"轻视"上，这就难怪大家要反对了。且不说造成一次比赛的失败有多种多样的原因，就单说"有些同学"不重视平时的体育锻炼吧，这在程度上也是大有差别的。岂能用一个"轻视"来包容？学习《讲话》，仅这一句话的语言表达，就使我获益良多，别的这里不谈。

要学会区别，要掌握分寸。千万别再"轻视"了！

这篇随笔，主要表达的是选用不同的词语来表示程度的区别。小作者在学习典范的语言时能够密切联系自己的实践，这对加深认识与提高语感水平当然很有好处。

用写语感随笔的方式进行训练，最大的好处是容易帮助学生养成喜欢研究语言的习惯。无论课内课外，读书读报，讨论问题，促膝谈心，处处都能找到研究语言的对象，因而也时时都能感受到语言敏感性增强的快感。语言学习成为生活的一部分，由注意揣摩他人的语言转而注意审慎对待自己的言谈，听读说写的能力得到了相应的提高。因此，这种训练方式受到了学生的普遍欢迎。

整个初中三年级，则以培养学生的表达能力为主。由于刘朏朏与高原编写了实验课本与教参书，这一级训练也像前两级训练一样，可以有节奏、有层次、有序列地进行，也从而达到了预期的训练效果。

需要说明的是，作文"观察——分析——表达"三级训练体系，是一个紧密相连的整体，而不是彼此割裂的三大块。三者之中，观察是基础，分析是核心，表达是结果。而每一级训练，既是一项基本能力的着重训练，又是认识与表达相统一的整体训练。

四、考查

作文三级训练体系的建立，不仅使写作教学形成了一个显示着改革精神的科学的序列，而且极大地激发了学生的写作热情：习作的质量明显地上升，习作的数量急遽地增加。一个学期，有的学生竟写六十余篇习作，即使最少的，也有二十来篇。这样一来，如果按照传统的作文批改方式，刘朏朏与高原即使只改一个班的学生习作，也难以应付。但作文考查又是一个必不可少的环节，它不仅直接影响着学生写作的情绪，而且也是关系到三级训练体系可否顺利实施的大问题。为此，刘朏朏与高原又经过认真的研究，制定了一个处理作业的方法——"程序编码积分法"。

所谓"程序编码积分法"，就是以训练程序的要求（具体内容即训练教程的每一步要求）作为考查作文的依据，以固定编码（1～10）来反映作文的不同质量、表示不同的评语信息。其中 1 和 2 表示的评语是：交了作业但不符合训练程序的要求；3 和 4 表示的评语是：接近训练要求或基本符合要求但语言毛病较多；5 和 6 表示的评语是：基本符合训练程序的要求，语言也通顺；7 和 8 表示的评语是：既符合训练程序的要求又语言好；9 和 10 表示的评语是：既符合训练程序要求，语言也好，而且还有新意。这样，每一次习作的考查，只要依据这些既定的标准打分即可。教师可以从繁重的作文批改中解脱出来，紧紧扣着训练程序的要求，系统地科学地指导学生的写作。一学期结束，学生作文的成绩便以学期作文训练的积分总和自然地显示出来。比如，全学期总成绩按 20 次作文计算，满分为 200 分。全学期累计总成绩达 120 分～149 分者为及格，达 150 分～179 分者为良好，达 180 分～200 分者为优秀。

采用"程序编码积分法"，不仅大大减轻了老师作文批改的负担，而且极大地调动了学生的写作热情。平素写作水平较低的同学，为了达到成绩较好的同学的"积分"水准，便在保住质量的前提下，试图以多写取胜。于是，他们大多在教师规定的写作篇数外自愿加码，远远超出了老师预定的写作篇数。这样不仅锻炼了写作的能力，而且提高了写作的水平，"积分"也往往跃入"优秀"的行列。在这种情况下，平时写作水平较好的同学，更不甘落后，也在质与量上向更高的层次进击。于是，便自然地出现了一个持久竞争的局势。结果，每一个同学都大大超过了教师规定的写作篇数，从而真正地达到了写作训练的目的。

显然，"程序编码积分法"是一个科学的序列，它有利于达到训练的目的，有利于调动学生的积极性，有利于教师提高处理作业的效率。但程序、编码、积分是一个"三结合"的统一体，如将其割裂开来或只取其一二，都难以收到预期的效果。

五、影响

作文教学改革伴着辛勤与艰难，终于结出了非常丰硕的果实。

刘朏朏的学生，普遍热爱作文，尤其善于观察与分析。学生的不少习作，见诸全国许多报刊上。语文考试成绩，也每每名列前茅。

同时，这一作文教学改革的实验，也引起了全国语文界的瞩目。不少教师主动上门求教或写信求教；对此，刘朏朏与高原一一热心接待与复信。据河南沁阳教研室张凤华同志统计，1982年到1985年间，刘朏朏就给他写了多达四万余字的信，对他所提的每一个问题，都作了非常认真的答复。

为了搞好这一实验，刘朏朏与高原又办起了一个"作文三级训练体系实验研究联合体"。全国各地的教师，凡愿参加这一实验的，均可申请参加；尔后履行一定的手续，成为这一联合体的正式成员。迄今为止，全国已有一千五百多所学校，五千多个班级主动参加这一联合实验。除台湾省外，每一省市自治区都有了进行这一改革实验的学校和班级。这样，由民间（实际上是夫妇二人）发起，从而在全国组织起了一支浩浩荡荡的作文三级训练联合实验大军。这支大军有领导、有组织、有教员、有教材、有学生，遍及天涯海角，影响愈来愈大。

不仅如此，这一改革实验还有自己的刊物——《说写月刊》，主编便是副教授高原。这一改革实验的情况，通过一期期的《说写月刊》系统地反映出来。同时，刘朏朏与高原还组织了一年一度的颁奖大会，对在这一改革实验中做出突出贡献的教师进行物质与精神的奖励。此外，刘朏朏与高原有关作文三级训练体系的讲习班已经举办八期，以后，还将继续举办。

刘胐胐与高原编著的18本书已经正式出版；师生共用的作文三级训练体系的《实验课本》第一册至第六册与教师用书《实验课本教学研究》第一册至第六册，也已源源不断地分送到全国各个实验班级。

在刘胐胐与高原的精神感召下，在他们的教学指导中，全国各地涌现了无数教学改革实验的尖兵。湖南桑植县是少数民族集聚的地方，但由于县教委的重视和县教研室主任谷利民同志对这一实验的积极倡导，全县已有二分之一的学校班级进行这一实验。为此，自治州电教馆进行了录像，并拟通过卫星，向全国播放。四川省云阳县"三长"（局长、校长、教研组长）挂帅，开展了热火朝天而又扎扎实实的实验。齐齐哈尔市昂昂溪区则通过层层立军令状的方法，将这一改革实验推广开来。大庆油田34中的宋洪杰、四川蓬安周口中学的蔡一建等老师，共立誓言，同搞实验，而且取得了显著的成绩。新乡10中的袁大想老师，为了搞好这一实验，竟将一家人全都调动了起来……而这一系列的教改典型和实验情况，又都通过《实验通讯》小报及时地传递给各地实验的老师。

对刘胐胐与高原的这一改革实验，不仅大陆的许多报刊上作过报道，就连《澳门日报》也发了新闻消息，而且澳门中国语文学会会长胡培周先生还写诗称颂，发表在《澳门日报》上："去岁羊城初见面，今朝珠海又逢君。训练作文欣有法，高刘伉俪立奇勋。"

1986年，刘胐胐被评选为北京市十大新闻人物。

全国进行作文三级训练体系实验的学校、班级愈来愈多，影响愈来愈大。刘胐胐与高原的名字，也与这一训练体系的实验一起，在全国中学语文教师中被传诵着。但他们并没有骄傲，也并未就此却步。他们不仅继续深入地进行实验，而且试图从理论上作进一步的探索；不仅在作文教学上进行探索，而且还将在阅读教学改革上进行探索。

（原载于《教坛名家》，知识出版社，1988年3月第1版。）

他在上下求索

——"得得派"陆继椿的改革与思考

陆继椿在理论与实践的双重轨道上获得双丰收。他广泛地研究了我国的传统教学方法和参考了国外的有关教学情况，根据我国"四化"发展的语言需要和学生的年龄特点，发扬光大叶圣陶先生的教育思想，大胆地走自己的路，探索语文教学科学化的途径。他撰写锐意改革的论文，编写自成体系的《分类集中分阶段进行语言训练》的初中教材，而且以自己明显的实验效果和新的教学观点为旗帜，率领浩浩荡荡的改革大军。现在，全国除台湾、西藏外，每一个省市自治区都有一些同行在使用他的教材。甚至日本和也有了这套教材，尽管教材限于国内发行。40 多岁的陆继椿，以他大胆改革与"得得派"的大名，引起了中国教育界的瞩目。

《多收了三五斗》的风波

1980 年春，上海市虹口区成立中学语文教学研究会，需要陆继椿上一次体现改革精神的课，以引起大家的思考和议论，打破全区教学上的沉闷空气。

这是陆继椿"双分"教改之后第一次在全区上公开课，他预感到会有一场冲突。

还在前几天，便有一些教师来关照过他："要下大功夫备课，做好充分的准备！"

"我绝不比平时备课多花1分钟。"他说得坦率而平静。

"为什么?"

"公开课是要大家共同研究探讨的课,应该是家常便饭、日常营养;如果把公开课当成赴筵席,搞摆设,图热闹,那就不真实,失去了研究的价值,这样的公开课我是不上的!"

"你呀,还是'文革'前的死脑筋!"

陆继椿笑笑,用无声的语言来坚持自己的意见。

又有好心的人来了:"小陆,公开课首先要符合听课老师的口味,要从适应他们的角度去备课。"

"这……"陆继椿大惑不解。

"他们听了说不好,你的课就砸锅了!"

"可我教的是我的学生,讲究的是语言训练的实效,并不是给听课的人做表演啊!"

"你……"好心的人深感遗憾地走了。

陆继椿感激这些同志的关心,但他却不能改变自己要走的路。

课,上的是《多收了三五斗》,教学方法是他大胆独创并坚持实践着的"得得法"。

根据陆继椿的教学安排,通过这篇课文的教学,要完成"一个场面中的群像描写"的训练。这是在完成了单个人物的描写训练之后的一个新的训练点。第一课时是指导学生预习全篇课文,以对范例的具体语言环境先有一个综合的印象,并为深入钻研范例做好准备。这已在公开课前进行完毕。

第二三课时,也就是公开课的第一二节,教学便进行到钻研范例的单项训练阶段,要求学生在综合体上解剖范例,把指导阅读与指导写作统一起来,为第三阶段的写作综合训练奠定基础。但是,这一教学过程脱离了传统教学的轨道与人们固有的思维惯性,因此,也自然地掀起了一场不大不小的风波。

第一节的教学取例是群像外貌描写,紧紧围绕着训练点的要求同学生一道分析研究。

刚刚下课,就有人议论:也不过教了几顶旧毡帽而已。

陆继椿听到了,和善地笑笑,又上第二节。

第二节教学取例是对话层次,旨在通过这一训练让学生把握多层次对话的具体写法。

但又有人窃窃私语:"让学生理解叶圣陶的著名小说,除了旧毡帽外,就剩了几句对话,支离破碎,不成系统。"

"他大概没认真备课吧,要么,就是没吃透教材!"

早在意料之中,陆继椿也视为自然,心里极为平静。

正当陆继椿泰然地走出课堂时,一位青年教师拦住了他:"你是否意识到这样讲是肢解了课文内容?"

"没有。"

顷刻间,围起了许多人。

"能讲出道理来吗?"

"能!"陆继椿十分自信地说,"大家认为这种教法肢解了课文内容,主要是我没有将自己的改革尝试交代清楚,其一,我的教学不求面面俱到,而求目的单一,课文只作例子,弱水三千,取饮一瓢,这样,主攻方向明确,才能使学生形成集中思维的优势,以强化印象。其二,我教的学生,对单一的对话与单人的肖像描写已经基本把握,而对多层次的对话与群像描写难于动笔,我的主攻方向就放在他们为'难'的'点'上,这样,学生学自己之未知,'一课有一得',就产生了兴趣与新鲜感,具有主动探求的企望……"

"还有吗?"拦住他的青年教师也产生了兴趣。

"有!"陆继椿胸有成竹地说,"其三,我的系统性不重在一篇课文上,而在环环相扣、密切相关的 108 个训练点上;我的取例之所以有价值,是因为它在整个训练点上有价值,这也是我所提出并实践着的'得得相联系'说。"

"真是名符其实的'得得派'!"有人脱口赞叹道。

"还有,"陆继椿又说,"即便从一课出发,也并非教师不讲的东西学生就不理解,他们完全有能力自己去完整与综合;那种惟恐有漏地将课文内容全部讲给学生的方法,不会给学生留下多深的印象,也窒息了他们自我探索的火花!"

"不过,"又有人提出了质疑,"语文水平的提高,靠的是多读多练,潜移默化;你主张一课一得,立竿见影,是不是有些心急了?"

"我是有些心急,总想尽快将学生的知识转化为能力。"陆继椿坦率而自然,"我之所以提出'一课一得'的主张,是因为考虑到每学一课之后,思维正处在兴奋点上,这是形成转化的最佳时期。如果时间一过,兴奋减弱或消失，便失却了这个良机。课课有所得，让学生看到影子，也就是见到了劳动的效果，他们学习的主动性与积极性便会高涨起来。所谓潜移默化，实质上是立竿见影的积累。我把整个训练点分为记叙能力、文言文阅读能力、说明能力、论述能力与文学作品赏析能力五大类，每种能力训练再分成若干训练阶段，每个训练阶段又分成若干训练单元，最后，落实到训练的基本项目——训练点上。初中'双分'体系教学，共有108个由浅入深、由简单到复杂、由形象到抽象逐步循环的训练点。这108个训练点都可以立竿见影。如此久而久之，量变到质变，也就起到了你所说的潜移默化的作用了。同时，这也就有了一个'一课有一得，得得相联系'的教学的'序列'。"

惊讶。叹服。钦佩。

但更多的人没有听到陆继椿的"自白"，还在不理解的王国里幽怨；然而，他无暇多顾了，他要去完成教学进程的第三个阶段。

第三个阶段是指导学生读写的综合训练，这是学生把学习所得，转化为智能的一环，也是训练效果的反映与检查的阶段。

效果如何？有人在悄悄地检测——

当时上海教育学院中文系的老师正带着学生在华东师大附中实习，他们分头到陆继椿教的班级去深入地了解调查，惊讶地发现：陆继椿没有讲到的内容，学生自己学懂了，他们已经具备了综合理解的能力。翻开学生的作文：生动的群像描写，条理清楚的多层次对话，组成一篇篇趣意横溢而又井然有序的文章。潘琴同学的习作《教师办公室里的议论》后来还发表在《作文通讯》上呢！实习的师生从实践中给陆继椿的这一课作了一个充分的肯定！此后，《山西教育》登载了他整理的《多收了三五斗》的教案，《语文战线》发表了他写的《我教〈多收了三五斗〉》，在全国语文教学界引起了强烈反响。

但是，当时定百分之二的工资提级时，学校报了陆继椿，却没有被批准。

有人半开玩笑地说："小陆教了《多收了三五斗》，自己却少收了三五斗。"

陆继椿认真地解释说："这个责任不在虹口教育局，他们始终支持我的教学改革。是我当时没讲清教改的具体情况，酿成了这个结局。再说，一级工资能不能提是件小事，我考虑的是大事，是事业。"

他只知道在教学改革上执著地追求，哪里有时间去想那微乎其微的一级工资呢！

这是一条语文教学科学化的路

1981 年暑假，华东师大一附中。

来自全国不同地区的八十多位代表，正参加《分类集中分阶段进行语言训练》的专业讨论会。

自编教材，亲自实践，并汇聚成一支自愿参加的教改志愿兵队伍，这是中学语文史上的一大壮举，成为当时中学语文界的头号新闻。

掌声里，教材设计与编写者陆继椿走上讲台，作体系设计的专题报告。

他说，这一教学体系，是一个听说读写能力训练的体系，要培养学生应用于现代社会的一般语言基本功。它的目标是实现语文教学科学化，以适应我国实现四个现代化的要求……

当时，第一轮实验刚刚结束，陆继椿正面临着新的考验，他的学生学的是这套“民间”的实验教材，但升学却要考考试部颁的统编教材，学生的升学成绩如何，一些老师在担心，不少家长也在担心。

但陆继椿却在讨论会上公开宣称：“有能力不怕考！”

这需要气魄和胆识，也需要实践的验证！人们拭目以待，也在猜测着。

不几日，虹口区教育局的升学考试成绩揭晓，陆继椿的 45 个学生的语文成绩平均 84.53 分（仅 90 分以上的就有 11 人），在全区名列前茅，作文成绩更是独占鳌头。

全区讶然，代表们叹服。

但陆继椿却平静得似一湖波澜不惊的水，因为他对自己学生的能力有个基本的估计，一切都在预料之中。

陆继椿的实践得到了社会的承认，也在全国引起了更大反响。

第一届专业讨论会还是华东师大一附中自行组织的，而此后的讨论会便是许多地区主动请求出人出钱召开了。1982 年在河南南阳，1983 年在湖北黄石，1984 年在安徽屯溪，1985 年在陕西咸阳，1986 年预定在黑龙江大庆。尽管每届讨论会都在想方设法限制代表名额，但每次到会的人数还是不下二三百人。如果说开始的实验还是陆继椿与童朋友、卢启之“三驾马车”的话，此后的实验便是一支雄壮的大军了。

每届讨论会都由陆继椿作专题报告,他的大胆改革的精神,也总是感召着每一位代表。他的影响遍及全国,"得得派"陆继椿成了中语界广为传播的新闻人物。

同时,他也由此而结识了一些立志改革的同行们。

一天,一位年轻的女教师叩开了陆继椿的房门:"陆继椿老师在家吗?"

"我就是。"陆继椿请她进屋就座。

"你?"她惊奇地打量着这个自称陆继椿的人:身高1.7米左右,相貌平平常常,身体清瘦,一头黑发,脸上没有任何皱纹,完全是一个普普通通的年轻人。

"你不会是陆继椿的弟弟吧?"

陆继椿哈哈大笑:"这怎么有假呢!"

"有30岁了吧?"年轻教师尽量往大了估量。

"我1937年生。"陆继春回答得真实而委婉。

"不像,"她摇摇头,又感叹地说:"真不敢想象,你就是'得得派'的创始人,一个大名鼎鼎的人物!"

"哪里是大名鼎鼎!"陆继椿说,"你是……"

"我姓徐,在祖国的大东北兴城县教书,用你编的教材进行实验,孤军奋战,困难重重,现在专程前来,希望得到您的帮助与支持。"

"相逢何必曾相识",陆继椿像对待所有的求助者一样,把她作为自己的同志、朋友,给她释疑排难,指出前进的方向……

临行,她信誓旦旦地说:"这是一条语文教学科学化的路,即便千难万险,我也要坚决走下去。"

1981年,陆继椿应邀前去参加在兰州召开的甘肃省中语会,并在大会上作了专题报告,由此引起了强烈的反响。

讨论时,兰州市铁三中的黄老师问他:"你三年要学生写多少篇作文?"

"108篇命题作文,108篇自由作文,216页抄读文。"

"批改呢?"

"命题作文教师浏览后打印象分,从中选出三至五篇有代表性的作文进行评改,然后张贴公布,让学生揣摩。此外,还可以采用启发式、谈话式、交换式、调查式、舆论式、重复式等多种批改形式。自由文还可以在前后排四人小组中交流，由学生交换批改，改后署名，以示负责。抄读文则主要由教师检查，学生间相互交流、传递信息与扩充知识。"

黄老师十分感慨地说："以前，我总以为我们语文界就那么几个屈指可数的专家，了解了陆老师的教改理论与实践之后，我感到我们的国家有了新的教育改革家！"

此后，她使用了陆继椿编写的教材，后来得了眼疾，退休了，将该改革教材又介绍给别人，继续实验。

1978年，吕叔湘先生在《人民日报》发表文章，尖锐地指出当时的语文教学费时多、效果差、学生语文水平低的现象，呼吁必须改革教学以适应四化建设的需要。陆继椿反复学习，颇有同感。不久，于上海市举行的公开课上，他提出了"一课一得"的教学新主张。

1978年5月，华东师大刘佛年校长自京返沪，召开教改座谈会，深有感触地说："语文教学从来没有一个'序'，我们要寻出这个'序'，实现中小学语文教学一条龙。"在座的陆继椿老师反复地品味思索着，新的时代需要新的思想与方法。

同年，华东师大一附中校长徐正贞在全校教职员工大会上正式宣布：一附中的教学改革实验，全权授予陆继椿同志！当天晚上，陆继椿激动得一夜没有好好入睡，这是莫大的信任啊！他躺在床上吟了一副对子："五颜六色世界，添它几笔秀色；七高八低人生，增我一腔豪情。"

陆继椿有沸腾的热血，也有冷静的思索：教学思想、教学方法、教学内容，不仅要适应新的形势，而且要赋予新的内涵。

必须设计新的教学体系，必须编写新的教材，必须寻求新的教学方法，探索一条科学的途径。改革既要具备时代的特征，又不摒弃吸收借鉴古今中外的精华。查阅五四以来的教育资料，他惊讶而兴奋地发现了叶圣陶等编写的《国文百八课》，其中已经谈到实现语文教学科学化的问题。对于国外的教育资料，他采取"拿来主义"的态度，审视评判，发现了练习题的设计比较实用。此外，同外地许多教育改革者取得联系，与上海市的同行共同商榷。于是既抽象出了编写的指导思想——适应现实生活与时代发展，要求语言准确、简洁与严密的需要，给学生以科学的语言训练，打好必要的应用语言的基础；同时也寻出了一条以写的能力为主线的"序"。

他呕心沥血编写的《分类集中分阶段进行语言训练》初中实验教材终于问世了。先是油印，接着是师大一附中铅印的"白皮书"，1982年，华东师大出版社正式出版。

个人设计教学体系编写教材，总结一套与之相适应的教学方法，自成一派，这在新中国成立后后的中国大陆上，还是独一无二的！这一教学体系愈来愈多地得到了全国教育改革者的认可。1981年《语文教学通讯》就用了10篇文章集中介绍了上海、天津、黑龙江、湖南各类学校试点班的情况，并请专家作了初步的评价，此后，许多省、市教育杂志和报刊相继作了介绍与专题报道。目前，全国已有七百多个班级使用了他编写的教材。

陆继椿并没有满足。他曾在编写中吸收过学校副校长季克勤将统编教材内容纳入实验教材的建议，甚至吸收了不少学生的意见。现在，他们在吸收着各方面的意见，以期对这个体系、这套教材进一步修订与完善，并且开始了这个体系向高中阶段发展的设计。

"你这个改革不会是短命的吧？"有人担心地问他。

"不会的！"陆继椿坚定地说，"成功了，为大家铺平一条通往胜利的路子；失败了，也可以给有志于改革的同志提供些教训；我自己也可以另辟新径继续前进嘛！"

但更多的人却说陆继椿已经成功了，而且取得了辉煌的成果。

1982年，他被评为上海市优秀教师；1984年，被评为上海市劳动模范，光荣加入了中国共产党，并出任中国教育工会上海市委员会副主席；1985年，他被评为全国优秀教育工作者，成为上海市中语界唯一的全国"五一"劳动奖章获得者，同许多卓有建树的知识分子一道，跨入全国劳模的行列。

鲜花与荣誉，并没有冲昏他的头脑。他常常自谦地说：108个训练点的教学资料需要积累，更需要分析，要建立各种类型的测试网络，并要对典型的学生进行一定时期的追踪记录，这样，才能得出成功与失败的科学结论。

是否取得了真的成功，他还没有做出肯定的答复；第三轮实验已经开始，高中实验教材科学化的问题正在思索……

"路漫漫其修远兮"，陆继椿还将上下而求索。

（原载《教育改革家》，山东教育出版社，1986年8月第1版。）

他的心里只有工作

——王锡干老师的执著追索

他默默无声地承受着感情大潮的拍击，品尝着自制的一杯杯苦酒，但紧张的生活节奏，摘取的累累硕果，又使他感到欣慰和幸福。

交织着酸苦与甘甜的泪

1984年盛夏，津浦线上，一列奔腾呼啸向南疾驰的快车里。

一位脸色憔悴的中年妇女，面窗而坐，泪水滴滴，痴痴地望着茫茫大地。她，就是金乡师范老师王锡干的爱人——胡进菊。

一个个大小远近不同的村庄，迅速地驰向后方；一个个高矮新旧不同的房舍，也飞快地奔向后方。但不知为什么，这无数村庄，却使她突然联想起金乡城东的高河店大队；这一个个房舍，又都似那特定时代一个奇特人物所营建的教室……

那是1968年的10月上旬。

高河店公社传递着一个奇怪的信息——一位自县城发配而来的年轻教师，却执意要建一所为民造福的学校。

出于好奇，胡进菊和几个年轻姑娘决定去亲睹一下这个奇怪的人物。当时，他正大汗淋漓地同一群"四类分子"拉运砖瓦。据说，他还是这群"四类分子"的"领袖"。她开始审视这个年轻的教师——既矮且瘦，衣衫不整，戴着眼镜。但卸砖的速度却犹如旋风一般；手上磨出了殷红的血，仍全然不顾。一忽儿，一车砖卸完，顺手牵起车把，又飞快地向窑厂奔去。

"欸！"一位姑娘捅了捅了胡进菊的后背，指着堆放在砖瓦上的一堆破旧被褥说，"看，他们晚上就睡在那里！"

胡进菊的心一颤，不由得对这位沦落天涯的年轻教师产生了巨大的悲悯。以至以后的许多天里，她的眼前还不时浮现出那副黑瘦的面孔、那堆破旧的被褥。

1969年元旦，校舍正式竣工，开学典礼也于同日举行。胡进菊约了几个年轻姑娘赶来了。他讲了话，而且句句掷地有声，像小鼓槌击在了她的心上："我叫王锡干，来到这里就是要干的！我一定要把招收的这47个学生，培养成管用的柴油机手和农业技术员，为咱高河店公社的农业机械化尽些绵薄之力！"接着是一阵劈里啪啦的掌声，胡进菊的手都拍疼了，还在使劲地拍着。

"你咋了？得了神经病！"一个姑娘扯住了她的一只手。胡进菊如梦方醒，脸上不由得泛起一片红晕。

这时，一个新入校的学生迎上走下台来的王锡干老师："老师，您在哪里住啊？"

"住？这……"他茫然了。他单枪匹马，日夜奔忙，一方面筹建学校，一方面动员学生报名；学生招来了，学校也以旋风似的速度建成了。但他全然忘却了给自己盖个栖身的斗室，因为以前他有一个天下最大的宿舍——露天宿舍。

"十足的傻瓜！"一个小青年嘲讽地说。

但年轻的共产党员胡进菊，却觉得这个傻老师傻得如许可爱，爱的奇花已在她的心里绽开。

此后，胡进菊便通过各种渠道探听他的情况，得知他开学后先是"打游击"住宿，后是借宿在银行的一位同志的办公室里。在反复旧之风阵阵袭来时，他勇敢地昂起了一个人民教师的头。公社革委会要抽他的学生去写大字报，"见鬼去吧！"他被激怒了，学生也愤怒了！他培养的学生不是来写大字报的！他招来种种非议，更有难言的刁难。然而，他豁出去了，他的神圣事业不容任何邪恶势力亵渎！他依旧每天上午在学校给一部分同学讲农业化学，下午赶到县拖修厂同另一部分学生一块儿跟老师傅学农业机械。教与学都是高效率，甚至来回走路也像飞的一样。一天往返 30 里，风雨无阻，不知疲倦与痛苦，终日在履行着自己的诺言。学生从心里敬佩他，厂里工人师傅由衷地称赞他，高河店公社的社员真心惦着他，因为在那非常的时期，他实实在在为当地群众培养了 47 名柴油机手和农业技术员。

胡进菊又感到他十分可敬，认为他人格高尚。于是，她同他开始了恋爱，迎着世俗的嘲讽与政治的压力，在 1969 年国庆节那天，一位共产党员和一个流放乡下的"臭老九"结为伴侣，开始了艰难而又幸福的夫妻生活。

一晃 15 年，皱纹都已爬上了他俩的眉宇，孩子也都进了学校。眷思往昔，记不清摘食过多少颗甜蜜的果，度过了多少个美好的梦。

是他，试制了植物生长刺激素"九二〇"；是他，成功设计了土壤速测箱，编写了土壤速测和植物营养速测说明书；是他，带领学生，不辞辛苦地将速测箱和技术，送给素不相识的农民；是他，带领学生，改良了学校试验田的盐碱土壤；也是他，在 1984 年元月县府召开的中级知识分子会议上，提出了作物如何布局的精辟见解，语惊四座，赢来称颂；还是他，承担教学任务的重荷，又积极为发展乡镇企业献策献力，并在城郊乡浸化油厂确定了一项科研项目，担任攻关小组组长，而且 1984 年夏季进行试制表演，年底便要拿出产品。这频频紧催的战鼓，不仅加快了他那原本紧张的生活节奏，而且也重重地击在了她这个做妻子的心弦上。当然，还有另一色彩的回忆浪花：她还欣喜地读过一个个学生给丈夫的一封封洋溢着感恩之情的书信，习惯于观看丈夫那来去匆匆的身影，愉快地目睹了丈夫默默捧来的一张张奖状，尤其是丈夫去参加省优秀教师会议和全国"五讲四美"为人师表活动先进代表会议期间，她激动得几夜难以入眠，她为有这样一个好丈夫而自豪。想到这些，幸福的泪顺着她的脸颊流了下来。

但酸苦的泪也接着涌出了。

她和他本该享受幸福的恩赐了，但万万没有料到，病魔却悄悄地、而又是拼命地缠住了她。1983 年暑假，胡进菊只身前往天津治病，得到的竟是动脉血管瘤的医院"判决"。这一年暑假，她不愿打乱丈夫那紧张生活的旋律，甘愿隐吞着苦果，又孑然一身去了北京。而医院的"判决"更加惊人——动脉血管瘤已至中期，不能手术！

她回来了，一个人。往昔火车那富有节奏美的悦耳声，此时却每每痛击着她的心灵。还能同丈夫共度几多春秋，还能为丈夫送去多少温情，还能为丈夫尽上多少力量？

泪眼模糊，窗外的天地，竟是难以分辨的雾茫茫一片……

他，不是一个合格的丈夫

正当胡进菊在火车上回首往事的时候，我们的主人公王锡干呢？

他，也在津浦线的列车上，只不过是一列自南向北、开往济南的快车上。

他也面窗而坐，也痴痴地望着大地。但是临座一位老太太絮叨不止地谈论养鸡发财的趣事，却无形中将他推进惭愧的海洋里——

那还是刚刚粉碎"四人帮"的时代，一些青年开始萌发出强烈的求知欲望。

这是一个离奇的故事，但却绝对真实。

一个星期天的早饭后，王锡干夫妇说说笑笑、高高兴兴地要为他们的鸡们营造一个舒适的家。工作进行得十分顺利，再有半个小时，鸡们便可乔迁新居了。但恰在这时，不期光临了一对素不相识、慕名而来请求辅导的年轻夫妇。

王锡干立刻罢工洗手，将他俩让进屋里，随即认真辅导起来；至于营造鸡窝的事，早已抛到九霄云外了。

妻子原是一个助手，营造新"房"的"工程师"不辞而去，她真是一筹莫展，望"屋"兴叹了。她深晓惜时如金的丈夫下午还要给本班一些学习差的学生辅导功课，如果失却这难得的良机，这工程鬼知道哪年哪月哪日方可竣工！于是，她去叫丈夫暂帮一会儿，哪怕作场外技术指导也行。

王锡干却认为这是对求知者的怠慢与不敬。他让客人稍等片刻，忽地奔出屋外，瘦瘦的脸变得铁青，软绵绵的性子突然爆发："岂有此理！"他旋风般地捉起一只小鸡，拼命地往地上一掼，一个无辜的小生命，顷刻间呜呼哀哉了。他头也不回地返回屋里，又重新为客人辅导起来，似乎刚才的一幕，与他风马牛不相及似的。然而，院中孤身一人的妻，却在嘤嘤地悲泣。

送走客人，他才忽然想起委屈的妻子，不由升起一缕缕不安与愧疚之情。多好的妻子！是她，在自己年已三十、命遭厄运的境况下，毅然同自己结为夫妻；也是她，在长期的共同生活中，对自己体贴入微、恩爱备至，而自己这样……

他赶到妻子面前，异常惭愧地承认错误，宛然一个虔诚的基督教徒在忏悔。妻子不由得破涕为笑："别装蒜了！"

"真、真的！"他托托镜框，认真地辩解着。

妻子扑哧一笑："真就真呗，但这鸡窝咋办？"

"我看是否这样，"他看看手表，用商量的口吻轻轻地说，"我的时间确实太紧，咱养这些鸡不少耽误工夫，不如干脆都杀了……"

"哎！真拿你这个傻子没办法！"妻子知道他是以分秒为计时单位的，也深信他想得更远，便没再提出相反的意见。

于是，鸡们没能乔迁新居，却一个个战战兢兢地走向了屠宰场。

这故事是一个形象生动的广告，很快传到一些年轻求知者那里。起一片赞语，发一通感叹。随后，便是他们纷纷不邀而至地来找这位热心的义务辅导员了。

不过，这种专门利人的精神活动，不仅造成了鸡们命运的悲剧，有时也给妻子酿造精神的悲剧……

那还是妻子前往北京看病出发的前一天。

子夜，繁星点点，王老师徘徊于校园，遥望着中天——

他的哪一份工作，哪一点成绩，没有妻子的滴滴血汗？他常常忘了妻子，为了工作；但妻子在繁重的小学教学工作的空暇，却时时关照着他。没有她这个特级后勤，他那飞转的生活节奏便会紊乱；没有她，他的重要工作便会受到损失。然而她却患了重病！去年为了辅导社会青年没能陪她前去天津看病；今年难道再让妻子承受重病的痛苦、负载精神的压力而一人前去北京看病？

"不行！"他在对着星空自语。

可是，浸化油厂的科研项目正急等着他去攻克，暑假如不抓紧科研工作，开学后的时间只将化为零星碎片，紧迫艰巨的科研计划必成空头支票。

"绝对不行!"他又在对着星空自语。

这真是一个令人头疼的二难推理,王锡干理智与感情的天平失去了平衡……

不知过了多长时间,他才心事重重地走进了自己的家。

"你……"妻子拉着电灯,抹去两行泪水。

"我……"他的感情之潮又袭来了。

"我知道,"妻子拉着他的一双手,低声而又恳切地说,"你始终惦着浸化油厂,也惦着我;放心吧,我自己是能摸到北京的,真的!"她哽咽了。

"我,不是一个合格的丈夫!"他的泪也刷地流了下来。

两双手,紧紧地握在了一起……

妻了走了,空空的,带走了爱,带走了精神的寄托。他只有悄悄拭去自然溢出的泪水,为远去的妻子暗暗祝福。但一旦沉浸在科研中,他便忘却了妻子,忘却了自己,忘却了爱与恨。

为了汲取他人的经验与教训,为了给乡镇企业寻得生存与发展的门路,为了使科研工作顺利进行,他和县科委、油厂、化肥厂的有关同志组成了六人考察小组,也紧张地踏上了行程。

王老师注意着与科研项目有关的一切线索,也在寻找着乡镇企业生存发展的最佳门路和长久之策。他通过郑州粮学院油科系的两位教授,找到了江苏昆山油厂的副厂长、工程师徐则林,取得了棉油脚料综合利用的技术上的援助,并签订了合同,为浸化油厂的发展奠定了基础。

现在,在河南、上海、江苏考察之后,他们将要抵达考察的最后一站——济南省一轻厅了。

旋风一般地考察,公园不能进,商店没空进,影剧院更是无暇问津,甚至看病都挤不出时间,工作紧张的程度达到了惊人的地步。但工作却进行得有条不紊,六人三组,各有分工,每晚各组总结,最后还要王老师汇总。王锡干的眼里闪着激动的泪花,他似乎感到希望就在眼前。

汽笛一声长鸣,火车驰进济南。一下火车,他们旋即进行工作,尔后便是满载考查的胜利硕果而归。

王锡干老师终于踏进了自己的家门,见到了担忧而思念的妻子。

"你,什么时候回来的?"

"前天。"妻子尽量笑着。

"病……"

王老师欲言语塞。

"同以前一样，没什么……"妻子依然笑着，慌忙去为他做饭。

王老师心急火燎地翻箱倒柜，终于见到了那张北京医院的"判决"。妻子捧来一碗热气腾腾的鸡蛋面条，坐下了，无力地。

王老师的手抖动着，那张医院的"判决"也瑟瑟地抖动着。突然，他的双手将她的双手紧紧地握住，"判决"便被挤在他俩手的中间。妻子的泪刷地涌出来了，但她没顾上擦，只痴痴地望着丈夫那又消瘦了的面庞，那泪水滴滴的眼睛。

夫妻俩"执手相看泪眼，竟无语凝噎"。

他和她，经受了又一次沉重的打击，也经受了又一次严峻的考验！他和她没有倒下去，而是站起来了，为了事业，勇敢地，顽强地……

急风闪电似的生活节奏

1984年11月7日晚饭后。

一辆吉普车驶出济宁市郊，向西南急驰。

车上除济宁市五中的书记校长外，还有一个比较瘦弱、面色略黄的人，他，就是我们的主人公王锡干。

小车颠簸着，王锡干的思绪也在颠簸着。他觉得，突如其来的变化，简直是一场异常奇特的梦——

10月22日，在金乡师范工作的王锡干老师，突然接到速去济宁市教育局的紧急通知。

"不好！莫不是想调你？"校长袁英的脸变得铁青。他对王老师十分信任，并决定在这次机构改革中将王锡干充实到校级主要领导岗位上来，难道……

王锡干摇摇头，什么也不知道。但他不愿离开工作了20年的金乡师范，这里的一草一木，他都是如此地熟悉、亲切。他担任着理化教研组组长，一直大胆进行着教学改革，不少教学论文已经发表，自编化学教材许多师范学校也曾使用，自制教具又赢来了省、地专家与老师的赞颂。1984年国庆节，他又被评为省劳动模范。他正筹划着更宏伟的规划——从宏观与微观的结合上研究教学，从校内与校外的结合上进行化学试验。但是……

"不行！我跟你去！"袁英当机立断，同他一道驱车前往。

不愿发生的事发生了——王锡干已被任命为济宁市第五中学副校长。

袁英当即同市教育局负责同志拍了桌子。他试图留下这个人才，不惜一切代价，不怕任何风险。

袁英转守为攻，铮铮有声地摆出了王锡干离开金乡师范的具体困难，由此引起了市局领导的充分注意，于是，一位局领导同志当天和他们赶到王锡干的家。

家人惊讶而叹息，左邻右舍都在悲泣，学生和老师，也纷纷赶来了……

多好的人啊！舍不得离开，也难以离开。

重病的妻子必须经常医治吃药，可到了乡下，何等不便！岳父八十多岁，靠着这个女婿，吃穿看病，从不发愁，但女婿要走了，岳父老泪纵横，没沾一滴饭水地离去了。大儿子大伟，正在一中初三学习，二儿子大鹏，适逢小学五年级就读，正在升学的关键时刻，却都要转入农村！他搞的教学改革，他搞的校办工厂，他帮工厂搞的科研项目……

局的领导同志同情了，心软了。

但王锡干却说："我服从组织的安排！"

声音不大，却异常坚定。

他认真思索了——孩子、妻子、岳父是重要的，但事业更重要；在金乡师范当校长，于家于己，可谓有百利而无一弊，但地处农村、条件较差的济宁五中，不是更需要人吗？何况市局新任命的干部中，仍有迟迟不报到者，如果自己犹豫彷徨，对这场机构改革必然产生负面影响。

"去！教育视察团视察结束，立刻去五中！"王锡干一锤定音，他人无不为之惊愕。

10月24日，市人大组织的教育视察团，分赴各县视察，市人大委员王锡干随团前往。11月7日，视察结束，他赶到济宁。五中领导乘车来接，金乡师范校长袁英去作最后一次努力。王锡干没有再回金乡，而是乘上了开往五中所在地——唐口乡的吉普车。临行，一向不流泪的铁汉子袁英，抱头哭了："我没有留下你，完了！我，真是一个没用的校长！"

王锡干的泪也流出来了……

"到了!"五中的王书记说。

吉普车停住了,车门打开。

王锡干如梦方醒,到了一个陌生的,但又要在这里生活和工作的地方了。

当晚开校务会,当晚同各教研组老师会见,当晚又巡视了学生宿舍。

神似的速度!

第二天,王锡干受五中书记校长的嘱托,去同金乡师范的老师学生告别,并安排一些必要的交接工作。

10日晚,金乡师范的领导和老师为他举行告别宴会。

11日下午,他推起自行车,卷上行李,悄悄离开金乡。因为他害怕明天(星期一)那依依惜别的场面,他担心看到一个个泪涕涟涟的师生而承受不住感情大潮的冲击,因为他已惦着济宁市第五中学的工作……

别了!金乡师范。洒一行热泪,算作我的告别礼吧。

王锡干踏进了五中教学楼,心里总是平静不下来。推开后窗,凭几北望,是一个个错错落落的农家村庄,一片片嫩绿的麦苗!

啊!那绿色的麦苗,莫不是碧绿的海,莫不是濒临青岛的大海?海滨浴场痛痛快快地洗澡,鲁迅公园高高兴兴地游览——那是美好青岛和壮观大海所溅起的绚丽的回忆浪花!

记得1961年,从曲阜师院化学系毕业的前几天,他怀着亢奋的心情,不断编织未来生活的花环——在自幼生长的海滨青岛,看潮起潮落的大海波涛,躺在大海的宽阔的怀抱里,和温馨的海水亲吻,抑或踩着松软的沙滩,在海岸捡拾美丽奇特的贝壳。他还可以回到敬爱的母亲的身旁,聆听身为崂山县副县长的大哥的亲切教海,尤其是可以用知识的乳汁,去培养青少年一代……

然而,这都是甜蜜的梦!

王锡干接到的是去滕县一中报到的通知。

他惶恐了,犹豫了。其实,理想之花绝不是为王锡干这样的人栽培与欣赏的。他自小学、中学到大学,一直是品学兼优的学生干部,到远离家乡的鲁南工作,他不去又派谁去呢?当然,惶恐犹豫之后,他又在反思,冷静地反思:是该派我去,条件优裕的话,还要我这团总支书记去干什么?这是考验，也是信任，他坚定了信心！

收拾行装，当日起程，赶往滕县。然而，文教局领导却向他叙说起五中急需化学教师的话来。他听出了弦外之音，自告奋勇，匆匆赶到离城南40里地的官桥——五中所在地。

繁重的教学任务，紧张的班主任工作，一起压在了这个年轻教师的肩上。但他仍嫌生活的节奏太慢，他要推着生活、拉着生活向前跑。于是，在教学工作之余，他又筹建石灰窑，和学生一道上山拉石头，并且夜宿窑旁，亲观火候，以期使化学教学付诸生产实践。

后来呢？滕县一中教学；邹县灰埠大队劳动；1965年夏，又调到地处鲁西南平原的金乡师范。

但迎接他的，首先是一个沉重的打击！

1965年8月16日夜。

刚到金乡师范上任的王老师，突然接到一封"母病故，请急归"的加急电报！

那一瞬间，他简直呆若木鸡，一无所知了。但旋即清醒过来，撕裂肺腑的苦痛便疯狂地向他袭来……

记得在邹县劳动期间，就连续收到过"母病危"的电报。是该回去看看久别未见、生命垂危的老母亲了。老人家病危思人，尤其挂念这位远在异乡的孱弱之子。但工作完成后的总结等诸多工作，竟使他无一刻闲暇。而初到金乡师范，繁多的工作也便纷至沓来。他甚至忘了电报，忘了生身之母，只在小憩之时，方才念起母亲，一阵惊恐，伴着美好的祝福、侥幸的希望。

万没料到，最后这封电报，竟判母子永诀！

"啊！妈妈，我的好妈妈！我永远对不起您老人家！"他抖动着电报，哭喊着扑到床上。

该踏归故土的时候了，尽管只能见见老人家的遗体，但这也是一种精神上的解脱与慰藉！

然而，新入校的学生谁去过问？班主任与教学工作的重荷还压在他的肩上。

他又动摇了，彷徨了，一夜未眠，一夜痛苦，一夜思想斗争。他迎来了旭日的一缕光辉，也坚定了一个信念。揉揉红肿的眼睛，狠狠心，悄悄将电报焚烧，使它同母亲一起，永逝人间。

急忙收拾行李，匆匆拿起饭碗，住进了学生宿舍，插到了学生小组就餐，到这群来自四面八方、告别父母的天真孩子那里去寻求安慰与欢乐。尽管痛苦之魔还不时向他挑战，但活泼可爱的学生又常常给他邀来幸福之神。他把学生当做可亲可爱的小弟弟、小妹妹，学生则把他当做可敬可亲的大哥哥。苦苦的情，渐渐消融在学生的欢笑中，消融在师生之谊的浓波里。

但紧张的教学工作，不断的师生交谈，频繁地去本县和外县骑车家访，使他的身体濒临崩溃的边缘。胸胃剧痛，胃缩小到小孩拳头一般，面色死黄，被抬进医院。

病奇迹般地好了，但身体仍极虚弱，有待继续住院，但他顽强地回到了讲台……

天津部队任师政委的二哥前来看他，他却到外县家访去了。家访归来，兄弟久别重逢，理应畅叙衷情了，但三言两语之后，他又跑到学生那里去了。

1974 年春，刚刚恢复崂山县副县长职务的大哥前来兖州开会，连打三封约他相见的电报。兄弟 10 年未见，况且还是亲自养育自己的大哥。但他正在编写着师范学校化学教材，抽不出和兄长相见的时间。以致接到最后大哥打来的已经离去的电报时，他才突然感到一股惭愧之流涌来。他紧紧地捏着电报，恰似捏着哥哥的一颗心，泪眼迷蒙，曲肠九回，向谁诉说苦情？

时间，对他就是如许的刻薄；生活的节奏，旋转的速度风驰电掣一般。现在，王锡干从一个师范的讲师，走上了学校领导的岗位，他要使生活的节奏更快地旋转。

但矛盾出现了。有人说王锡干到济宁五中是一种惩罚，风吹到胡进菊的耳中，她立刻火了，匆忙赶到济宁去找教育局局长。局长感慨而又真诚地说："你的困难我们了解了，你可以来济宁工作，这样对你看病和孩子上学有利！"

"不行！"王锡干得知这一安排后，坚决反对。

一个妻子，三个孩子，在王锡干的影响下，走向了他所规定的道路。

若问现在王锡干的情况如何，请去问五中的教师和学生。不过，笔者可以披露一点小消息，他的身体更见赢弱，生活的节奏似乎更紧，但是，他在广大师生的心里却有了沉甸甸的分量！

（原载于《教坛春秋》，山东教育出版社，1985 年 7 月第 1 版。）

他的生命在学生的事业中延伸

——张万祥老师的德育密码

张万祥是享受政府特殊津贴的专家，德育特级教师，中国教育学会理事，天津市德育工作者协会常务理事、天津市班主任研究会副理事长。从教30余年，担任班主任达26年，所带班被评为市级"三好"班集体，曾获共青团中央、中国科协的表彰。在省市级教育报刊上发表论文130余篇。作为主要作者与人合作出版《班主任的一百个怎么办》《班主任工作研究》《班集体活动论》等著述16部；出版个人专著《班主任工作创新艺术100招》，编写了《新课标德育资料库》。近年间开创了网络招收徒弟的先河，被誉为"网星"。

张万祥也是令我敬仰有加的一位老师，他在班主任工作方面所进行的成功探索，在全国产生了很大的影响。而在其他方面，他同样做得异常精彩，以至于令我感到不管如何去写，都只能是"弱水三千，只取一瓢饮"。但愿这点滴之水，能让读者看到从中所映照出来的灿烂与美丽。

平常心与进取心比翼齐飞

在目前不少人急功近利甚至见利忘义的时候，平常心与进取心却使张万祥老师的心灵在宁静的港湾怡然自得。

一、游弋于平静的心灵湖泊之中

张万祥老师参加过人民大会堂便宴，既是区政协常委，又是人大代表，得兼这两个荣誉者，全区只有两人。召开两会期间，用车接送常委和代表，本是天经地义的事情。可是，张万祥老师却总是骑着一辆自行车，心安理得地穿梭于两会之间。

他认为，不能"得之若惊，失之若惊"，而应当宠辱不惊。游弋于自己平静的心灵湖泊之中，才能幸福一生。因为幸福是一种自我感觉，它与物质没有必然的联系。所以，他从不与人攀比物质享受，只是热衷于比精神享受，比思想人格，比文化品位。

张万祥老师甚至对唾手可得的荣誉也很少关注。第一次评职称，他根本就不争。他说，职称是一种形式，文化素养才是根本。上个世纪 90 年代初，他应邀到沈阳给 1300 余位老师讲德育工作，人们问他是什么职称，他说是中学一级教师。在全国已经有了很高知名度的张万祥，竟然还不是高级教师？这真令人匪夷所思。

老子说："后其身而身先，外其身而身存，非以其无私矣，故能成其私。"从 1994 年开始，他戴上了中学高级、特级教师，享受国务院特殊津贴专家一顶顶桂冠。他更加勤勉地在德育园地里耕耘。

二、进取心是一种不竭的动力

拥有一颗平常心并非不求进取，相反，进取心与平常心是人成长发展之两翼，缺一不可。平常心强调的是在利禄名誉方面的淡然平静超然物外，进取心强调的是在知识能力方面的不懈追索。张万祥老师甚至认为，进取心是一种不竭的动力，是一种对事业的痴迷心态，是一种"发愤忘令，乐而忘忧，不知老之将至"的精神境界。

荀子说："不积小流，无以成江海；不积跬步，无以至千里。""厚积"方能"薄发"。而对于教师来说，积累尤为重要。他认为，关门即是深山，读书即是净土。读书就要买书，许多高层次之书，就从书店源源不断地走进张万祥老师的家庭图书架上。于是，天津评选百名优秀藏书家庭，张万祥老师榜上有名。而他的文化素养，也在持之以恒的读书中不断地增长。

把报刊上的好文章剪裁下来，然后装订成册，这是他长期坚持的习惯。他的剪报已经多达 70 余本。他还曾想过编撰一部三类词典，做了上万张卡片。后来虽感力不从心而中止，但却因之而积累了可供教学之用的丰富资料。

此外，治学、感悟等方面的卡片也积累了数千张，成为教育学生随手可取的资料库。1978年前后，学校的书不多，他个人也没有太多的资金购买图书。张万祥老师为了教好课，就将很难买到的作家简历一笔一画地抄下来，甚至《古典常用词典》、文学趣闻录等也一一抄写下来。他甚至从1986年起，将学生的计分册一一积存起来，每每翻阅，看到一届届学生的名字，仿佛看见一张张鲜活的面孔，幸福之感油然而生。他更深深地感受到自己生命的价值。

这种积累实际上是一种精神收藏，它带给张万祥老师的不仅仅是丰富的知识，还有心情的愉悦，精神的升华。

张万祥老师在重点中学教学语文，有时两个班，有时三个班，还有社会活动。工作之忙，可想而知。但千忙万忙，都没有影响他的写作。他不但平时坚持写作，而且每个星期六晚上通宵笔耕不辍。张万祥老师喜欢使用蘸水笔，用了一个又一个，迄今他还保留着50个磨得已经很秃的蘸水笔尖。

三、"耳顺"之年更富现代气息

人在接近"耳顺"之年的时候，往往在思想与心理上也在向"退休"靠近，行为也便趋于"老化"。可张万祥老师却更加现代起来，从行为到心理，都明显地打上了现代的色彩。

1999年始学电脑，且一发而不可收，成为这方面的行家里手。第一台电脑的键盘已经打坏，笔记本电脑现已成为随身携带之物。数码相机使起来得心应手，摄像镜头已不陌生，MP3用起来心旷神怡，QQ玩起来轻松自如，最近又在网上开办了讲座。有人说，张万祥是一个典型的现代派，比当代小青年一点儿也不落后。

记者前去采访时，张万祥老师刚刚与出版社签订了3本书的出书合同。我真担心他在有限的时间能否完成任务。可他指指手提电脑，轻松地一笑："没问题！"

记者突然发现，在张万祥老师的笑里，不仅有灿烂，还有天真。童心永驻，是一切大家之所以成为大家的必备品质。我想，张万祥，不正是走至"复归于婴孩"的高层境界了吗？

最近，张万祥老师发在网上的《浪漫的一天——愿天下班主任都有浪漫的一天》文章，引起众多网友的青睐。在老伴生日那天，张万祥带老伴办理了出国护照，准备带老伴到法国"夕阳双双游"，作为给老伴的生日礼物。在这则 6000 余字文章的结尾，张老师深情地希望："我现在享受到了浪漫的一天。我希望我年轻的朋友们都有轻松的一天，休闲的一天，逍遥的一天，浪漫的一天。我们需要忙碌、紧张、竞争、奔波、辛苦，也需要轻松、休闲、逍遥、浪漫。让我们的生活五彩缤纷，让我们的心情更恬适更美好。"网友清风拂面给这则帖子配了歌曲《最浪漫的事》，成为"教育在线"上的一道靓丽的风景。

走出崇拜秦桧、希特勒误区无说教

一年新学期开始，张万祥老师接手一个新班。他在班会上进行了一个"你所崇拜的人物"的问卷调查。始料不及的是，有的学生崇拜的人物竟然是秦桧、希特勒。

当代学生崇拜走向的多元化，昭示出学生思维的活跃与思想的开放，但同时，其间也或多或少地隐匿着某些不健康的思想。张万祥老师并没有简单地对这些崇拜失向的同学进行批评，甚至没有在这次班会上提及此事。他不想让思想教育与单调说教在同一个平面上滑翔，而是考虑如何让思想教育"润物细无声"地驶进学生的心里。

经过精心准备，张万祥老师的教育便在其后的一次班会上拉开了序幕。他首先给学生讲了一则历史轶事——

一天，秦桧的一个后人与朋友同游西湖，游到岳飞庙，看到呈跪态的秦桧夫妇塑像为千夫所指为万人唾骂的情景，不禁吟出两句诗："人自宋后少名桧，我到坟前愧姓秦。"

整个教室里鸦雀无声。

张万祥老师趁机提出问题："秦桧屈膝投降、丧权辱国、为虎作伥，陷害忠良，是民族的罪人、历史的罪人。现在我命令你崇拜他，你干不干?"

"不干!"学生异口同声地回答。

张老师随后又逗趣地说："秦桧的后代都为自己的前人感到无地自容，我们和秦桧不沾亲不带故，为什么非要继承他的衣钵，甘心代他挨骂呢?"

教室里一片笑声。

张万祥老师又把话题引到希特勒身上："希特勒是哪位同学的海外亲属?"

学生不由得大笑起来。

"是的话，可千万别六亲不认呀！"

学生笑声更高。

"看来，我们中间没有。大家与希特勒更没有血缘关系，为什么要自作多情地崇拜他呢？"

学生又大笑起来。

这时候，学生被动接受教育时的戒备心理已经悄无声息地解除了。张万祥老师感到火候已到，略一沉默，严肃地指出："崇拜谁，每个人都有自由，但是有自由不等于不要原则。我们的原则就是看这个人对历史对人民的态度。反对人民、阻碍历史前进的是千古罪人，即使他有某方面的才能，也万万不能崇拜！"讲到这里，他又说道，希特勒是一个大杀人狂，屠杀了 600 万波兰人、400 万苏联人、50 万吉卜赛人……他甚至连本国同胞也不放过，1939 年 9 月 1 日他签署了在德国清除病员及残疾人的指令，一年间 10 万德国人被杀戮。听到希特勒这些令人发指的罪行，崇拜希特勒的学生不由得自悔自愧起来。

最后，张万祥老师总结道："偶像崇拜是一种心态，是心有所属的精神寄托。健康的偶像崇拜使人获得精神力量，受益终身；不健康的偶像崇拜，却使人产生不切实际的幻想，导致精神意志的颓丧，误人一时甚至一生。同学们，我们千万不要做希特勒的信徒、秦桧的孝子贤孙；我们要以周总理、爱迪生、居里夫人等无产阶级革命家和杰出的科学家为榜样，为社会的进步发展作出自己的贡献。"

这时候，学生情不自禁地点着头。

张万祥老师认为，个别学生崇拜历史罪人虽系思想认识问题，但错误的根源未必太过严重。他们或认为凡是有才能的人、不同一般的人就值得崇拜；或标新立异，追求不同凡响；或辨别是非的能力不强，思想认识出现问题……凡此种种，不能无限上纲上线和大惊小怪，也不能操之过急或简单说教，而应当入情入景入理地将学生引进"道法自然"的教育园地，让其心悦诚服地与自己过去错误的崇拜情结告别，且无思想负担地走至一个正确崇拜的阳光地带。

比尔·盖茨的从善之心与从业之志潜入学生心灵之中

在多元价值走向的当代社会，学生学习的榜样也不再系单一色彩。而那些当代世界风云人物，在成为学生关注热点的同时，有的也开始成为他们心向往之的学习人物。所以，一些优秀的班主任在对学生进行传统教育之时，也有了别样的内容，产生了特殊的效果。

一次班会上，张万祥老师就以比尔·盖茨为例，激发起了学生的思考与热情。他说，比尔·盖茨凭信息产业而富甲天下，微软也成为信息科学世界的龙头老大。它以咄咄逼人之势挑战世界，中国也成了它的挑战之地。1998年11月5日，微软挟8000万美元在北京成立微软中国研究院。作为在海外开设的第二家基础性科研机构，它计划在未来的几年扩大到100人，成为世界顶尖级别的科研机构。该院首先聘请世界级专家、美籍华人李开复博士出任院长。世界著名科学家张亚勤博士加盟研究院，任首席科学家。张亚勤博士是数学形象和视频技术、多媒体通讯、国际互联网等方面的世界级专家。1997年，年仅31岁的张亚勤博士被授予美国电气电子工程师协会院士的称号。对于这种新的世界经济走向，大家不知有何想法？

新颖的信息吸引了青年学子。经过短短的思索，他们开始各抒己见。

徐磊同学发言说："我不完全同意李莉同学的观点。微软把科学研究院开在我国的首都，是挑战，但更是机遇。科学是没有国境的。他们在北京开科学研究院，世界顶尖级科技就在我们的眼前，更便于我们摸到世界科技发展的脉搏，更好地刺激我国科技迅速发展。不用走出国门，我们就可以洞察世界科技风云。这难道不是难得的机遇吗？"

一向喜欢科技知识的王雷同学避开争论，介绍起张亚勤来："张亚勤被人称为'神童'，12岁即考入中国科技大学第二期少年班，23岁即获得美国乔治华盛顿大学电气工程师博士学位，31岁成为美国电气电子工程师协会有史以来最年轻的院士。1999年回国加盟微软，出任微软中国研究院的首席科学家。我想，张亚勤是我们的骄傲。我们应该立下大志，做张亚勤式的青年，在科技上早日走上世界舞台。"

高明同学深有感触地说："澳大利亚科学家彼得·伊利亚德说：'今天你

如果不生活在未来，那么，明天你将生活在过去。'我们现在要放眼世界，瞻望未来。用未来知识经济时代对人才的要求来塑造自身。未来，人类在电子信息、生物、航天、航空、新材料、新能源、海洋等高科技领域中将大显身手。为此，我们现在就应尽快地提高自己、尽量地充实自己。"

学生言出由衷，奋发向上的激情在心中澎湃。本来，至此，教育效果已经非常显著。可张万祥老师却并没有作总结性的发言。他将话题一转："同学们只知道比尔·盖茨是 IT 行业的大亨，孰不知，他还是一个大慈善家，一个典型的精神贵族。他和他的妻子已经捐赠了超过 210 亿美元建立了一个基金，支持在全球医疗健康和知识学习领域的慈善事业，希望随着人类进入 21 世纪，这些关键领域的科技进步能使全人类受益。到今天为止，盖茨和他的妻子建立的基金已经将 20 多亿美元用于了全球的健康事业，将 5 亿多美元用于改善人们的学习条件，其中包括为盖茨图书馆购置计算机设备，为美国和加拿大的低收入社区的公共图书馆提供 Internet 培训和 Internet 访问服务。此外，将超过 2 亿元用于西北太平洋地区的社区项目建设，将超过 2900 万美元用在了一些特殊项目和每年的礼物发放活动上。"

学生听得入了迷。

张万祥老师于是感悟道："中学生可以做螺丝钉式的雷锋，也可以做精神贵族比尔盖茨。""'后生可畏，焉知来者之不如今也。'说不定若干年后，我们这些中学生中就有一个雷锋，一个比尔盖茨，一个张亚勤，还有一个诺贝尔奖获得者。我多么想在有生之年，看到这个最令我激动的时刻啊！"

比尔·盖茨是当代一个引人关注的人物，但如果仅仅讲述他的发财史，那么，在学生心里所栽植的种子就有可能只是一个"利"字，而且在为利所驱之时，思想道德的裂变也有可能发生。张万祥老师的可贵在于，他的"利"之导向，与国家的发展、学生的奋进结合起来，而且从善之心与从业之志也水乳交融地植入学生心灵之中。

战士死而无憾的故事令其"恶小""而不为"

一天，学校图书馆购进 50 本关于高中生学习方法的书，张万祥老师如获至宝，班里学生也正好 50 人，图书管理员还没有注册登记，张老师就走'后门'全部借来，每人一本发到学生手里。

学生看得非常认真，但收书时，却只有 49 本。有个学生昧了一本。事并不大，图书馆管理员也说开一个证明就行了。但在张万祥老师的心里却积聚了一片挥之不去的阴云。

第二天自习课上，张万祥老师赫然在黑板上写下 14 个大字："务以善小而不为，务以恶小而为之。"不少学生当即指出："张老师写错了，不是'务'，是'勿'，'不要'的意思。"其实，这正是张老师设下的"故作错误"之计。他边改边说："同学们提得对。你们看一字之差，谬之千里啊！"随之又意味深长地说："我们千万不要因为错事小而不介意啊！"接着，他又引用了几句格言俗语，像"小洞不补，大洞难堵"、"千里之堤，以蝼蚁之穴溃；百尺之室，以突隙之烟焚"等等。然后他又慢声细语地讲了一则故事——

这个故事发生在淮海战役中。一位解放军战士被地雷炸得遍体鳞伤而奄奄一息，指导员看见他在冲锋的路上第一个滚下身子，压响了一串地雷，为战友们扫清了道路，为胜利立下了大功。师首长亲自来到前沿阵地看望他。他第一次和师首长挨得这么近，神情显得十分激动。师首长俯下身子告诉他："我们已经为你记下一等大功，授予你'滚雷英雄'的称号。"听到这个喜讯，战士的眉头却一下子拧紧了，并轻轻地摇了摇头。师首长不解地问连长："这个战士在战斗前有什么要求？"连长回答说他提出了火线入党申请。师首长立即指示连党支部开会讨论这个问题。几分钟后结果出来了，大家一致同意吸收这位"滚雷英雄"加入中国共产党。师首长马上亲自把这个喜讯告诉了他，但是他那紧锁的眉头还是没有松开，眼前像罩着一层雾。"我们不能让'滚雷英雄'心事重重地与我们永别啊！"师长问，"他还能写吗？"军医回答说："他的右手还能动。"于是连长捧着本子，把笔塞到他的手里。汗珠从战士的额头淌下来，足足 15 分钟，他才写下了歪歪扭扭的 15 个字："我不是滚雷英雄，我是被石头绊倒的！"随后，笔掉到了地上，他睁着双眼平静地离开了人世。

这时候，有的学生已经感动得流下泪来。

于是张万祥老师说，这个战士如果不写下这句话，师首长的许诺都可以成为现实，他会因此而拥有永久的荣誉。可是，他的心里不能存有一个"私"字，我们的战士不容许一点灰尘玷污自己的心灵。

张万祥老师略一停顿，低声且又沉重地说道："最近，我班丢了图书馆的一本书。一本书微不足道，但是眛下它就是背上了一个包袱，怎能不感到步履维艰呢？正如同学们日前讨论归纳的那样：做人要光明磊落，顶天立地，知错必改。我相信这位同学会完璧归赵的。悄悄地放到我的办公桌上，是好样的；当面交给我，更是勇敢的人。"最后张老师又说："人非圣贤，孰能无过？有过则改，还可成为圣贤。我以人格保证，一定为这位同学保守秘密。"

第二天，一个学生红着脸把书连同一封检讨信交给了张万祥老师。张老师当着他的面先把检讨信撕掉，拍着他的肩膀说："好样的，让咱们都把这件事抛到九霄云外去吧！"这位学生眼里噙着泪花，释然而笑了。

张万祥老师撕掉了那份检查信，无异于卸除了这位学生心里的一个包袱。他在轻装上阵的未来之路上，会永远地感谢张万祥老师的宽容与善良，也会永远地记住"恶小""而为"的教训，从而"善小""而为"且积善成德，塑造自己高尚人格。

演绎网上收徒的"神话"

"教育在线"是当今中国点击率最高的教育大型网站之一，张万祥老师便是这个网站上的一个热点人物。这不仅因为他是全国知名的优秀班主任，也不仅因为他的文章深受广大网友的喜爱，还因为他在这方虚拟的世界上，演绎了一个招收徒弟的精彩故事。

一、网上出题，全国收徒

2003年9月23日张万祥老师初入"教育在线"网站，很快便成为众多网友关注的热点人物。因为他每天"一招"发在网上的《张万祥班主任工作艺术》，几乎每一个班主任都可拿来为己所用。全国一批年轻教师心怀敬仰之情，拜这位"循循然善诱人"的智者为师的企望也在蔓延。

张万祥老师尽管退休在家，但是可读可写可讲之事依然很多。然而一提起求知若渴的青年才俊，他便怦然心动，况且拜师者要求异常强烈，却之于情于理均系不恭。于是他与班主任论坛版主红袖等人商定，决定通过严格考试，在全国公开招收徒弟。

2004年2月21日19时，张万祥老师在网上对数百个报名者出题考试，届时张老师在网络上给报名者一一发去试卷，三个小时后从网络上交回答案；随后，张老师又进行了两项考核：一是上交一篇自己最满意的论文，二是完成一篇张老师布置的命题作文。经过三轮考核，于 3 月 28 日 19 时，在网上公布录取名单。结果，河北、山东、浙江、广东、江苏、安徽等省的 13 位老师榜上有名。

录取名单公布后当晚，张万祥老师将《我们将建设成温馨的家园——写给我的弟子们》一文发表在网上，今从中摘录部分内容如下——

"3 月 28 日晚 7 点是个让你、我难忘的时刻，从这一刻起，我们就结成了网络上的师徒关系，这是'前无古人'之事。从这一刻起，你牵动着我的心，我牵动着你的心，我们将会心心相印、息息相关。"

"当初，有些人好心地劝我不要收太多的弟子，因为多一个人，多一份牵挂，多一份负担，多一份疲惫。现在我想，今后，可能会为之耽误一些休息时间，会影响一点写作，会少发表些作品，会少出些书。但是，由于我的帮助，你们多发表作品，多出些书，这不是我最大的收获吗？为了你们的尽快成长，牺牲我自己的一些东西，值！我说过，过去我以学生为生命；今后我要以扶助青年班主任为己任。我的生命将会在你们的事业中，在你们的辉煌中得到延伸。这不是最理想的结局吗？要知道，从 2004 年 3 月 28 日 19 点起，你们已经成为我的生命的一部分。"

张万祥老师出奇之处，在于他在退休之后，第一个在网上全国收徒。他重新演绎自己的教学生涯，从在校为师到网上传教，实现了人生价值上的一个新的飞跃。

二、网友感动，高度评价

张万祥老师网上收徒不仅感动着荣幸之至的新弟子们，也感动着并非张氏门徒的众多网友。一时间，对这一全国性的新闻评价文字纷至沓来。

应试中名落孙山者也大有人在，甚至有的连"入围"条件都不具备。但是，他们对张老师永远怀着一份深深的敬意。读着众多网友们感动的文字，记者也一直在感动之中沉浸。比如，一位署名"中国 9 流"的网友，就用了一两千字的篇幅写了他的无奈与崇敬。他说："此生能以张老师为师，可以无憾矣。但我看到了拜师的条款，我在痛苦中不得不接受年龄不符的事实。看着别人一个一个地成为张老师的弟子，我的心里油盐酱醋翻滚，数夜难眠……但张老师注意到了我，他给我的鼓励，让我信心有加。我知道，虽然，我不是名义上的张老师的学生，但我会以张老师为师，终身学习，永无辍止。而这一心愿，在张老师的呵护中，居然梦想成真！"

苏州市副市长、苏州大学博士生导师朱永新教授也在"教育在线"上发帖："他来到'教育在线'以后，为培养年轻的班主任，开创了网络带徒弟的先河，我感觉他正在创造一个奇迹。我说过，他是'教育在线'真正的青春偶像！我推荐大家去班主任论坛，看张老师为'教育在线'做的工作，看一位老教师如何重新开始他的教育人生！"

当天晚上10时，朱永新教授又给张万祥老师发来消息说："新教育实验的研究需要您和您的弟子，我想为你们立一个课题：新班主任研究。如何？我隆重邀请张老师和您的弟子参加4月11日的会议！经费有困难的话，我负责解决！"

这绝非新闻炒作，因为所有的评说者在关注这一新闻事件的时候，都受到了张万祥老师精神的感召。由网络构建成的一方新形式的"教坛"，将因"虚拟"与真实同在而生机盎然。

三、生日祝贺，如诗如潮

张万祥不是顾而不问型的那类"专家"，而是真正履行着一个为师者的责任。他要求弟子们每月交给他一篇文章，由他认真修改且提出意见或建议；每学期必须交一份总结，并要写明读了什么书，开了什么公开课，发了什么文章，是否创建了优秀班集体等。达到这些规定要求者，方可续签合同。

所有徒弟，都从张万祥老师那里获取了很大的支持与帮助，特别是人格影响与精神感召。除一人外，其他学生都已在正式报刊上发表了文章。他的学生赖连群不仅写了12万字的文章，还被评上了温州市十佳班主任，《温州日报》还发表了《老赖不赖，随笔写了12万》的专题报道。张万祥老师向记者谈起这些事时，快乐一览无余地写在他的脸上。

所以，弟子们对张万祥老师感激不尽，且寻找着一个回报的契机。2005年4月26日，是张老师62岁诞辰。一个徒弟将这一"秘密"一传，全国各地网友的网上祝贺便如诗如潮地涌来。读着它们，张万祥老师和他的爱人激动得热泪盈眶，他们共同分享这份特殊的幸福——

"张老师，今天是您的生日，窗外的阳光照射进来，感到特别温暖！四月是个春暖花开的季节，是个精彩绵绵的季节，我们在您的指引下，正逐步从幼稚走向成长，走向成熟！您就像一缕春风，润物无声；您就如一面旗帜，引领着我们前进！"

——弟子一花在浙江南部遥祝张老师生日快乐

网络师徒深深缘，温州武夷相相伴，语重心长导弟子，德高范风影吾生。

——弟子何志明敬祝老师张万祥先生生日

"师徒相聚短，网络情缘长！言行虽为小，道德养心田！"

——弟子何斌于杭州萧山遥祝老师生日快乐

"感动中……/即使风是凛冽的/可真诚的话语永远温暖/老师送来/心头的感动珍惜永远/抖不落的/是肩头关注的眼/走不够的/还有春色无边/就这样/带着问候上路/心中无限欢喜/——有您为伴"

——弟子曹丽玉于珠江河畔洛溪新城献诗

张万祥老师告诉记者，他已把大家的生日祝福全部下载下来。他说，这保存的既是友谊、温馨、幸福和快乐，也是前进的动力和生命的火种。张万祥老师说，在这个世界上行走了 62 年，这是一个最最独特最最值得铭记的生日。

是的，有谁比张万祥的生日过得更加精彩？你纵然拥有千万资产百座楼房，纵然权倾一时为官数十载，但你能比张老师的生日过得更加幸福吗？幸福是一种自我感觉，是一种感情与精神上的高贵之物。非精神贵族不能拥有之。张万祥老师这份幸福是自我取之，不能为他人所夺；终生享用，不会因时光流转而淡失光辉。

（原载于《班主任之友》，2005 年第 10 期。）

用废旧物资建起物理实验室

——李希云老师的教育情怀

山东省苍山县二庙乡中学李希云老师十几年来，用业余时间，多方收集废弃零部件和学校仓库存放的下脚料或废弃物，研制组装了 22 类、200 多套教具，改装改进了 300 多件实验仪器，在他管理的实验室里，实验桌的固定、凳子的放置以及窗帘滑轮的安装都与众不同。这位恢复高考后的第一届大学生，已经 59 岁的他，现在的职称只是中学一级教师；但他决定不再申报中学高级职称。因为他的生命价值取向指向了更高的层面。

采访李希云老师，是在他的物理实验室里。他比我想象得要"土"得多，如果没有人介绍，我肯定认为他是一个地道的农民：布鞋、旧衣、平头、方言。但随着采访的深入，他的形象却渐渐地在我的心里高大起来，甚至有一种须仰视才见的崇高。

"一天天的千万别闲着，闲着会得病的"

李希云于恢复高考后第一年考入临沂师专物理系，毕业后被分配到苍山县教研室做物理教研员。在一般人看来，这是一个"有地位、有待遇"的职位，可随我而行的教育局的同志说，他是"不顾同事们的劝阻和家人的反对，毅然要到乡镇中学教学一线工作的"。但他对记者说，他是感到"不称职"才到乡下来的；再说，家在农村，三个孩子，妻子一个人忙不过来，1984年，他就主动到这所学校来了。

在采访中，我感到李希云确实有些"忙不过来"，但所忙的都是他所钟爱的工作。

自从1995年物理实验楼建成之后，他就与它建立了分解不开的感情。他拒绝了学校在教学区后面给他分配的宿舍，直接把家安在了实验楼四层的阁楼里。阁楼只有30多平方米，冬冷夏热，连个卫生间都没有。但他认为上楼就回家（4楼），下楼就是实验室（3楼），工作起来方便，是一块独一无二的"风水宝地"。

每天早上起来，李希云先到三楼卫生间洗漱，再回到阁楼吃饭，然后就下楼开始工作。首先，他要把整个三楼打扫清洗一遍，包括两个大教室、两大间器材陈列室，还有几间办公室。之后，他才到自己的办公室工作，或者看书、写教案，准备给学生们上课，或者在敲敲打打，设计或制作新的实验仪器。

记者在三楼的物理实验室里看到，从实验桌上钉的保护膜，桌下用来放置板凳的三角铁支架，到自制的窗帘自动开关，从来没有修理却依然完好整洁如故的门窗和上百套桌椅，还有那一排排整齐安放的实验仪器，都是那么井井有条而有富有特色。可想而知，这其间凝聚了李希云多少的汗水和与心血。

据校长姜成龙讲，一旦工作起来，李希云往往连续几个星期不出实验楼。在寒暑假里，除了吃饭睡觉，他便一头扎在实验室里，忙于桌椅板凳修理、实验仪器改进等。有时还把老伴、女儿、女婿叫来一起帮忙。有人说他"与世隔绝""不谙世事"；也有人不解地问他为什么这样不图报酬没日没夜地忙？他很少回答人们的质疑，如果实在没有办法，他就憨厚笑笑："一天天的千万别闲着，闲着会得病的。"

夏天，李希云家里的小阁楼热气腾腾，实验室里也是如蒸笼一样。白天黑夜身处其中，没有空调，没有电扇，怎能受得了？可他说："夏天多出汗，是身体排毒；一天洗上七八次澡，又可以清理毒素。人们看着我天天'无私'

地劳作，岂不知我是强身健体啊！"

冬天呢？农村的寒风经由破旧的门窗，只吹得屋里外面一样冷，又怎能受得了这份寒？可他还有自己的理由："干起活来全身暖暖的；干完活往被窝里一钻，又暖暖的。谁说我这里冷？"原来，在最冷的季节，他一直拿着工具，忙他各种各样永远干不完的既需智慧又要体力的"活"呢！

他称自己是一个合格的"木匠和铁匠"

在参观实验室的时候，人们都惊诧于那琳琅满目的实验器具是何以制造出来的。

记者发现，李希云的办公桌上不仅放着课本与教案，还放着他的工具箱，里面有手钻、锯、大大小小的钳子，等等。拉开他的抽屉，里面分别是各种零部件，木质的一抽屉，铁质的两抽屉，还有其他的能用的各种工具零件。这些东西，有些是李希云老师买来的，有些是他跟别人要的，还有些是他捡回来的。他称自己是一个合格的"木匠和铁匠"，"身怀绝技"，所有的实验设备和器材几乎都可以自己制造。如果有什么不懂的地方，他就跑去向乡镇上的木匠、铁匠请教。在"如何测量铜丝直径"这一实验课上，因为铜丝价格较贵而又不耐用，为了寻找替代品，李希云试验了十几种材料，从铁丝到棉线，最后才选中了最细的那一种塑料丝。为了制造磁铁黑板，他求人要来小块磁铁，然后在铁板上反复地拆装；仅仅为了黑板上的挂钩，他就整整忙了半个月。从改进实验器材到发明实验仪器，李希云从来没有向学校要过一分钱。

记者发现，实验教室里面的桌子，四条腿下都有一个钉子，地面相应还有四个深浅一致的细洞。钉子插入洞中，桌子上的任何实验仪器都会"稳如泰山"。问及何以能有如此的创造，二庙乡教委主任杨传国感慨万千："固定实验教室里的这些课桌，用了李希云整整一个寒假的时间。他要先测量距离，在地上反钉4个钉子，然后慢慢将四条桌子腿对准钉子放下。这样，做起来非常困难。学校没有人要求他这么做，但为了学生的实验，他不认为这是自讨苦吃，而是追求人生的乐趣和生活的目的。"

不过，李希云太过木讷，很多素材是记者从他的"牙缝"里"挖"出来的。但如果让他介绍他所创造的产品，就会让你感受到另一个李希云的风采。大凡这个时候，他就会如数家珍般侃侃而谈起来——

用塑料泡沫和彩纸做成的风车，讲述的是蒸汽机作用于螺旋桨工作的原理；旧轴承为轮、两层木工板做成的滑板，溜起来一点都不比真正的滑板差，讲的是"力的作用和反作用"那一课；用蜡粘在溢水杯的杯口处，可以增强实验效果；搅拌水温的玻璃棒换成了塑胶棒，因为玻璃棒易碎；用来测量铜丝直径的铜丝，被改成了细细的塑料丝，因为塑料丝可以多次使用，而铜丝缠绕后会变形，影响下一次的实验；还有万能挂钩，磁铁黑板，光线反映图，凸透镜成像，如此等等，简直令人目不暇接。

李希云之所以改进以及制造这些仪器，一方面是因为乡镇中学比较穷，负担不起那么多次的实验器材消耗；另一方面，那些教学仪器厂生产的很多仪器在实验中的效果并不是很好，这样就直接影响了学生学习的效果；还有一点就是很多实验没有仪器，无法做实验。这样学生学习起来就困难，知识点不理解，成绩也无法提高。只有学生动手去做实验，才能更好地学习、理解课堂知识。李希云老师所做的一切，都是为了乡村的孩子。

陪同前去采访的苍山县教育局王彦锋局长对记者说，二庙乡中学的物理中考成绩在全县一直名列前茅；在前几年的初中物理奥林匹克竞赛中，二庙乡中学有 4 名学生获得二等奖。到今天，这个物理实验室已经发展成为了全县第一实验室，在全市也打响了名气。李希云老师成了"市级优秀实验员"，获得了市优秀教学成绩奖，2006 年他被评为"苍山县劳动模范""苍山县师德十佳标兵"，2007 年荣获苍山县教育系统"解放思想大讨论"先进个人。但李希云说，这些荣誉可有可无，只有一项——他的物理课被学生们评为"最受学生欢迎的课程"，也许还有一点价值。

"那个老头有点严厉，不过蛮'可爱'的"

加班没有加班费，发明没有发明奖，购买制作用品自掏腰包，有了成绩怕人表扬。于是，在物理实验室里默默无闻工作了 12 年的李希云，就被有些人看成了一个市场经济中的"落伍者"。但二庙乡中学老师们却说，他绝对是教学改革的一个先行者。

早在1997年，他就个人购买了电脑、打印机等。在学校办公室的书橱里，放着他的《教学用工导用》《物理学习》等教学类、物理知识类等最新版本的书。而且对现在物理教科书的更新换代更是随时关注，他研究的"新时期的物理教学、实验改革"课题，也颇有价值。为总结自己几十年的教学经验，同时也为年轻老师搭建较高的发展平台，以诱思探究教学理论为指导，编写了一套高水平的物理教案。

据张常伟副校长讲，为适应新课程教学的要求，李希云带着几个青年教师，还自费到临沂参加培训。但当记者褒奖这种精神的时候，他却笑笑："自费是花的自己的钱，学起来会更认真；如果是公费，往往不珍惜。"

对于求教的本校老师、外地老师，他都是"海人不倦"地给予指导。就连他制作的实验器材，也被外校老师借去了很多。刘宗梅刚刚大学毕业到二庙中学教学物理课时，由于所学的专业不对口，不熟悉物理教学，心里很不踏实。可是，她说："来到学校后，李希云老师教了我很多，从课上应该讲解的知识点，实验中应当注意的细节，还有学生的提问、反应等等，他都不厌其烦地教给我，使我尽快进入了物理教师的角色。而且，现在我读的书大部分都是李老师借给我的。"

李希云始终把培养青年教师作为自己义不容辞的责任，多年来，他带出的多批年轻物理教师多次获得县级讲课一等奖，全部考入县城中学任教。李希云的理想就是把二庙中学实验室搞成在仪器管理和使用方面都称得上全国最好的实验室。

前不久，因为九年级安排实验操作考试，很多学生没能熟悉要领，经常在吃饭的时间跑到实验室补习，李老师总是不厌其烦地予以耐心指导。很多初三的学生说："那个老头有点严厉，不过蛮'可爱'的。"

现在，李希云老师虽然不代课了，可是很多学生还是经常带着教材到实验室问题。用他们的话说，老头严肃了些，但是讲解步骤非常严密，有条不紊。

可是，李希云老师的职称现在还只是一级教师，不是领导不支持他申报中学高级职称，而是他已经把职称评定看得微不足道。记者采访时，王彦局长就对他说，今年你可以申报中学高级职称。他很平淡地说："不报了，评上高级职称只不过多点工资罢了。现在的工资够用的了，多了也是捐出去给希望工程。因为人不能为钱活着。"

我们都没有再说什么，沉默了好长一段时间，但积淀在我们心里的，都是敬仰与感动。

（原载于《中国教育报》，2007年10月30日，第2版。）

自主学习的妙道

——魏书生老师的教育大智慧

编者按：追求是一种境界，发现是一种超越。对话运用抽丝剥茧的手法，发扬天地之光辉，启发学生的聪明才智。从找"病"根开始，如同一剂良药全盘端出。如何自主学习？先是自定计划、自留作业、自出试题、自批互改，再是分析后进生的挫折力、自学成才的意志……自主学习的灵魂在两位专家挥洒自如的畅谈中，像荷叶上的露珠一样闪着光芒展现而来，为学生指出一条通天大道。而清新明丽、思接千载、寄意良深、高度凝练的警句又宛如心灵独白，体现了大师的匠心，圆满了人格的写照，给我们带来舒缓从容的震响。

自找"病因"——开处方

陶继新：我还有一个感觉，就是在他律状态下的学习，与自律状态下的学习相比，效果是有天壤之别的。有的人是在别人的压力下被迫学习，有的人是出于自己的意愿而学习，在同样的单位时间内，结果是完全不同的。我看您在教学，以及当校长、局长的时候，特别主张学生自主学习，所以在此也想听魏老师您讲讲：关于自主学习方面您是怎样思考的，又是怎么去做的呢？

魏书生： 首先，就是得让每个学生感受到想自己学习。当然只要是活人都有学习的欲望，这是毫无疑问的。每一个到学校来的学生，都有学好的欲望，这也是事物的基本规律。找着这个规律就好办啦。

"孩子们啊，我们现在都研究研究，说说咱到学校来，什么最快乐呢?"

"当然是求知最快乐啊，学东西最快乐，增长能力最快乐……"

我说："是的，学校这个地方不就是给咱快乐的吗。既然是给咱们快乐的，咱们怎么让自己这种欲望得到满足呢?"于是就是我说的了，引导学生制定自我教育计划、自学计划。我说：你觉得自己能做哪些事，奔向哪些目标，都要定好计划。我教学以来，反复强调计划性，反复引导一届又一届学生每年几次，甚至几十次地定计划。长期计划、中期计划、短期计划，整体计划、单项计划……老师是干什么的呢? 老师是帮助你把你的计划制定得更符合你的实际和努力的，以满足学校、社会的要求;老师是给你提供参谋建议的，是这么样的一个人。

学生的情况各有不同，自我学习的愿望可都是一样的。我把莱辛的一句话抄给学生："如果上帝一手拿着真理，一手拿着寻找真理的能力，任凭选择一个的话，我宁要选择真理的能力。"让他们讨论莱辛为啥这样说呢。学生很自然联想到自己的学习，有个同学举例了："如果我们有了归纳文章中心思想的能力，那么没有老师时自己也能归纳出文章的中心思想了，而且是几十几百篇文章的。"我说：可不是吗! 学生的讨论充分说明了学生们渴求获得自主学习能力的愿望。

同时，我也会引领学生讨论传统的讲授法的利弊，让学生自己在分析中做选择。各类学生对此的认识不甚一致。学习差的学生对讲授法最反感，他们谈了许多切身的苦处，听不懂之苦，跟不上之苦，陪坐之苦等等。中等学生觉得在讲授为主的课堂上虽然也学到了一点知识，但更多的时间是无效劳动。听老师分析文章头头是道，但过后一回忆，留在脑子里的还是作品本身。思维力、想象力较强的学习尖子，则觉得该自己想的，老师都讲了，在讲授为主的课堂上思维好像被捆住了一样。也有极少数记忆型的基础知识较好的学生，认为讲授法利弊相等，好处是老师该讲的都讲清楚了，答案比较明确，自己可以放心地照着背;坏处是现在考试经常出课外阅读题，老师没讲过，自己就不会做了。讨论结果，绝大部分同学认为讲授法弊大于利。在讲授为主的课堂上，学生成了容器，成了奴隶，而不是学习的主人。经过这样的讨论，大家在理性层面都达成了共识，自主学习比讲授法更好。

这样呢，我们的课堂就自主学习了。我说：给魏老师当学生一定要牢牢地建立这个观念：什么观念？每天背起书包，来到学校；走进教室，拿出学材，开始自学；遇到问题，查找资料；实在不会，大家商量；没有答案，再问前边那人，就是我自己。我们学生说啦，魏老师教书，基本不给我们讲课呀。我从1994年开始培养学生自学能力的试验，一篇课文也不讲。有的人说我讲课太少，我那时候一听，就有点儿来气，不是嫌我少吗？我干脆就一篇也不讲。从1994年开始，我教的学生，一篇课文也不讲，升学考试照样领先。我1994年开始搞试验的时候，教三年，没讲课，结果1997年学生升学考试成绩遥遥领先。把学生当成学习的主人，发展不同学生的个性特长，然后不同学生承包不同的学习点。咱不用一篇篇从头讲到尾，哪个知识点学生一看，真解决不了，咱点化一下，效果能不好吗？

自选作业——互批改

陶继新：伟大的智者克里希那穆提说过："教育就是解放心灵。"没有真正的心灵的解放，没有完全的自主自由，是很难体会到教育之美的。

魏书生：我在教学中，包括日常作业也自主啦。不是说我从来都不留作业。过去也留过。留了，学生说了："老师啊提个意见，你留的作业我不写行不行？"

我说："开玩笑，不写作业，成绩怎么能上去？"

"老师，你留的作业我都会写了，再写不就是脑力劳动变体力劳动了？"

我说："人没有一定量的训练，能力难以巩固，不写作业，你的听说读写能力咋提高啊？"

"老师，我不是不愿意写作业，就是不想写你留的作业。"

"那你想写什么啊？"

"老师我想自己留作业。"

我说这个问题有讨论的价值啊，全班同学一块儿讨论，它有没有价值，这么做对不对？开班会，全班同学讨论：怎样对待老师留的作业？

大部分同学说："老师，你留那作业有时候有用，有时候没用，我们有用的时候就写，没用的时候不写不行吗？"

我说："这也是个理儿呀，但是还得有一定量的训练啊，怎么办呢？"

经过商量，经过讨论，经过争论，经过辩论，大家觉得，老师可以不留作业，老师留了作业，学生觉得不适合也可以不写；但是学生必须自己给自己留定量的作业，我管它叫"定量"，内容由学生自己确定，数量由大家共同确定，多少数量呢？每天语文一页，16K 纸，500 个字算一页，数学两页，英语两页，物理半页，化学半页，老师也不突破这个量，学生也别达不到这个量。

我说："这个量根据什么做出来的？"

同学们说："我们商量以后，觉得不同的学科，要求做的作业量、需要训练的量，各有不同。所以呢语文就这么一页了，而英语和数学，练习量比较大，是两页，容易使知识更扎实。"

我说："那也行啊，那咱们就试一试吧。"

这个量写什么内容，由学生自己去确定，对他自己来说，写了哪些内容更有利，哪些内容更有效，就写哪些，我们管它叫"种自留地"。这是 1979 年的事，那时候我开头心里还不太踏实呢，结果一个学期下来，学生成绩很好。那一年，我们是普通中学，重点中学选拔之后的学生到我们学校就读，结果我们的成绩超过重点中学，这就坚定了我的信心。以后这个学科从来不给学生留作业，但有一个量的要求，一页 500 字，写什么都行，字词句章，文学常识，背诵默写，解题作文都可以。

陶继新：作业历来被人们尤其是被学生们认为是老师用以约束或控制学生课余学习的一种方式，对于写作业者来说，这是被动的、不得已而为之的，甚至还有些痛苦的感觉。教育上历来所说的减负，几乎都包括减少甚至免除作业这一项。其实，不仅作业，任何一件事，当人们感受到是一种由外而来的要求时，即使其本人本来具有愿意完成此事的动力，但这种外来的要求都会使他不能将关注点放在自己的动力上，反而是放在了外在的要求上，从而使这种要求被感受成一种压力，从而使事情完成的水平和质量都大打折扣，而且完成过程中的心态也很难是舒展的、积极的。

而魏老师您的放手，不仅只是表面上把作业这件事由学生来设计，而是在深层次使学生主动完善自己的动力被激发了出来。当人在一种自由的，并且是主动的欲求推动下去做事时，事情往往能够精益求精地完成，而完成过程中当事人的心态也是兴奋的、快乐的，甚至是幸福的。

1979年的诺贝尔和平奖得主、备受尊敬的特蕾莎修女曾说过："工作是最大的休闲活动。"何出此言？就是因为她把工作当成一种主动的、发自内心的行为去做，而非迫于外界压力的、在领导的要求之下的被动行为。现在很多人的职业倦怠感很严重，我感觉形成的原因之一，应该就是其将自己的工作当做一种被动的，甚至是为上级、为老板而做的一件事了，从而消弭了自己的主动性和创造性，能量被压抑，无法释放，只能在体内进行自我攻击，使人精神颓废，身体疲累。所以，我想真正的管理者，只是靠提高薪水是很难充分地调动职员的工作积极性的，最好能够像您一样，理解到作业这件事（包括工作这件事）不仅是老师（包括管理者）一人受益，更重要的是学生（包括被管理者）自己最终受益，学生通过有效的作业巩固自己的所学，感受到学习的乐趣（职员通过自己的努力工作，实现自己的生命价值），从而成为真正的受益者。所以，您的行为看似是放手，其实是将学生的内在动力和自我实现的愿望激发了出来，从而达到了双赢。

魏书生：万变不离其宗，此道理放之四海而皆准。很多人还问我，魏老师，你看你不留作业、不批作业，那也不批作文吗？作文，我说，批什么啊，我教会学生互相批改。因为我批完了，有很多学生根本不仔细看我的批语。我辛辛苦苦地批完了，他都不仔细看，更不研究怎么去改正啊。

我曾经问过咱语文老师最苦的差事是什么？很多老师都说是批改作文。教两个班课，每班作文都收上来，就是两座大山。老师们说，愚公移山，还感动了上帝派神仙把两座山搬走了，可我们面前这两座山搬去又搬来，真不知何年何月是个尽头啊。我说与其这样，我就不自个儿搬啦，我从1979年开始，就发动我的"上帝"，就是我的学生们一起来搬这两座山啦。

我让他们觉得好奇，给别人批批作文、挑挑毛病看看怎么样啊。于是我教学生，一篇一篇，一点点儿开始。连后进学生都学了会一篇一条批，一篇一条，逐渐长到十个方面，给人家提出自己的见解来。学生觉得批改作文挺有意思啊，看卷面，看格式，看病句，看错字，看篇章结构，看题材选材，看段落标点，看表达方式，看语言。

学生批改作文比我还认真，还仔细，学生觉得批改作文挺有意思，积极性就高。大部分学生对同学写的评语的关注程度远远超过以前关注我的批语的程度。他们既学会了批改同学作文，回过头来，看过同学的作文，自然地提高了自己的写作能力了。所以我虽然不批作文，但学生积极主动地改掉了自己写文章中的许多毛病。

自出考题——抽评卷

陶继新：可见，自主可以使人无限地发掘自己的潜能。

魏书生：1987 年末在广东，一位老师问我，魏老师，听说你一个人担任两班班主任，还教 135 名学生的语文课，那你平时测验，刻蜡版印卷子，再评卷，那不累坏了吗？我说，一点不累。为什么？我从 1979 年开始就请学生出考试题，互相考，然后学生评卷，我怎么会累呢？

考试由学生出题，有无穷的妙处。你想想，如果经常由老师命题，一张又一张，接二又连三，学生拿到试卷，提笔便做，做得来就做，做不出来就撤。长此以往，少数尖子生是越考越能，越能越考，已经成了身经百战的考场战将。而广大的中差生，就像一个技术拙劣的拳手，一会儿，鼻子被打肿了，一会儿，脸被打青了，处处被动，处处挨打。最后干脆躺倒不干，任凭人家发落，愿意打哪儿就打哪儿，最后是提前退出赛场。因为他是越打越怕，越怕越不敢打，越不能打。因为后进的学生总是处于被动应考的地位，多次被动应考，又不懂出题的规律，觉得自己的弱点甚多，试题又常常使自己防不胜防，最终是越来越自卑，导致厌考厌学。

我让他们自己出题，全班一起商量了出题的方式。自己先逐个复习知识点，复习后将不会的内容挑出来，编成试题。因为试题的标准答案还要由自己出，这样难点也解决了。有一位学习很差的同学，上出试题课已经 20 分钟了，还没出完第三题，因为要出七道题。问他为什么，他说，还没找够最难的题，容易的又怕考不住别人。

试题出完，全班轮流抽题，抽到谁的答谁的，抽到自己的重抽。答题后，将试卷连答案交还出题人，出题人根据自己的评分标准评卷。评卷以后，出题人将结果告诉答题人，答题人可以提出不同意见，双方讨论，要还是不一致再找干部或老师最后确定分数。这样考试学生感觉主动，中下等学生的积极性也高起来了。同时，学生间互相考，兴趣浓。看他们抽题时又期待、又神秘、又愉快的表情，就知道他们对同学们出的试题多么感兴趣。学习尖子抽到尖子的试题，答得非常认真，抽到差同学的试题呢？更不敢怠慢啦，因为让后进同学挑出许多毛病来，太丢面子啦。差同学答题积极性也很高，有的还能给尖子生指出试题某处的不合理。我呢，也不是什么也不做，就看看各类学生出的试题，看看各类学生答的试卷、评的分数，了解到学生的学习情况。

很多人问，你看你不留作业，不批作业，不批作文，学生成绩怎么会好呢？我说这大概就像过去咱们种大寨田，如果我的身份是生产队长，到点了，到点了，赶快下地，我撵大家下地，让大家去种地，我是干这个事的。现在我转变身份啦，我是农业技术员，我指导学生回家好好种自己的自留地啦。那大寨田的产量，肯定赶不上自留地的啊。最要紧的是学生，感受到了种自留地的快乐。种大寨田，那个时候什么时候种，种什么，怎样种，都是上面说了算。自留地可是由自己研究，研究种什么比较高产，怎么种比较高产，几点种比较高产，于是他的收成也就上来了。这样学生就觉得，到魏老师这个班，魏老师教会我们自己定学习计划，自己留作业，互相批改作文，自己出考试题。他不由自主地觉得，这些事真都是我想做的，我自己愿意做的。他就由被动地给老师扛活，给地主打工，变成了给自己种自留地。积极主动地学习，相对于被动地学，至少是快乐就多了很多。给地主扛活的快乐感和回家种自己自留地的快乐感不一样。

自主发展——促发展

陶继新：您在30多年以前，就主张老师在一节课当中，讲课最好不超过15分钟。其他的这些时间，让学生自主掌握了。这当时在全国可能还没有先例，是第一家，这无异于给教育界投了一颗原子弹，但是事实证明，您取得了巨大的成果，您的思路是正确的。

我发现，教会跟学会是不一样的，学会跟会学也是不一样的，会学和善学也是不一样的。怎样是善学呢？我记得《学记》上有一句话："善学者师逸而功倍，又从而庸之；不善学者师勤而功半，又从而怨之。"意思是善于学习的人，往往教师费的力气不大，但自己获益却很多，又能归功于教师，对教师表示感激之意。不善于学习的人，往往教师费力很大，但自己获益却很少，而且把责任推给老师，埋怨教师。

魏老师，像您这样，教学时很省劲，但是学生们还很高兴。但有的老师，比您靠在班上的时间多得多，但是靠的时间越多；学生越不高兴。因为课堂，应当给学生充足的自主学习的空间，却让老师全部霸占了。

您看咱们刚才说的《学记》，怎么不叫《教记》？实际上以前的教室不叫教室，叫学堂，是学习的地方，现在咱给变成了教室，就是老师在那里大讲特讲的地方了。而且有的时候，老师一讲起来以后，根本不考虑学生的感受，学生会的，不会的；听得懂，听不懂；愿意听，不愿意听，都不管，他还是照讲不误。

我曾经听过一个老师讲课，一进教室门，他拿着书给我抱怨，他说，陶老师，您看这个《荷塘月色》才给我三个课时，我想三个课时哪能讲完啊？我说，我只有三节课的听课时间。魏老师啊，您不知道我听他那三节课，听得我简直是难受至极，如坐针毡啊。我就在想啊，他的学生忍耐力那么强啊，竟然能受得了。之后我就问那些学生，你们听了感觉怎么样？开始他们都不敢说，等那个老师走了以后，其中一个学生才慢慢说了一句："他不讲的时候，我们还明白，不知他怎么搞的，他越讲我们越糊涂。"实际上有相当一部分这样的老师，把学生讲得越来越糊涂。

我说世界上最伟大的人群就是学生了，他不愿意听，他听了难受，可他在教室里从小学到高中听了 12 年，他还得听。您说谁能受了了？所以不给学生自主学习权，我觉得对学生的人权都是侵犯。

魏书生：学生们厌学就是这么练出来的，班级里一大堆的后进生也是这么练出来的。

我跟我们全班倒数第一的学生从 1979 年同桌坐过 100 多节课，我曾经很烦他，那个学生真是烦人，学习不好，倒数第一了还不好好学。可坐了这么长时间后我才发现，他原来一点都不烦人，还真挺可爱。您说为什么？当距离拉近之后啊，同桌下来以后啊，才发现，他有多么不容易哪：别人英语课是英语课，他是物理、化学、数学课听的都是外语课，没有一点能听明白的，结果人家还一天一天地让自己身体各部分器官在椅子上进行着极其繁重的体力劳动，愣在那坚持着，你说他得多不容易啊？让咱坐在学生座位上，从早到晚连着听七节西班牙语，那是什么滋味？哪能坚持住啊？但那些后进学生啊，坐在那就是一连七节啊，日复一日、周复一周、月复一月、年复一年，时间一久他就这么磨练出来了顽强的意志。然后呢，人家还得跟着考试，发张卷子人家还答呢。原来还及格后来就不及格啦。越考越低啊，四十多分三十多分二十多分……头皮一硬，发张卷子还在那答，答完一交上去，呀！就8分。我说他屡考屡败，多不容易，多强的抗挫折能力！

人家除了又苦又累，不断失败，还要不断挨训，没人同情没人理解，人家还能不能上学啊？结果第二天早晨一看，人家背着小书包，一步一步超然走来，最难得的是人家见了咱还能朝咱笑笑，你说那是何等开阔的胸怀。

当老师的都有过体会啊，当年教的那些学习好的，念重点大学毕业以后难有一个发财的，谁发财了？咱们教的那些淘气的学生、学习不好的发财了，几百万的几千万的。凭什么发财？凭素质啊。他有什么素质？就是人家当年呢练就的顽强意志，抗挫折能力，开阔的胸怀，这不都是素质吗？

商品经济发展初期，摆个摊儿开个发廊，干这个会不会英语、法语、西班牙语无所谓啊。但对什么素质要求比较高——风里来雨里去，冬天冷夏天热，你要挺得住。这后进的学生顽强的意志早就训练出来了，无所谓。但他开店不是一开始就赚几万十几万，他从赔开始、从输开始。后进生具备抗挫折能力，他屡考屡败还能屡败屡考，干了赔，赔了再干。开阔的胸怀就更有用途了。为什么呢？社会主义初级阶段，人啥样的没有？高雅的，粗鲁的，文明的，野蛮的，讲理的，霸道的客户，你能动不动跟人家干？你不得研究和气生财啊？咱后进生具备这样的素质，一研究，这客户又算什么，比我们当年的老师，他不强多了吗？于是他容易兴奋，是不是？

所以，我总觉得，我从后进生那里学了很多东西啊。也正是因为这样，我从来都觉得后进生很可爱。

经济发展，慢慢超越初级阶段啦，想再发财光靠吃苦耐劳还不行啊，更需要知识的积累、学习能力的建立。而自主学习，就能让所有的学生，包括后进生都拥有了自我发展的能力，而且能不断地享受学习啊。

自学成才——靠信念

陶继新：老师严格控制、滔滔不绝的课堂真的是成功地培养了很多心不在焉的学生，泯灭了很多孩子天生的好学激情。

当您给了他时间，给了他自由，他就开动脑筋、放开手脚种起自己的自留地，就像你说的，他开始说了算了。当他说了算的时候，他的感觉是不一样的。我曾经采访过湖北省随县历山三中这所学校，校长叫马国新。当时中考整个随州市统一出题，他们随县历山三中，连续六年，中考成绩一直是第一名。

我在这所学校听课的时候发现，他们的课堂就像您说的那样，老师就讲十几分钟，其余时间都让学生在那里自学。结果学生学得热火朝天，显然他们完全有这个自学能力。

但是好多时候老师认为我教你还教不会呢，你能自己学会吗？其实学生是有这个能力的。当老师一次又一次地不相信学生，当老师一次又一次地只知道教，不让学生自己学的时候，时间久了，学生就会形成一个很消极的心理暗示，老师不讲我就真不会了。这样不仅在课堂上学不好，更重要的是他未来走向社会也只得别人教，他自己不会学了。

这就是为什么现在那么多学生参加完高考，进入大学之后，反而不知道怎么学啦，或者根本不学啦，顶多在考试前借同学的笔记抄抄背背，临时抱佛脚。因为大学里都是松散化管理，全靠自己根据自己的情况进行广泛地学习。没有自学能力的孩子进入大学，根本无法适应，他们已经习惯了张着嘴等着喂的学习方式，没人再喂他们了，于是就出现了那么多的学生在风华正茂的学习时间里，无所事事，消磨青春，混等毕业的现象。这是多么可怕啊！

前几天咱们两个人在河南郑州讲课，您走了以后，驻马店一中的校长来找我了，他说：“听魏老师这个课，我太有共鸣了。”

我说：“怎么回事？”

他就说到自主学习这一点。他说：“我在我们这个学校里是校长，我儿子给我提出来，要请七天假。我说‘你请七天假干什么？’儿子说‘我自学。’我说‘你怎么能自学，你不上课能行吗？’儿子说‘老师教的那些我都会了，听课浪费时间。'"

他当时很犹豫，万一孩子自学，到时候成绩下来怎么办？但他还想试一试，结果试了七天感觉很好。后来他儿子又说，再请两周的假。他心里担心说都高三了，这能行吗？但他还是答应了儿子，让他又请了两周假。两周之后紧接着一次全市的摸底考试，他儿子，平时在整个学校里，排名第400名，结果谁也没有想到的是，这三个星期的自学之后，他排名竟到了全校的第20名。这位校长说简直不可思议！他说魏老师一直主张要自主学习，其实孩子还真有这么大的潜力。所以他就在尝试着在高考之前，再代他的儿子给老师请假。

我就在想，他要是一直跟着老师听讲，上课的时候，他又不能不听，他不光是耗时间，他身心都会很难受。这样下去，他越学越厌学，越学越不愿意学，你在那里唠叨什么呢？我都会啊！所以呢，他的整个情绪在这一节课中很糟糕，下一节课还不好，甚至于整个学习生活都不愉快。这绝对是事倍功半啊。

所以自主学习，我想应当是一种自生之道。包括咱们自身也是这样啊，魏老师，我第一学历是专科，您的第一学历也不高，但是您通过自学，现在成为大学里的教授。所以人不在于学历高下，而在自学力的高下啊！就像伟大的文学家鲁迅，当时不也是仙台医专都没有毕业吗？

魏书生：我从初中的时候开始自学《哲学讲义》、《辩证唯物主义讲课提纲》、《论共产主义》等书籍，到今天未停。因路途漫长，才更觉得成果的微不足道。作为总结，我觉得自学应该是学习最主要的方式，也是最容易发挥人的无限性的方式，而且几乎所有古今中外杰出人物都是自学成才的，比如鲁迅、华罗庚、高尔基、侯赛因、海伦、爱迪生等。

但自学同时也是最困难的。原来我觉得，学习只要有较强的记忆力、集中的注意力、敏锐的观察力、丰富的想象力便能够自学到广泛的知识了。但现实生活却严肃地教训我：智力因素在自学的成绩中只有一小半的功劳，一多半的功劳属于非智力因素，即人的理想、情感、意志、性格。

我1968年从沈阳下乡到盘锦，每天都是在重体力劳动中度过，晚上浑身像散了架一样，真不想摸书本自学了。在进退之间，我竭力唤起自己对当时重体力劳动不满的感情，去追求向往一种更科学更合理的管理方式和劳动方式，这种情感转变为信念，信念又点燃了意志的发动机，于是又坚持读哲学、政治经济学的有关论著。

后来到了工厂，我当时身体瘦弱，加上为别人输血，体质很差，同时在一次繁重的义务劳动中把右臂砸成粉碎性骨折。这种情况下，头脑中自我原谅与为理想而刻苦学习这两种选择像天平一样摆来摆去。我用意志的砝码，稳住上进的一端，和同宿舍的青年工人们制订了自学课程表，内容包括政、语、数、理、化等科。

批林批孔开始，由于我的一些见解被抓了典型，我在党内外多次被批判。当时，我喜欢学哲学、政治经济学、世界通史等，正是这些知识，使我站在一个高远的角度看人生，书中许多杰出的共产主义战士的献身精神，使我看清了自己生命的价值。虽然招致猛烈的批判，但是我却更刻苦地寻求着真理。

后来，改革开放了，条件好了，工作也繁忙起来，但我还是自学了几种版本的教育学、心理学，并参加了古代文学、外国文学等科的自学考试。

回顾这些年的自学道路，我最深的体会，就是把大脑分成动力部分和工作部分。动力部分由信念、理想、意志、性格组成，工作部分由记忆力、注意力、观察力、理解力构成。要想使大脑机器在曲折坎坷的道路上不停前进，就必须不断检修、调整动力部分，使之不停运转，这样工作部分才能发挥作用。

陶继新：您的努力与成功令人赞叹！

自学的动力部分除了您所说的信念、理想、意志、性格之外，在自学中所收获的知识上的丰富、心胸的开阔、精神的超越等快乐、享受也反作用于我们的自学，使我们产生新的更持久的动力。

所以不管是学生，还是成年人，人真正的成功，真正的成长，自学能力起着很大的作用。一旦有了自主学习的机会，有了自学能力以后，这个人就乐在其中了，就有了不可限量的前程了。

（完稿于 2012 年 4 月 4 日。作者：魏书生　陶继新）

从沂蒙山区走来的 "法布尔"

——杨同杰老师自费考察黄河纪实

　　杨同杰已经成了一个新闻人物，在中央电视台"小崔说事"中，就有一场关于他的报道。全国不少省市自治区的电视台，也对他的事迹作了报道。那么，他有什么特殊背景吗？没有。他是山东省沂水县沂水镇成人教育学校的一位生物教师，只有高中毕业的文凭。但是，他却和辞了职的妻子一道，利用2000、2001和2002三年的暑假时间，三次自费考察黄河。其间可谓历尽艰险，九死一生。不过，他也因此而获得了"黄河百科全书"和"中国法布尔"的称谓。2002年10月，在北京人民大会堂，为表彰他为保护母亲河所作出的突出贡献，联合国环境总署秘书长向他颁发了"福特奖"汽车环保奖证书和奖金；2003年1月，他当选为第二届"教师出版基金杯"齐鲁十大新闻人物；2003年4月，他又被人民日报社、中央人民广播电台等新闻单位评为"新世纪优秀人才"。2004年被临沂师院聘为生命科学院、农林科学院客座教授。而且，出版了几本专著。为此，记者对他进行了采访。

　　他读了有关法布尔的文章之后，才知道法布尔也并非昆虫研究世家，30多岁方才迷恋上昆虫。但法布尔却成了世界闻名的大生物学家。为此，他对法布尔的作品更是情有独钟。渐渐地，他开始有了成为一个生物学家的梦想。

杨同杰的家乡在一个小山村，那里既留下了他太多的童年悲苦，也是他走向生物研究的启蒙地。他没有伙伴可以共同演绎美丽的童话人生，只是独自在房后的小山脊上的昆虫世界里"斥强扶弱"——那还是一个未被破坏的生态圈，昆虫遍地都是。但令杨同杰遗憾的是，它们并不团结，相互争斗和弱肉强食的情形俯拾即是。杨同杰自幼受人欺负，最看不惯的就是以强凌弱。于是，他便将强弱大小相斗的双方分开，并对强大的一方斥责批评一番。但动物们不懂人语，继之而来的仍是强弱相争再起战火。杨同杰一气之下，便将强者捉住，摔出好远。渐渐地，他对昆虫世界发生了兴趣，只要一有空，他就跑到这个群虫相聚的地方，虽然都是"重复昨天的故事"，但昆虫们不同时间和不同地方的每一个动作，每一声鸣叫，都会令他顿生惊奇。他不仅可以绘形绘色地描写昆虫们的形貌，还可以准确地说出它们的生活习性。

一年春天，"大寨田"里的谷子遭了虫灾，村民们只好用农药喷洒以杀灭之。随后，暴雨突至，积水流到水库里。雨过天晴之后，水库里的鱼和所有生物全部死掉了。这些无辜生灵的顷刻毙命，令他伤感了许久许久。他常常在黄昏的夕阳即将隐去的时候，默默地走到水库边，那无言的碧波里已没了鱼儿的快乐腾跃。12岁的杨同杰突然有一个奇怪的想法：虫子蚕食庄稼，村民用农药予以捕杀，于是虫子死掉；但庄稼同样也有了农药，人吃了之后，又会怎样呢？这，也许是杨同杰生物研究的原始自觉。

生产队毁林造田，将山上的树木砍伐了；第二年，昆虫也消失了。于是杨同杰在想：自然界中的一些生物，因为人为的破坏而消亡。恐龙消亡的原因成了千古难解的"方程"。如果昆虫也消亡了，后人对它的破译与诠释会不会也要成为难解之谜？他决计制作生物标本，写明它们的衍变过程，为后人留下一些可供参阅的真实资料。稍有空暇，他就跑到田野里，捉来昆虫，做成标本，用针扎在墙上。三间土屋的四壁上，真可谓五彩缤纷。他认为自己做了一件了不起的大事，对它们关心备至又欣赏不已。但1978年秋天山洪暴发，他家的土屋被冲塌。母子二人从一根木梁下死里逃生。有人说他是"大难不死，必有后福"。但杨同杰失去了他的生命珍品，望着或被山洪卷走，或被屋泥压损的标本，他已是欲语泪先流了。

正如老子所言："祸兮福所倚。"就在他的房屋被洪水冲垮之后的第二个年头，21岁的杨同杰成了沂水县的一位代课教师。虽是一个不大的偏僻县城，但对于杨同杰来说，却像是走进了一个非常理想的境界。这里的图书馆有很多的藏书，特别是有不少关于昆虫方面的科技书；这里有不少知识渊博的老师，特别是一些对生物有一定研究的老师；这里还有与昆虫研究相关的教学课，特别是到野外活动的实践课。他一方面如饥似渴地学习科学文化知识，一方面将自己研究的课题与教学实践有机地结合起来。

他认为，写作离不开观察，没有实地观察，写出来的东西便缺失了真实与生气。他带着学生到野外去细察小动物的形态动作和生活习性，并现场回答学生提出的一系列问题。有时他还"明知故问"，让学生观察得再细些，思考得再深些。回到学校，学生的作文大都言之有物，有的还写得栩栩如生，给人一种如见其物的感觉。他鼓励学生向报社投稿，这些"初生牛犊"还真的不辱师命，见诸报刊的佳讯频频传来，学生野外观察与执笔写作的热情不断升温。到1992年，杨同杰屈指一算，竟有数百篇学生习作陆续在全国报刊上发表。

指导学生观察与写作的过程，也是杨同杰对于昆虫深入研究的过程。在这期间，他获得了大量的感性材料，也升华了不少理性的思索。他不仅制作了更多的昆虫标本，也写出了许多观察日记及分析文章。

杨同杰以前常为自己学养不深和"半道出家"感到遗憾，从来没有奢望自己将来能够成为生物研究专家。但他读了有关法布尔的文章之后，才知道法布尔也并非出自昆虫研究世家，他30多岁方才迷恋上昆虫。但法布尔却成了世界大生物学家。为此，他对法布尔的作品更是情有独钟，读了一遍又一遍，依然不忍释怀。渐渐地，他开始有了成为一个生物学家的梦想。此"想"一出，他的追求就有了更加高远的指向，于是，成立一个科技馆的设想诞生了。1998年，他把自己住的房子腾出两间，将以前在沂蒙山区采集到的1万多件昆虫标本和几十项研究课题逐一整理陈列出来。在县科委与团县委的帮助下，办起了一个家庭青少年科技馆，义务向全县青少年进行生态科普宣传。

既然成立了科技馆，馆内就要有比较丰富的科普资料。充实馆藏内容，提升科技含量，就成了迫在眉睫的事情。沂蒙山区昆虫资源相当丰富，而位于沂蒙山区腹地的沂水，地形复杂，气候适宜，自然生态群落密集，生物种群繁多。于是，两万多平方公里的沂蒙山区，便成了他和爱人考察的主要对象。星期天和节假日，他几乎每天都要和上夜班的妻子一起，去山野之中进行考察取证。昆虫物种的公布，生态环境的变化，人们对自然环境的破坏，环境变化后昆虫物种的生存状态，以及影响人类自身生存的种种现象与原因等，都成了他们考察的内容。

经过考察，他发现，生活在我国境内昆虫的 2 个亚纲、5 类变态、32 个目中，沂水区域就有 29 目。于是，他又对这 29 目昆虫中的 500 多个群种全部进行科学考察分类，制作了各类昆虫标本 1 万多件，并拍摄了大量具有史料价值的珍贵照片。他还采集了一些濒临灭亡的孔雀蝶、大黑山蚁、地藏蜂等稀珍昆虫物种。他采捕到的一只长着三条细尾的形似黄蜂的昆虫，经鉴定，迄今生物学上尚未为它命名。

考察是艰苦的，甚至还有危险；但杨同杰却是乐此不疲。日出而行，日落而归，来也匆匆，去也匆匆，令很多人匪夷所思，甚至有人说他们夫妻俩犯了"精神病"。是的，他的执著痴迷真的有些"走火入魔"的况味。一次，为了考察玉米螟虫对玉米的危害，杨同杰一个人蹲在玉米地里三天三夜没有出来。由于此前没有考虑到会用这么长的时间，带的饭食一天就吃完了。于是，他就以地瓜为食，以泉水解渴。爱人以为他失踪了，差点儿报了警。

采集标本离不开标本箱，可正式的标本箱他买不起，只好买泡沫板，自己动手做，将每个标本箱的成本降至三四元。但标本越采越多，标本箱用得也就越来越多，可家中的钱却越来越少。1999 年，家里确实再也挤不出制作标本箱的钱了。这对于对昆虫研究的兴趣一天大于一天的夫妻二人来说，无异于走到了"两难"的境地。看着愁眉紧锁的丈夫，妻子突然说："同杰，你不要急，天无绝人之路。"她从柜子的最底层翻出来一包东西，一把塞到了杨同杰的手里。杨同杰小心地将里三层外三层的布一一揭开，现出"庐山真面目"的是五块古色古香的银元。杨同杰的心里一颤，这可是妻子出嫁时爷爷送给她的最贵重的嫁妆啊，也是家中唯一贵重的家产啊！在孩子很小的时候，家里穷买不起奶粉，都没有舍得将这些银元卖掉；爱人三年没买一件新衣服，也没有舍得动它一动的想法啊。但看着妻子决然的神态，看看家徒四壁的房舍，想想家无分文的窘迫，杨同杰一咬牙："走，到银行去！"夫妻二人从银行换了将近 200 元钱，随即便赶到临沂批发市场，买来一大堆泡沫板。连夜赶着制作，不长时间，200 多个标本箱小山似地堆在了家里，成为全家又一笔珍贵的财富。

有时夜深人静，杨同杰望着这些标本箱，酸辣苦甜诸般滋味就会在他的心里交糅涌动。有时他甚至会掉下几行热泪，任其在他那轮廓分明的脸上流淌。

当现代人在否定"酒香不怕巷子深"这一古老的命题时，杨同杰却在深巷之中"酒香四溢"了——中国科学院对杨同杰的昆虫研究很感兴趣，要他赴京进行科学鉴定。这令杨同杰激动莫明。但80高龄的老母亲已经重病卧床两个多月，医院也已下了病危通知书。万一病危逝去，妻子一人在家怎能肩荷起这一重担？老人家含辛茹苦养育自己几十年，此行如果真的成为永诀，他将负疚终生。况且，到北京还要钱啊！看着徘徊不定的丈夫，妻子说，咱们俩多少年的研究并没有赢得人们的认可，好不容易有中科院为我们作鉴定，千万不能错过这个千载难逢的机会啊；家里你放心，老人家如果真的不行了，我就代你披麻戴孝，行儿子之礼。然后，妻子将从妹妹家借来的500元钱交到杨同杰的手里，让他立即起程。杨同杰与母亲妻子洒泪而别，带着标本图片和书稿，踏上了北上的火车。

中科院的专家们对于这位从山区走来的昆虫研究者免费作了鉴定，张广学院士亲笔写道："沂蒙山区陆生昆虫区系的研究不但填补了国家空白，而且还有可能在动物地理学研究上有所创举，为沂蒙山区的生态保护、农业可持续发展提供基础资料和指导。"中科院科技处还推荐乔格侠研究员参与这一课题研究。

杨同杰既激动又兴奋，他要赶快赶到家里，将这一天大的喜讯告诉牵挂自己的母亲和关爱这项事业的妻子。可是当他赶到家里时，老母亲已经与世长辞了！杨同杰嚎啕大哭，痛苦不已。但他没有沉湎于悲伤与内疚的长河里，他了解自己的母亲，老人家最大的遗愿就是希望与自己相依为命的儿子能够干出更大的成绩，儿子是她的全部财富与精神寄托。为了不辜负老人家的期望，杨同杰更加努力地工作。经过市科委对他的青少年科技馆严格考察后，杨同杰又自筹资金10万多元，于2000年3月成立了临沂市昆虫生态研究所。研究所的成立标志着他在自然科学研究方面走上了一条正规之路。其影响也日趋扩大，首都师大严忠诚教授、山东师大博士生导师林育真等专家学者，有的愿意参与研究，有的则给予了很大的鼓励支持；研究所还被中科院列为科研合作单位，一些大中小学则将其作为生物生态研究实践基地。

2000年4月，世界多样性生物研讨会在北京召开，来自20多个国家和地区的生物生态研究专家济济一堂，共同探讨当代生物生态发展变化的走势。山东省只有一人到会，那就是应中科院之邀而来的普通教师杨同杰。他为此深感荣幸，一方面抓住一切机会向世界级的专家请教，一方面向他们介绍自己的研究成果。专家们很惊诧于这个农民打扮的年轻人，并对他的研究成果给予了很高的评价。同时，他听一些专家说，黄河流域物种分布极广，对其进行考察，对于全国生物生态研究有着非同一般的价值。杨同杰突然萌发一个念头——自费到黄河流域去考察。当他将这一想法说出来后，有人坚决反对，认为这其间有着难以克服的困难，以及意想不到的危险；但也有人非常支持，认为这种前无古人的行动，也许可以获得前所未有的收获。黄河流域异常丰富的生物生态，对杨同杰构成了一个巨大的诱惑，他满脑子思考的问题，都成了"到黄河源头去考察"。不管有多少艰险，都无法动摇他西行考察的决心与信心。

但杨同杰将问题想得太过简单了。首先是经费：倾其全家所有，也就只有3000元；如此远征，所需的费用还有一个不小的缺口。但他说，没有过不去的火焰山，我可以在支出上少之又少，在"设备"上简之又简。商店里的帐篷精美但是他买不起，只好到市场上买来布料和不锈钢管，自己设计自己做；另外，自己做标本箱，自己做野外使用的蜡烛灯，自己做煎饼，自己买药品……

杨同杰意欲自费考察黄河流域生态的消息不胫而走，并得到了上级领导的大力支持。县教委李长攸主任代表教委送来一架8000多元的摄像机，要杨同杰途中拍下最珍贵的资料；沂水镇党委、政府，沂水市科协，沂水县科委等单位也雪中送炭，在资金上给予了一定的支持。

正当杨同杰踌躇满志地将要踏上征程的时候，有些好心的人也在劝阻其知险而退。因为据可靠消息说，前不久一辆在黄河源头行驶的吉普车被一群恶狼围困，车上三人无一幸免，甚至连一根小小的骨头都没有剩下。杨同杰没有车辆，没有通讯工具，没有医疗条件；尽管他的妻子也要与他同行，但仍然是势单力薄。休说遇到狼群，就是碰上一只恶狼，他们两个也有狼口丧命的可能。况且黄河上游行路艰险，空气稀薄，随时都有缺氧的可能。所以有的朋友劝他们说：你们执意要行，绝对凶多吉少，必须做好殉难他乡的心理准备。

此行真的是生死未卜。家里还有一个刚从烟台一所中专学校毕业的 18 岁的儿子，如果真的一去不复返的话，儿子将来何以面对这一残酷的现实？杨同杰徘徊过，思考过，但最终还是坚持出行考察。他要给儿子一个交待，让儿子理解父母此行的意义。夜深人静时，他悄悄地写了一封遗书——

亲爱的儿子：

当你看到这封信的时候，你的爸爸妈妈已经不在人世了。但希望你不要太过悲伤，我们以前不是多次讨论过吗？我们一家人既然选择了这项事业，也就注定了一生要与贫穷和危险打交道。但爸爸妈妈的去世，不是为了个人的私利，是因为要去从事一项伟大的事业。你应当为有这样的爸爸妈妈感到骄傲和自豪。

我们没有为你留下一分钱的财产，可我们却给你留下了一个市级研究所。这是我们用心血换来的一笔"遗产"，但这并不是留给你的。你一定要将它无偿地献给国家，并且不要索取任何的报酬……

2000 年 7 月 8 日，杨同杰将这封遗书交给他的邻居："拜托您为我保存这封信。如果我们能够活着回来，就请您交还给我；如果我们死在他乡，就请转交给我的儿子。"然后，杨同杰便和妻子踏上了远赴黄河源头考察的道路。

望着苍苍茫茫的天宇和一眼看不到边的荒野，杨同杰突然感到自己已经与天地融为一体。而黄河源头，则是他的魂系所在。

三次黄河考察，特别是第一次黄河考察，对于杨同杰夫妇二人来说，既是顽强意志的一次超级锻造，也是与死神的一场特殊较量。这，将成为他们值得终生骄傲的一笔精神财富。

杨同杰夫妇二人乘火车到西宁后，又转乘大巴，向黄河源头所在地玛多县行进。这 1000 多公里的路程，都是海拔四五千米的青藏高原。他们怎么也没有想到，在山东还是酷暑盛夏时节，这里却是大雪纷飞。只穿单衣的夫妇二人，在车内紧紧偎依在一起，还是冻得瑟瑟发抖。加上高原反应，未到玛多县城，便早已呕吐狼藉，近乎虚脱。

　　玛多县 24 000 多平方公里的土地上，只有 8000 多人居住。这个海拔 4250 米的高原地带，没有农作物，甚至连一棵绿树都没有。从车站下车后，杨同杰便担着 30 多公斤的行装，向还有 6 公里路程的玛多县城走去。没想到只走了七八步，由于严重缺氧，就晕倒在地。附近就有一个公路站，适值县公路局张局长前来视察。好心的张局长二话没说，用小车将他们送到了县招待所。

　　杨同杰夫妇二人刚刚坐下，也是前来黄河考察的中国地矿学院的曹教授便来看望。听说杨同杰两人如此无备而来，不由得大吃一惊。他说，他带着几个研究生，有经费，有车辆，有防寒的羽绒服，睡充气帐篷，已经在这里住了一个多月，还是没有适应过来，真的要到离县城 120 公里的黄河源头考察，恐怕还要适应一段时间。杨同杰夫妇去黄河源头，那绝对是不可思议的事情。他见杨同杰喘气急促，面色蜡黄，就赶快从身上取出几瓶肌甘和三普红景天抢救药，让杨同杰马上吃下。药吃下后不久，杨同杰便感觉好了许多。两天来在路上又吐又晕又冷，饭食未进，此时方感饥肠辘辘。于是从行囊中取出煎饼，张口就吃。"不能吃！"曹教授大喝一声，"在这个时候，吃这么干的东西，真的是不能活了；跟我们吃吧。"他把他的研究生叫来，非常感慨地说："他俩没有一分钱的科研经费，自费前来考察，太值得我们学习了！"

　　曹教授和他的研究生走后不久，杨同杰便昏迷了过去。待他醒来时，已经躺在了玛多县医院里。要不是他的妻子和一个藏民将他送到医院，杨同杰真的要客死他乡了。据医生说，他患的是肺气肿，好在抢救及时；但如果这时候再患上感冒，就不可治愈了。

　　走出医院，杨同杰认为安然无事了。但没想到走出医院不远，杨同杰突然全身抽筋、发抖、疼痛。可是此时医生已经下班，治病却无医生可寻。他的确疼得难以忍受，便在地上打着滚呻吟。半个小时过后，疼痛渐轻，他才在妻子的扶持下，一步一步地走到招待所里。

　　招待所里没有电，没有水，用牛粪点燃起炉火，才有了一点暖意。夜深了，疲惫不堪、虚弱至极的妻子发出了轻微的鼾声，杨同杰突然想起临行前给儿子写的遗书，想起了已经逝去的老母亲，想起了他惨淡经营的昆虫生态研究所……

　　"不到黄河不死心"，不到源头不返回。而要到黄河源头，非租车不可。

第三天下午，杨同杰通过玛多县教育局副局长索南帮忙，几经周折，才找到了藏民图丹愿意驱车前往；通过图丹，又找到藏民向导拉周。三人议定，明天早晨4时起程。

是夜，杨同杰的妻子身体已经十分虚弱，不可能同去黄河源头。杨同杰深知明天之行凶多吉少，这也许是与妻子共聚的最后一个晚上，有些事还是要交待一下。比如："万一我死了，你还可以回家经营我们的昆虫生态研究所……"但他一句话也说不出来。妻子眼里不断地流着泪，默默地为丈夫收拾着考察必备的东西。这种近乎诀别的沉默，一直在黑夜中持续着。

这一天是2000年7月15日，是杨同杰一生中永远难以忘怀的日子。4点30分，图丹和拉周方才来到；因为天气太冷，很长时间才把车发动起来。车出县城，天还很黑。没有道路，只是在荒漠上摸索着前进。高原的空气太稀薄了，杨同杰的肺已经肿了起来。每走20来分钟，三个人就要停车下来，双膝跪下，面对着地表层吸气。如此不断地停车，不断地跪下，不断地吸气。

他们三人从这片草原继续前行，到中午12时许，车陷进了泥塘里。任他们三人千推万推，车子依然纹丝不动。图丹和拉周说只好原路返回，况且杨同杰也几乎没了力气。望着苍苍茫茫的天宇和一眼看不到边的荒野，杨同杰突然感到自己已经与天地融为一体。而黄河源头，则是他的魂系所在。不管图丹和拉周如何劝说，都不能改变杨同杰走向黄河源头的决心。他说："就是死到黄河源头，我也要看上它一眼！"图丹和拉周被感动了，他俩一个人替杨同杰背着包，一个人用一根棍子牵着杨同杰，一步一步地向黄河源头走去。

中午时分，杨同杰终于挣扎着爬到了胡耀邦同志亲笔题字、四周飘扬着洁白哈达的黄河源头牛头碑前。杨同杰急忙举起微型摄像机进行拍摄，但只拍了几秒钟，他便突然喘不过气来，瘫倒在地。图丹和拉周赶快扶住让他低头跪在地上。过了好久，杨同杰的肺部才如闪开了一丝儿缝隙，他艰难地呼吸起来。他又一次坚韧地站了起来，继续拍照摄像。令他非常欣慰的是，就在这片不见人烟的地方，却发现了两种顽强生存着的昆虫。

任务完成，便赶快返程。在路上，杨同杰一行三人遇到一些放牧的藏民，他们用牦牛将图丹的汽车从泥塘中拉了出来，并用他们自己都舍不得吃的手抓羊肉和奶茶免费招待了三位稀有的客人。在这个人生地疏的高原上，杨同杰真正感受到了藏民的热情与友善。

夜间 12 时多，杨同杰方才赶到玛多县。县招待所大门前，妻子正翘首以待。寒风几乎将她冻僵了，泪水也几乎凝结在她的脸上。一见杨同杰安全返回，她一下子便倒在了地上。

夜间冷气逼人，夫妇相拥而坐。尽管两人都已又累又困，但谁也睡不着。杨同杰慢慢地讲着一天的生死经历，妻子一边侧耳细听着，一边无声地流着泪……

考察孟达天池自然保护区这一方圆 30 多公里的原始森林，也是杨同杰一个久存心底的愿望。2000 年 7 月 26 日早晨 8 时，夫妇二人各背几十斤重的考察设备和一个水壶便出发了。山下有一条清澈的山溪，远远望去，河床蜿蜒而上，一直延伸到山顶。有自然之水不竭地流淌，何需壶中之水？于是，他们将壶中的水洒在这个无人问津的地方，做一个永远的纪念吧！

水壶空空，行走起来也就轻松了许多。但走了三四公里来到山脚下时，方知那是一条只在下雨时才有流水的河床；现在干得一滴水也没有，而 43 度的高温像蒸笼一样正从上下左右向他们袭来。前面一两公里处的大石崖该有水了吧，但他们浑身是汗地赶到大石崖的时候，休说流水，连河床也不见了。返回已不可能，只有赶到孟达天池了。实在太渴太累了，两个人你拖我推，艰难地走着。嚼几口马尾松，湿润一下干裂的嘴唇。躺在地上，休息片刻吧，不料全身又粘上了松油，再也弄不下来。但到不了孟达天池，两个人就得渴死在这片人迹罕至的地方，成为野兽的晚餐。他们谁也不说一句话，不能消耗一点儿体能，况且嘴巴也真的干得说不出话来。这时候，杨同杰才真的体会到了什么叫挑战生命极限，什么叫生与死只有一线之隔。还是要走，尽管走几步就要歇一歇。晚 8 时，终于到了孟达天池。夫妇两人一下子将嘴贴到水边，没完没了地喝起来。然后，躺在地上，死了似的，一动也不想动。

孟达天池成了他们的天然居所，一群黄羊从身边走过，用嘴嗅一嗅，然后就又悄悄地走开了。夜太静了，也太神秘了，大自然将赐给这两位远方来客什么样的"礼品"？会不会还有猛兽出没？杨同杰的脑子一闪，涌起一阵恐惧。上山前只想着考察生态生物，哪里考虑过这种问题！但他们实在太疲倦了，不长时间，就都酣然入睡，和黑夜共同融入神秘之中了。

一觉醒来，方知"东方之既白"，方知猛兽并没有侵扰他们的美梦。于是，观察，采集，记录，拍摄，不亦乐乎地忙了起来。满载而归时，一种不虚此行的欣慰与愉悦同时在他们的心底荡漾。

从陕西的府谷县到山西的保德县，只有一河之隔。2001年7月24日，在夕阳尚未落山的时候，杨同杰夫妇走到了河岸上。他们的经费已经不多，实在舍不得到县城去住一夜五六十元钱的招待所。看着四五百米宽的平平的河床和静静流淌的河水，杨同杰决定：何不就宿于河床之上，既省钱，又舒服。从县城买几个包子作为晚餐，支起帐篷作为住房，感受一次以大地为床的美丽。晚上，点起蜡烛，记好日记，已是11点多钟。然后和衣而睡，直至天明。正待起床，突然听得两岸人声鼎沸。夫妇二人走出帐篷一看，顿时大惊失色——倾盆大雨正在下个不停，咆哮着的黄河水已经漫上河床。两岸的人们欲救不能，只好以大声呼叫来唤醒这对尚且浑然不知的患难夫妻。幸亏他们昨晚睡在稍高的一块地方，不然，早已被黄河水冲得不知去向。这时的杨同杰夫妇，在四周距离黄河水只有两米多远的咫尺之地，已经进退无路，只有固守这方小小的"阵地"，等待着黄河的判决。杨同杰在想，自己出生入死地为了保护黄河而考察，难道也要成为黄河的水中鬼？

一会儿，雨势渐小，黄河水渐退，大片河床浮出了水面。杨同杰夫妇急忙收拾起帐篷，踏着泥泞，慌不择路地走到了岸上。回首奔流不息的黄河之水，依然余惊未歇，感慨不已。

到达黄河壶口之后，杨同杰决计要到相距不远的人祖山去考察。当地人说那里毒蛇较多，牧民曾经屡遭袭击，死于非命。但杨同杰仍然知险而进，于2001年8月5日一早便往人祖山进发。为防不测，他在去毒蛇较多的地方采集标本时，只让妻子站在较远的安全地带。他采集了许多罕见的山蝉标本，很为此行感到高兴。但正当伸手采集最后一个标本时，就在离他只有1米左右的地方，他突然发现了一条竹叶青蛇。它也发现了杨同杰，正吐着蛇信，用凶恶的眼光看着杨同杰。据当地人介绍，竹叶青蛇在离人两三米的时候，便要采取攻击性的行动。杨同杰暗想，现在离自己只有1米远的距离，看来是必死无疑了。杨同杰不敢再动一动，用眼睛死死地盯着竹叶青蛇。两方僵持着，空气犹如凝固了一般。远处的妻子见他一动不动，觉得大事不好，于是大声喊叫，探问出了什么事情。但杨同杰一点声音也不敢出，任何的动静都有可能"打草惊蛇"。如是对峙了大约一个小时，竹叶青蛇的蛇信不吐了，眼中的凶光也减退了不少。他一边用眼的余光看着竹叶青蛇，一边小心翼翼地往后退，离开竹叶青蛇已经有五六米远了，才长舒了一口气，跑着离开了这块危险之地。

回到住处，当地人为他的大难不死作了一个合乎常理的推断——因为当天气温高达43度，正在树荫处乘凉的竹叶青蛇已是难耐高温，无心再到炽热阳光暴晒处攻击陌生者了。况且杨同杰一动不动地站在那里，好长时间也没有威胁到它的安全，后退的时候又是无声无息。所以化险为夷、转危为安了。

去陕西佳县考察有100多公里的路程；但既无火车，也没汽车。他们只好绕道太原而行。2001年7月28日到达太原，第二天5时便起床而行。因为带着100多公斤的资料，只好乘坐出租再去长途汽车站坐车。到达车站，急忙从车上逐一卸下随行的东西。但在最后一个包还没有卸完的时候，司机突然踏动油门，出租车便飞也似的跑了。杨同杰夫妇一边跑着追赶，一边大声呼喊。但在整条大街上，却没有任何响应。出租车带走的是一个装有8000元现金和一台摄像机的包啊！两个人赶快拨打110后，便相抱而哭。但任110民警如何尽心尽职地寻找，任公交电台一遍又一遍地播放查找这个出租车司机的信息，依然是泥牛入海无消息。

好在一大箱子的资料还在，对于杨同杰夫妇来说，这才是真正的无价之宝。不再哭了，再哭那些东西也不会完璧归赵。考察还没结束，绝不能半途而归！但现在身上已经分文没有。杨同杰告诉妻子，火速回家借钱。可回家需要车票，买票需要现金。向饭店老板去借遭到拒绝，又无一个熟人可借。万般无奈，杨同杰找到一家水果摊，用手机当了400元钱。

妻子好不容易借到1万元，随即便返回太原。赶快到三友商店，花8300元买了一架摄像机，因为这是考察的必备之物。随后，又从水果摊上赎回手机。此时手上只剩下1300元了。

2001年8月2日凌晨，杨同杰夫妇与太原作了一个悲哀的告别，流着眼泪踏上了新的考察征程。

继续前行，到陕西宜川，进潼关、华山和秦岭等地进行考察。但他们的钱太少了，只能啃方便面，喝河中的水。即使如此，也大多是一天只能吃上一顿"饭"。直到此行的考察任务完成，才于8月25日返回家乡。

杨同杰黄河考察成果斐然，他由此被人们誉为一部活着的"黄

河生物生态百科全书"。他的科学精神与深深忧患，也同时成为一笔文化精神产品，给人们永远的启迪。

杨同杰不仅是对生物生态的探奇者，更是对生物生态恶化的忧患者。他说，人们对黄河污染的漠视，常令他心疼不已。他说，在黄河源头的扎陵湖、鄂陵湖等湖泊里，生长着一种十分珍贵的鱼种——黄鱼；由于水温太低，长得非常缓慢。可是有的人为了捕鱼，却将大量的毒药投放其间。鱼因药而死，人因鱼而获利。无钱可卖的小鱼浮在水面，被飞来的鸟儿吃了；结果，鸟儿也死了。他在凝重地思考，现代人何以如此毫无顾忌地为他们的后代埋下生存危机的炸雷。

杨同杰说，不少人将黄河视作天然垃圾场，将破废之物随手投掷其中。特别是从西宁开始，大量的垃圾和工业废水倾倒其中，黑水绵延几十里，泾渭分明地与黄水一争高低，共同咆哮着奔腾而下。

而树木的锐减，植被的破坏，更是严重影响着人们的生存环境。杨同杰在去黄河源头的玛多县境内的高原地带，走了数百千米路，方才见到了一片草原和一些牧民。但这里的草原已经严重退化，因为食草鼠泛滥成灾，1平方公里竟有成千上万只之多。加上非法淘金对植被的肆意破坏，致使水位下降，支流断水。20世纪70年代这里还放养着70多万头大牲畜，现在还不足20万头。而多年来，宁夏、甘肃、青海各地杨树大面积地死亡，导致生态的严重失衡。其危害的根源，则是树种单一、持续干旱以及星天牛的泛滥成灾。星天牛对杨树的危害起源于宁夏，而有了虫害的宁夏树种卖到甘肃西南部，又向四周不断地蔓延。如不及时防治，后果不堪设想。

对于触目惊心的生态恶化、生物物种减少等问题，杨同杰忧心忡忡。他不仅对这种人们熟视无睹的现象作了详细的记录，而且进行了认真的分析，并提出了解决问题的有效办法。其科研论文《星天牛对杨树的危害》引起了青海、宁夏等省、自治区政府有关人士的高度重视。

2001年6月27日二次考察黄河生物生态时，与杨同杰夫妇同行的还有省电视台和报社的三位青年，他们为杨同杰的精神所感动，也对这种特殊的考察产生了浓厚的兴趣。

这一次的考察始于兰州，兰州北部的黑山峡。这里数百平方公里既无植被，也没人烟。许多地方还保留着原始的地貌形态。但近年来，在中上游地区建造了上百座发电站，用电是真的充足了，但不少电卖不出去，造成很大的浪费。国家明文规定一般不能在黄河沿岸建造中小型发电站；但总有人可以通过各种渠道拿到准许建造的审批手续。这类发电站一个又一个地出现，形成了一处又一处的破坏黄河生态的源地。

从宁夏中卫县进入腾格里沙漠后，他们发现，原有的防护林多被砍伐，风沙漫卷而来，畅通无阻。一场大的风沙过后，老百姓的院子里就会增添几厘米厚的沙子。中午时分，热沙与赤日争放热量，气温高达 75 度，行走在地上，脚上便会蒸出泡来。走出沙漠时，与杨同杰夫妇同行的三位记者，一人中暑，一人面部暴皮，一人口中出血。半个月的时间，三个小伙子所经历的波折艰险，远远超过了过去的 20 多年。他们因事返回，考察队伍又只剩杨同杰夫妇二人相伴而行。

在考察贺兰山脉之后，杨同杰夫妇继续北行，到达宁夏、内蒙古交界的石嘴山市。因是煤炭基地，国家在 20 世纪五六十年代修建了很多排灌水渠，旨在天旱之季，引黄灌溉；天涝之时，将水引入黄河。但现在长达 200 多公里的黄河两岸，建造了一座又一座的造纸厂，致使每天 1 万立方米的污水泄入黄河。于是黄水不黄，黑水肆虐，直到内蒙古的磴口县，依然是黑水翻滚。早在 20 世纪 60 年代，在前苏联帮助下，于磴口县建造了一座大型的拦水闸。但从生态学的角度看，其消极影响也不可低估。黄河水每年流至磴口县的水的总量不到 300 亿立方米，行至此处一下子就截留了 50 亿立方米。这里用水浪费非常严重，任水流淌的现象随处可见。但从磴口县往下，水流渐少，不少树草因缺水而死亡，许多物种因无水而消失。

继续前行，进入内蒙古的乌海市。在黄河岸上行走考察，杨同杰发现，这里本还应是地下河的黄河，河底已经高出乌海市的地面。究其原因，是当地人将大量的垃圾倒入黄河，其中的较重之物便沉积河底。加上沙漠增多，河床变窄。日久天长，河底升高，形成本不应有的"悬河"。杨同杰认为这对高枕无忧的乌海市人民来说，无疑构成了一种潜在的威胁。于是写出考察报告，提出如何治理的方案，交给市科协、水利等有关部门。但这一报告没能引起他们的高度重视。当年 12 月，黄河冰凌冲垮堤岸，黄水横行 50 多平方千米，4000 多万人受灾，损失共计 1 亿 3 千多万元。后来杨同杰看到新华社报道的受灾情况后，唏嘘感叹不已，几夜难以入眠。

第三次黄河考察，山东电视台派人开车同行。始于潼关，再入秦岭。杨同杰为发现许多新奇物种而兴奋，也为秦砖汉瓦流失百姓家而叹息。后入河南，关注小浪底调沙工程及河床之上老百姓的生存现状，探寻兰考东坝头决口的原因及花生虫害的防治策略。

山东是杨同杰的故乡，也是他黄河考察的最后一个省份。他对菏泽粮林兼作，东平湖水质富养含量增大，东营棉铃虫的骤增，黄河三角洲15万3千多公顷土地的昆虫物种分布情况等进行了考察，并提出了一些可行性的报告。

行至东营市七里井村时，村民们说，村中的水坑出现了问题。以前他们在里面洗澡，非常舒服，可近期洗澡者却普遍地起了红斑。这种情况正好发生在小浪底调沙之后，于是有人怀疑小浪底堤的水里可能有毒，水坑因此而被污染。有人甚至要组织人员上访。杨同杰通过考察，发现前后左右村庄的水坑没有出现这种情况，断定七里井村的水坑问题绝非小浪底调沙所为。他想到在黄河源头考察时用药捕鱼的情形，便问此前有无下药捕鱼者。村民们一想，还真的有人用药捕过鱼。再进一步调查，又有新的发现，就在一周之前，一辆拉农药的车掉在水坑里，整车农药也就成为水中之物。毫无疑问，所谓的红斑病，就是这药种下的苦果。杨同杰将自己的调查分析向村支部书记作了详尽的说明，支部书记又向村民们进行了解释。一场误会，甚至有可能发生的风波，就这样平息了。

三次黄河考察，历时167天，行经8个省、区180多个县、市，搜集生物生态等资料1000多公斤，记录日记60多万字，拍摄图片万余张，采集昆虫标本两万多件，拍摄录像资料100多小时。如果将这些资料聚在一起，足可装满一辆130的汽车；如果将图片放大，可摆数千平方米。现在，杨同杰的家里已经摆着四五百个标本箱，近4万件标本。

在考察中，杨同杰将自己的科研成果无偿地提供给当地政府。在青海乐都县，对当地的生态保护做了科学的考察课题；在宁夏，他帮助农牧厅做了合理的放牧与林草保护的科技报告；在甘肃省，他帮助东乡族县科技局对危害白杨树的星天牛进行了科学的防治；在石嘴子山，他就污染黄河的第三排水沟多次与内蒙古、宁夏两地政府进行交涉；在山西、陕西，他写出了防治水土流失的数万字的调查报告；在河南、山东，他为沿黄农作物的病虫害的防治进行了广泛的知识传授……三年来，他为沿黄地区的政府部门无偿提供科技考察报告 30 多项，同时也获得了当地政府部门为他颁发的科技成果奖、荣誉 27 项，内蒙古托克托县还向他颁发了"荣誉市民"的勋章。

从科研角度讲，杨同杰的考察研究成果汇集了多门学科的基础知识，为人们研究黄河流域的基础自然科学提供了宝贵的实物与理论资料；从科普的角度讲，人们可以从中了解整个黄河流域的有关历史文化、生物、自然，特别是生态环境保护的资料，更有助于提高人们的环保意识。

但考察也带给他愈来愈重的忧虑：黄河不是永恒的。75 万平方公里的黄河流域，沙漠面积在不断地扩大，几万平方公里的沙漠向人类宣战。地球逐渐变暖，黄河流量一天天变少。各种植物物种在日渐减少。终有一天，黄河也将成为内陆河，甚至有可能出现黄河水枯竭的悲剧。但现在不少人对此不仅漠不关心，而且仍然在对既有的黄河资源进行疯狂的开发和掠夺。杨同杰说，现在我们国家正在开发西部，如果不将生态保护放在第一位，将会遗患无穷。这次考察，他在为自己掌握了黄河流域丰富的生物生态资料而欣慰的同时，更多的是对生态恶化的忧虑与思考。所以，每一次考察归来，他都是夜以继日地整理考察的资料，从自然环境、物种分布、矿产资源，到人文历史、民族变迁、文化教育，都进行了认真的研究。除在全国各种报刊上发表数十篇科技论文外，还先后写出了 100 多万字的科普作品。2000 年，他的 26 万字的《昆虫世界》无偿地交给县政协，作为文史资料出版；2001 年，他的 23 万字的《走进昆虫世界》由光明日报出版社出版，并被买断了十年各种文本的出版权；2002 年，他将 30 多万字的书稿《生命与生存》交付环境科学出版社，可望今年与读者见面。现在，他又将三次黄河之行的 50 多万字的考察日记进行了系统的整理，取名《黄河流域考察记》，有关专家评价它是"一部黄河流域的百科全书"。中国科学普及出版社评价他的作品是中国少见的原创科普作品，香港地球之友的总干事称它是普及人类科学知识的一把金钥匙。为此，他成了中国科普作家协会会员，并被临沂市科协授予临沂市十大科普功臣的称号。2002 年 10 月 17 日，在北京人民大会堂，为表彰他为保护母亲河所作出的突出贡献，联合国环境总署秘书长向他颁发了"福特奖"汽车环保奖证书和奖金。《光明日报》和新华社的有关报道称他为"中国的法布尔"。

今年 7 月 1 日，他将与妻子起程前往长江考察。等待着他们的，将是一场更加严峻的考验。

2003 年 1 月 12 日，记者与刚刚当选为第二届"教师出版基金杯"齐鲁十大教育新闻人物杨同杰初识泉城。这位从沂蒙山区走来的"中国法布尔"，依然是一身农民打扮。那一次的采访，虽属匆忙，但却给我留下了非常深刻的印象。

对杨同杰的第二次采访，是在春节之前，他和妻子专程来济南，向我详尽地介绍了黄河考察的整个过程。他们"虽九死而不悔"的探索精神，令我多次洒下一掬高山仰止的热泪。

第三次采访就在元宵节前，在杨同杰的家里，也就是在他们精心建造的生物生态科技馆里，我们又一次进行了长时间的交谈。这次采访，使我对生物生态有了更加形象的认识，对这个富有"农"字特色的专家又有了深一层的认识。

他的家里除了一个很难用价钱估价的生物科技馆之外，实在没有什么值钱的东西。他的妻子穿了一件新的上衣，是在临沂打工的儿子专门给母亲买的，花了 100 元钱。儿子说，母亲已经七年没穿上一件新衣服了。儿子能挣钱了，该给母亲买件衣服过年了。但这种"高消费"对于杨同杰夫妇来说是一种难以承受的支出，两口子为此心疼了好多天。尽管为了生物生态研究，为了黄河考察，他们可以花上上万元，甚至倾家荡产都在所不惜。儿子打工一共挣了 1 万来元钱，全部交给了父亲，父亲又全部用在了考察黄河上。杨同杰，还是旧衣装，即使到北京和济南领奖，也还是旧貌不改。为了支持丈夫的科学研究，妻子早已辞去了原有的工作。她说：有杨同杰在，有我们共同追求的事业，我就会生活得快乐。

杨同杰因为黄河之行经历了太多的磨难，关节经常疼痛，上下楼梯都感到非常吃力；而缺氧时间一长，脑子便会变得一片空白。患胆囊炎 20 多年，总是因为工作太忙和经济过于紧张而搁置了治疗。原打算在圆了黄河考察梦之后，就动手术。因为医生告诉他，如不及时治疗，将会引起病变，甚至成为不治之症。可是，一个新的考察对他又构成了一种新的诱惑。2003 年，他将目标锁定在中国第一大河——长江上。他担心一动手术，就再也上不了高原地带,长江之行就要落空。长江考察时间是 4 年,4 年之后他的病情将会发展到什么程度,这却是一个难以说清的未知。他说:"如果完不成长江考察任务,我将死不瞑目!"听他说这句话的时候,我的心里禁不住升腾起一种高山仰止的感觉。这不惟因其将要踏上更加艰难的行程,更重要的是从他身上折射出来的科学精神。宣示与张扬这种精神,对于未来的教育将会产生异常重要的意义。

今年 7 月 1 日,他将与妻子起程前往长江考察。等待他们的,将是一场更加严峻的考验。

(原载于《中国教师》,2003 年第 2、3、4 期。)

为未来社会培养现代公民

——李镇西前瞻性的思考与行动

李镇西，1982年2月毕业于四川师范大学中文系，2003年6月在苏州大学完成教育哲学博士学业。现在执教于成都市盐道街中学外语学校。曾获"四川省中学语文特级教师"、"全国优秀语文教师"、"成都市有突出贡献的优秀专家"、"成都市教育专家"等称号，享受成都市人民政府专家特殊津贴。2000年被提名为"全国十大杰出教师"。专著有《李镇西教育文丛》，其中，《爱心与教育》获中宣部"五个一工程"奖、冰心图书大奖和中国教育学会优秀教育成果一等奖，《走进心灵》获中国图书大奖。

"今日的学生，就是将来的公民；将来所需要的公民，即今天所应当养成的学生。"这是80多年前大教育家陶行知说过的一句经典教育话语。可是，不少当代教育者对此要么一无所知，要么虽知却置若罔闻。

李镇西老师认为，现代公民既要行使权利，也要履行责任；既要充满爱心，又要具备民主意识；既要做自己的主人，又要做国家的主人、世界的主人。

李镇西，当是对此高度关注且付诸实践者。

教师权威被民主意志消解

一、制定班规——培植民主精神

班规是班级管理的"大法"，是管理走向民主或导致独裁的关键因素之一。君不见，有的班主任根据管理学生的自我需要制定了体现"集中"意识的班规，有的班主任象征性地征求一下学生意见形成了彰显"民主"意识的班规。学生一旦触犯班规，班主任就可以依"法"行事，将学生制服。

李镇西老师认为，这样的班规既不是真正意义上的法制产物，更缺失现代民主精神。制定班规必须是学生的内在需求，必须经由真正的民主过程才能实现。

开学之初，李镇西老师并没有急于带领学生制定班规，他认为孔子之言"欲速则不达"颇有道理。但他却时刻在关注着这个问题，以俟机遇的光临。一天，一个学生找到他说，无规矩不成方圆，没个班规可不行，再这样下去，我们班的纪律就可就成问题了。李镇西老师对这位同学表扬之后，依然按兵不动。不长时间，又有几位同学提出类似的问题。

这是学生从内在需要出发和主动请求提出的"议案"，李镇西老师当然不能等闲视之。于是，召开班会制定班规的时机光临了。

他让全班38个同学就这几位同学提出的制定班规的"议案"充分讨论，然后举手表决，结果全班38位同学34个人认为必要，4人表示反对。李镇西老师没有以少数服从多数盖棺定论，而是让提出反对意见的同学陈述理由。他们说，班规是对学生的不信任，而且会使学生不自由。李镇西老师心平气和地要大家继续讨论，赞成制定班规的同学便谈出诸多理由，最后李镇西老师也参与进来。他说，我是这个班的普通一员，既是制定班规者之一，也是实施班规者之一；既规约学生的言行，也要规约班主任的言行。一班之"长"不是班主任，而是班规。结果两位持反对意见的同学心悦诚服地接受了制定班规的建议。尽管还有两位学生没有同意制定班规，但却为这种民主的程序所感动，甘愿接受班规的制约。

李镇西老师说，制定班规只是手段，目的却是以法治班，并让学生在这个过程中认识民主与学会民主，感受民主与法制的无穷魅力。

二、雪地同乐——张扬平等意识

一天上午，课间李镇西老师批改作业时，一位学生来向李镇西老师借用水杯。李老师边改作业边说："靠窗办公柜里有，你去拿吧！"这位学生悄悄地拿了水杯，小声地说一声"谢谢"，轻手轻脚地离去了。一会儿，李镇西老师的圆珠笔不出水了，便对同学们说，哪个学生有圆珠笔让老师用用？声音刚刚落下，就有几位同学在说着"我有"的同时，快速地送到老师面前。其争先恐后行动的背后，潜含着不被老师接受的担忧。

在一般人看来，这一情境折射的是学生对教师的尊敬。

但李镇西老师却在两种行为的对比中，感受到师道尊严之风的延续与奴才情结的漫卷。

在李镇西老师看来，世上之人，不管地位高下、富贵贫贱，都是大写的人，在人格、精神上都是平等的。师生亦然。学生之所以出现如此两种截然不同的形态，是师道尊严的潜规则在左右着学生的行动，是根深蒂固的不平等意识支配了学生的行为。长此以往，鲁迅先生所深恶痛绝的奴才就会在人们见怪不怪的师生交往中培养出来。

为此，李镇西老师结合这一问题开了一个班会，给同学们讲现代公民所需要的平等意识，讲独立的精神人格。同学们深为感动，甚至大为震动。于是，平等意识渐长，师生感情日深。

大雪飘飞之日，师生同在雪地里不分尊卑地打雪仗，学生甚至肆无忌惮地将雪砸向躺在地上的李老师身上，以致其整个身上堆了厚厚一层，设若不是尚有两只眼睛和两个鼻孔露在外面，真会让人误以为李镇西老师已经葬入莽莽雪海之中了。于是，学生狂笑不已，快乐无比。不料李老师一跃而起，将一团冷雪猝不及防地塞入一个女生的衣领之中。随后，又是一阵无所顾忌的大笑。不过也有人认为，这种无尊卑之别的"胡闹"，会大大损害教师在学生心目中的形象，还是适可而止为好。李镇西老师却说，为了让现代平等意识真正驶进学生的心里，矫枉过正都不为过，何况师生雪中同乐只是师生平等意识的一种外化形式而已，何过之有？

李镇西老师告诉记者，班主任老师只有不失时机地对学生进行平等意识教育，才能为未来培育出真正意义上的独立品格之人，才能使唯上是举的奴才在现代社会中渐行渐远。

三、王鸣荣誉称号失而复得——将个人权威转化为集体权威

王鸣同学是一个公认的"问题"学生，且因打人影响了集体荣誉。但李镇西老师与全班同学并没有歧视他，相反，在对他进行真诚批评的同时，给予他很大的精神鼓励与实际帮助。他为来自班主任与同伴的关爱而感动，决心以优秀的表现予以回报。

2004年6月24日，全班同学投票选举本学期进步最大的同学时，他无比欣慰地获得了这份来之不易的荣誉。

不料第二天他在一气之下骂了老师。

李镇西老师因其情节严重而取消了他的荣誉称号，换成一位表现相当突出的女生。但这位女生却说，老师的决定是没有道理的。因为我们所选的是本学期进步最大的同学，不应该因为他的一时错误而更改大家的选举结果。

李镇西老师颇为这位女生的公正直言而高兴。

晚自习时，他对全班同学讲述了这件事的来龙去脉。然后说："我同意这位女生的意见，对王鸣同学能否成为本学期进步最大的同学重新选举。按照惯例，请王鸣同学暂时离开教室，让大家对恢复他的荣誉称号举手表决。李老师的话音刚落，同学们便齐声说道："不用表决了，我们全部同意!"

王鸣同学荣誉称号的失而复得还可以采取另外一种方式：老师将王鸣找来，说老师将这一称号完璧归赵。这样处理，王鸣对老师定会感激不尽，而且省去了不少"麻烦"。

李镇西老师采取这种"繁复"的处理方式却有着自己的思考。他说，这既是一个将个人权威转化为集体权威的过程，也是一个履行民主程序、体现集体决策能力的过程；老师的权威被民主的意志消解，同时也被民主的意志放置到一个与学生同等权利的方位。

诚信人格在"自首"与"反思"中升华

孔子对诚信教育进行过多次论述，比如："人而无信，不知其可也。大车无輗，小车无軏，其何以行之哉?"儒家先师的这一思想道德话语，经历2500年之后，依然为世界现代公民所乐道。李镇西老师认为，无论从光大中国优秀文化传统，还是培育现代公民素养来说，都应当重视对学生进行诚信教育。

一、《悲惨世界》：让他自道偷盗"罪行"

李镇西老师的诚信教育独具特色而又行之有效，其中文学作品的诵读法便是一道感人的风景。

李镇西老师认为，中外优秀文学作品，不但文采斐然，而且蕴藉着深厚的教育内容。通过诵读这样的作品，既能吸引学生，又能提升他们的文学品位，还可以在"润物细无声"中进行思想品德教育。

李镇西老师在诵读雨果的《悲惨世界》时，就产生了特殊的教育效果。

小说的主人公冉·阿让原是一个诚实的工人，一直帮助穷困的姐姐抚养7个可怜的孩子。有年冬天找不到工作，为了不让孩子饿死而偷了一块面包，被判5年徒刑；又因不堪忍受狱中之苦四次逃跑，刑期加到19年。出狱之后，苦役犯的罪名牢牢地附在他的身上，使他找不到工作，甚至连住宿的地方都没有。后来他受到一位主教的感化决心去恶从善，改名换姓埋头工作，终于当上了市长。然而法律滥判无辜，一个与其形貌相近的男子却被警察误以为是冉·阿让而遭拘捕。冉·阿让为了不嫁祸于人，毅然上法庭，承认自己才是真实的冉·阿让。

全班同学听得如痴如醉而又感动莫名。

李镇西老师说，冉·阿让如果不说出自己是那个真正的被追捕者，谁也不会怀疑已经身为市长的他。可是，他受过牢狱之苦，不忍心让一个无辜者蒙冤狱中。高尚战胜了卑贱，诚实击败了虚假，冉·阿让的人格就在走向监牢的时候，得到了灿若皓月的升华。同学们的心里，是不是也有一个不愿宣示的秘密，是不是也有一个良心的折磨？我们是现代社会的诚信者，我们是未来的现代公民，那么，冉·阿让的真善美特别是真诚，不能不说是我们学习的榜样。

第二天，李镇西老师收到一封信，还有220元钱。

他怎么也没有想到，班上数次失窃的"罪魁祸首"主动"自首"，更没有想到他竟然是一个老师与学生一向认为品学兼优的学生！他说自己为冉·阿让的真诚所感动，他也不愿做一个卑鄙的人。他说："也许我不主动承认自己的'罪行'谁也不会怀疑我，但我的良心却会终生谴责我。"

看着这封忏悔与向善的信，李老师感动得不知说什么好。

第二天，他在班上诵读了这封信。同学们报以长时间的热烈掌声，不少同学早已泪花闪烁。

李镇西老师说，优秀的文学作品是真善美的和谐，能够以情感人，以情化人，以情教人。既然如此，何不让文学作品的陶冶情操与道德教育的功能在现代学生思想教育中发挥作用呢？

二、"反思错误"：心灵诚信教育的风暴

2004 年 12 月 2 日上午，李镇西老师在成都市教育学院作《生命与使命同行——做一个反思型的教师》的报告时，向以成都市中学校长为主体的听众讲了一个进行真诚教育的简要事例——

2004 年 10 月 11 日，李镇西老师在班上做了一次关于考试应该诚实的集体谈话，谈话前他做了一个调查："凡是过去考试作过弊的同学请举手！"大多数同学陆陆续续地举起了手。他表扬了他们的诚实和勇敢，并请几位举手的同学讲了他们作弊的经过。然后，他便顺势对学生们进行情理并下的诚实教育。

李镇西老师曾为自己的这一诚信教育创意而高兴。

但李镇西老师认为，诚信教育的受众不仅是学生，也应当包括教师；诚信教育不能只停留在外显的层面，更应当指向心灵的深处。所以，他经常"吾日三省吾身"式地进行"反思错误"，既向心灵之中的错误挑战，也向心灵之中的虚假开火。他认为，人们往往被某些狭隘的功利思想所驱使，千方百计地掩饰错误，并去寻找种种"借口"和"理由"来原谅自己。但每一次自我原谅都是犯下新的错误，都是对诚信的背叛。

"反思错误"并非是已经知道犯了错误之后进行的反思，更多的是原先认为正确的行为在深入反思中发现了问题。他在对那次让学生举手自暴作弊行为进行反思的时候，就有了新的认识。

"应该说，我那次谈话触及了学生的心灵。"李镇西老师说，"但是，反思越深，越感到存有问题。为什么要让学生把过去的耻辱当众暴露出来呢？我只需这样说就可以了：'请同学们问问自己过去是否作过弊。如果作过弊，请对自己的良心发誓，以后再也不做这种对不起自己的事情了！'学生举手毫无积极意义，可我当时居然还很得意于自己的'教育创意'！这种建立在让学生自暴耻辱和隐私基础上的'教育创意'有什么值得得意的？"

其实，李镇西老师如果不在大庭广众之下自暴自己的"创意教育"之错，谁也不会否定他曾有过的这一做法，因为学生也认为此举是老师进行诚信教育的一个成功案例。

这说明李镇西老师的诚信教育，不只在浅层次徘徊，更在灵魂的深处走动；不只是指向学生，也指向自己；不只是将错误暴露在自己的班级，还要将自己的错误公布于更大的范围。这不但需要勇气，也需要真诚。

后来，李镇西老师在全班同学面前更加深入地反思这一错误之举。与其说全班同学静心聆听李老师心灵的自我解剖，还不如说大家进行了一次诚信教育的心灵风暴。李镇西老师对错误行为的深刻反思，非但没有降低他在学生心目中的威信，反而在他们的心里树起了一块勇诚兼具的丰碑。

李镇西老师认为，在现代文明社会，诚信已超越了个人道德修养的范围而进入"公民道德"的领域，由一种自发的"私德"变成了建立在现代公民意识之上的自觉的"公德"，由一种境界追求的"圣德"回归到每个公民必须遵守的"常德"本位。所以，在培养学生诚信意识的时候，特别要培养这种公民性品格。让学生未来无论从事什么职业，都要当一名合格公民，都必须以信立业。

竞争是主体精神向外的扩大和追求

中国人自古以来不乏忍让、顺从的民族美德，却缺少竞争、批判的生命强力。但未来社会是一个竞争的社会，没有竞争能力的公民，势必导致生存发展的危机。当代学生只有努力提高自身素质，具备知难而上、积极进取的人生态度，才能在未来社会中拥有立足之地，进而取得事业的成功。

一、组织公平竞赛

李镇西老师对学生竞争意识的培养，主要通过学校、班级等形式多样的竞赛进行。竞赛的内容，涵盖德、智、体、美、劳诸多方面；竞赛的目标，既有为个人荣誉的，也有为集体利益的；竞赛的规模，或学生个人之间，或集体之间（如小组、班级、年级、学校）；竞赛的规则，经民主商定，事先公布，严格执行。这样做可防止学生对竞赛片面、单一的理解，也体现了参赛机会和条件的平等性，有利于培养竞争中的全局观念和集体主义精神。

在组织公平的学习竞赛中，李镇西老师认为抓学生的学习与集体主义教育并不矛盾。李老师善于让学生在获得知识的过程中，通过各种形式的学习活动建立起集体主义的关系——互相帮助、互相监督、互相激励，并让学生从集体主义中取得强大的学习动力，把个人的学习态度、学习成绩与班级荣誉联系在一起。虽然升学率的压力可能会使一些学生产生自私自利、明争暗斗等个人主义行为，但是消除这些不良现象的有效方式之一，恰恰在于通过展开公平的学习竞赛，培养学生的集体主义观念。

学习竞赛、评比无疑是激励学生学习的有效手段之一，李镇西老师鼓励学生在学习上冒尖，保护和引导学生争强好胜的性格。不但不把竞争视为一种个人化单纯的功利性追求，不以"出风头"、"名利思想严重"等话语压抑学生的竞争精神，还理直气壮地培养学生勇于为民族争名、善于为祖国夺利的"名利思想"。

即使是个人之间的学习竞赛，李镇西老师也巧妙地注入集体主义精神的内容：努力创造好成绩，为班集体争光。班级内部学习竞赛形式通常有：①小组与小组之间的竞赛评比；②不同层次的学习竞赛团体之间的评比；③男女同学之间的学习竞赛评比；④个人之间的学习竞赛评比。提倡并很好地组织班级内部的各种学习竞赛、评比，使班内形成既你追我赶且互相帮助的紧张而友好的气氛。

李镇西老师认为，竞争是一种强悍生命力的表现。没有畏惧，充满自信，横空出世，一任自我生命的巨大的力量冲动，洋溢着一种昂扬奋进的阳刚之气。竞争又是人的主体精神的表现，它是发自人的生命深处对自由意志和自由境界的渴望，是主体精神向外的扩大和追求。竞争更是未来社会一切优秀公民必须具备的品质，因竞争而使他们的生命焕发出光彩，因竞争而使他们具有了高远的奋斗目标和确定的人生价值。

二、培养健康心态

现行社会的无规则可循与人们的不健康心态，是对学生竞争意识产生不良影响的一个非常重要的问题。李镇西老师发现，在竞争中，学生之间的嫉妒心理往往或隐或显地呈现出来。解决这一问题的办法，一是使所有竞争在公平、公正、公开的阳光工程之下操作；二是将学生嫉妒心理消弭在萌芽状态，并循循善诱地让学生懂得正确规则与健康心态是良性竞争的必备条件，而这种规则与心态却必须在学生时代就应当具备。唯其如此，才能真正在未来社会中立于不败之地。

竞争中的失利是难免的，"失败是成功之母"并不是人人能够做到的。有的学生在竞争失败后一蹶不振，甚至迁怒于人。李镇西老师告诉学生，竞争必然会有成功与失败，今天的失败并不等于明天的失败，只有乐观豪迈、愈挫愈勇、坚韧不拔，才能转败为胜。他对学生常说的一句话就是："胜负乃兵家常事，何况学生乎？"对于竞争中因获胜而滋生傲气者，李镇西老师往往用古今中外因傲致败的故事进行教育。他认为，宠辱不惊是一个真正成功者必备的优良品质，在竞争中培养学生的这一品质，是他的历史使命。

李镇西老师告诉记者，随着时代的发展，竞争的规则愈加有序，竞争的层次也愈加提高。知识的竞争更注重个人的能力，人类在"认识你自己"的基础上，必须更好地发展自己。中学生，正是发展自己的最佳时机，为了让学生在未来社会中具备应有的竞争能力，竞争意识的培养必须贯穿于整个教育过程之中。

班规成为培养学生规范意识的班级"大法"

全球化时代对于中国社会来说，就是一个建立规范，由无序走向有序、由人治走向法治的时代。在这样一个时代里，所有社会成员都必须确立一种规范意识。

但我们目前的社会还远说不上是一个规范化的社会，"刑不上大夫"的意识尚且根植于不少人的内心深处，有法不依的现象更是屡见不鲜。对于教育者来说，从小培养学生的规范意识，既是一项时不我待的教育任务，又是一种义不容辞的责任。

李镇西老师，就在日常的教育中担当起了这一历史的责任。

一、老师受罚打扫教室一天

班规经由李镇西老师与学生共同制定之后，就没有形同虚设过。在他看来，班级就是一个小的社会，班规就是师生人人都须遵守的班级"大法"。要想培养学生的规范意识，就必须从严格执行班规开始。

一天同学们参加学校"12·9"歌咏比赛排练的时候，担任领唱的杨玲玲同学却不知何故"罢领"了。师生同做工作均无济于事。比赛迫在眉睫，临阵换将已不可能。一气之下，李老师猛拍钢琴，高声呵斥道："你不唱就给我滚出去！"

杨玲玲并没有真正"滚出去"。排练重新开始。

排练结束后，李老师为自己的出口伤人向杨玲玲承认错误，真诚道歉。杨玲玲同学感到非常时期的使性子很对不住老师与同学们，自然原谅了老师的急不择言。

孰料第二天早自习李镇西老师刚一走进教室，便见黑板上赫然一行大字："李老师昨日发火，罚扫教室一天！"李老师先是心里一惊：这些学生还真够认真也真够大胆的！转而又是一喜：学生们执法如山的精神实在可嘉！

他故意做出一副无可奈何的样子，笑着对大家说："好，好！我认罚。看来，面对班规，我想赖账也不行！今天放学后，由我扫教室！"

当天下午放学时，李镇西老师从市里开会的现场提前匆匆赶回学校。当他走进教室时，看见宁玮、赵琼等几个住校女生正准备打扫教室。他赶紧冲过去夺下她们手中的扫把："你们不能扫！今天该我一个人扫！"

她们却死死地抓住扫把不放。赵琼说："李老师，您真的要一个人扫？"

"不是我要一个人，因为这是班规的规定啊！"

"哎呀，您太认真了！"宁玮说，"那这样吧，李老师，我们和您一起扫，好不好？"

"不行！"李老师强行把她们赶出教室，把门关死，一个人在教室里干得满头大汗。

第二天一早，他又早早走进教室，做早扫除。

教室里，书声琅琅；教室外，大雾弥漫。

李镇西老师在窗台上一丝不苟地擦拭着窗玻璃。

学生们不时抬起头，向他投去敬佩的目光。

在这个班担任班主任两年多的时间里，李镇西老师因"触犯班规"而五次被罚；但他甘愿受罚，学生也感到非常正常与自然。

在班规面前一视同仁，违"法"必究，看似有损教师的"尊严"，但它却创设了一个现代社会的法制环境。规范意识，就在群体执行班规的过程中，悄然驶进学生的头脑里，融化在他们的血液里。

二、老师受罚"赖账"另有"企图"

一天，李镇西老师因教学入情入境而达至忘我境地，拖延了下课时间。

刚一下课，刘星岑同学就走过来说："李老师，你拖堂了！"

李镇西老师一愣："是的，我拖堂了。真的很抱歉！"

按照班规规定，拖堂就要受罚。

但李镇西老师却想"赖账"，并说事出有因。

李老师认为，按班规分工专门负责监督李老师的是郭晓君，而非刘星岑。刘星岑的认真负责精神无疑是值得赞赏的，如果听从了她的批评并接受惩罚，虽然也会让同学们感动，但却由此会助长郭晓君的"玩忽职守"。这样一来，造成了执"法"过程中的漏洞。老师的不愿受罚是伏笔，是铺垫，而真正的目的却在后面——

班会上，李镇西老师和同学们对班规上的班务分工进行评议。同学们对执"法"严明的同学提出表扬，对不太负责的同学则给予批评。但在被批评的人中没有郭晓君。

于是，李镇西老师发言了："我认为，有一个玩忽职守的同学应该受到批评，她就是郭晓君！"

随后李老师说道："我拖堂违反了班规，但郭晓君同学为什么没有按班规罚我呢？可能是因为胆小，不敢惩罚我；可能是因为粗心，没有发现我犯这个错误；可能是因为工作不负责任，即使知道了我拖堂也懒得管；可能是因为想维护我的'威信'而袒护我……不管是哪一种原因，我们都不应该原谅！所以，我正是想以我的'赖账'给她一个教训，也给全班学生一个提醒：班主任是靠不住的；唯班规，才是最可靠的！"

没过多久，李镇西老师又一次拖堂。刚一下课，郭晓君同学便大声说道："李老师，你拖堂3分零16秒！对不起，我将按班规罚你！"

李镇西老师心服口服，甘愿受罚，而且一脸灿烂。

李镇西老师认为，在培养学生规范意识过程中，提醒与惩戒不可多用，又不可不用。多则"过犹不及"，不用则难以起到警示作用。由于人们长期对规范意识的疏离，规范意识培养必须持之以恒且行之有方。不然，规范意识培养的"可塑期"就会从我们平素的生活中流失，未来公民的培养就将成为一句时髦的空话。

　　宽容意识、自由精神、悲天悯人情怀等的培植，特别是人类意识的培养，都是李镇西老师培养现代公民的重要内容，只是囿于篇幅而割爱。而李镇西老师为未来社会培养现代公民的前瞻性思考与行动，已经成为学生国际情结、人类意识构建的一项奠基工程。

　　　　　　　　　（原载于《现代教育导报》，2005 年 7 月 13 日。）

永远扯不断的师生情

——陈晓华老师班主任工作经典片断

　　陈晓华这个名字，是先后从江苏省的朱永新、天津市的张万祥和广东省的黎志新等老师那里知道的，而且他们的意见空前一致，那就是强力推荐我去采访他，因为他太优秀了。

　　于是，采访陈晓华老师，就成了我心里的一个美丽期盼。

　　2008年4月14日，我终于走进了他的世界，赶到了他那狭小却温馨的办公室里，就在柔和的灯火下，拉开了采访的序幕。

朋友式的部落团队

　　陈晓华的班有七个组，他称之为七个部落。这有点原始的味道，但小组也有了原始式的团结。既然是部落，就要有部长。部长不是班主任任命的，而是全班民主选举产生的。凡是竞争部长者，要公开演讲，在全班学生面前展现其思路与才华，以期招聘到志趣相投的部落成员。

　　部长一旦确定，就要在全班范围内招聘其部落成员。各个部落的人数根据班级人数灵活确定，而且是双向选择。这样，部长与成员之间，便成了朋友之间的关系。这为以后开展工作打下良好的基础。如果是班主任任命的部长，为其组合的成员，就是同学与干部之间的关系。部长的权威性势必受到挑战，即使布置打扫卫生任务，成员也可以爱听不听。而部落改变了班主任的任命制，变成自由组合，双向选择。这样，就有了一定的契约关系，更形成了一个共同体。每个部落值日一周，相当于以前的值日班长制。这样，各个部落之间，在校园文化及班级要求等方面都形成了一种潜在的竞争。流动红旗是不断流动的，而且流动到哪里，还要为之照相。开始的时候，是陈晓华为他们照，但比较古板；后来被学生"夺权"，结果，照出来的相片生动而自然，甚至颇有创意。

陈晓华认为，班级干部也不能终身制，最好是人人都有当官的经历。七个部长，七天一轮，现在已到第五轮，共有35任部长，只有5位学生没有任过部长，绝大多数学生得到了锻炼。

这样一来，不管干什么事情，几乎人人都在尽心尽力。不然，在以后的重新组合中，你就没有可去之地。即使哪一个同学忘了做事，部长也会及时提醒。结果，陈晓华这个班主任，除了负责竞选部长和部落常规管理的评价之外，几乎达到了一种无为而治的境界。

也许有人会问，这样，班主任会不会有一定的失落感，会不会大权旁落，学生会不会不听班主任的？陈晓华说，首先，要充分相信学生，如果一直处于班主任的监管之下，他们不会有创造性，甚至会有抵触情绪。对学生的信任，会使他们产生一种心理安全感，他们反而会更加尊重班主任。

在这方面，陈晓华有过沉痛的教训。在刚刚工作的时候，为了干好班主任工作，他几乎无事不管，无事不做。他认为，自己几乎倾注了全部的心血，学生一定会对他感激不尽的。然而，事与愿违，他与学生的关系越来越僵。为了报复他，有的学生甚至悄悄地将他自行车的气放掉。反思起来，他认为还是急功近利使然，太想在学生面前树立自己的威信。其实，班主任工作是不能有名利思想和功利趋向的。一位教师呈示在学生面前，任何的掩饰都会被学生雪亮的眼睛剥蚀得一干二净。

这些年来，陈晓华淡化了名利思想。他认识到，只要理解学生，真心为他们好，且让学生体会到，威信就会越来越高，和学生的感情就会越来越深。

唤醒孩子沉睡了的亲情意识

当下学生对亲情感受的淡失，已经成为教育的一大缺失。但人们对这个问题大都估计不足，就是对学生相当了解的陈晓华，也在他所召开的一次"感悟亲情"的主题班会上，对学生的亲情之淡感到震惊。

他刚刚把"感悟亲情"这个话题写出来的时候，教室里就有了一片唏嘘之声。但是，陈老师还是要求学生不得以任何理由放弃自己的发言。他相信，会有学生体味这种世间美好的感情的。

于是，大家争先恐后地发表自己的看法，但主要的观点却与陈老师想的背道而驰。甚至有的学生认为，亲情是强加在人身上的感情，这就决定了它是一种极不公平的感情。它随着孩子"哇"的一声啼哭，随着生命的降临，就强加在毫不认识的人身上，迫使他们生活在一起，迫使他们互相接受。而且亲情不是公平的感情，一方给予另一方肉体，这一事实决定了有一方必然处于强势地位，而另一方则处于劣势地位。这种先天性的不公平在中国最明显的表现形式便是封建家长制。由于亲情的强制和不公平，使它成为上一代束缚下一代的锁链。即使在今天，打着亲情旗号的家长制仍然在中国大行其道，体罚、责骂等等有违现代文明的野蛮行为在中国某些家庭内仍然司空见惯，"棍棒之下出孝子"的观念在中国仍然大有市场。还有的同学说，亲情从一开始便是从物质、血缘关系开始的。其中一方在很长的时间内无条件供养另一方的生活，导致另一方一直处于"负债"的生存状态，虽然一般父母都说不图什么回报，但无论从法律的角度还是道德的角度，下一代都必须供养上一代以"还债"。这种利益的亏欠像一条锁链将上一代和下一代紧紧连在一起，一旦有人想挣脱，就会被社会所不齿。这就使得亲情成为一条无法解脱的不归路。

同学们争相发言，对亲情口诛笔伐的声浪几乎一浪高过一浪，甚至有了一定的"理论"探索。陈晓华微笑着的脸开始变得庄重起来。他有一个强烈的意识，那就是必须在四面楚歌中突围，而且一定要胜利。于是，他开始陈述自己的观点——"同学们关于亲情的某些看法，反映了我们深圳特区学生思想的开放；但是，有不少观点，我不仅不敢苟同，甚至感到痛心。"

　　说到这里，他停顿了一下，学生也特别专注地盯着他那张近乎变形了的脸。

　　陈晓华继续他的叙说。他先谈了自己对女儿的关心，即使自己在累困交加的时候，为了女儿，他也总要满足女儿"折腾"自己的需求。这就是一个父亲对女儿的亲情！

　　陈晓华又谈起了小时候自己的一段亲身经历。为了玩陀螺，他决心自制一个最大的陀螺。可是，就在制作即将完工的时候，锋利的刀刃无情地砍在他的手指上，白色的骨头露了出来，随后又被鲜血所模糊。他认为闯了大祸，一定会挨骂的。他想隐藏真相，可还是被心细的母亲发现了。母亲非但没有骂他，反而心疼得流出泪来，马上上药包扎，然后强迫他在家休息。

　　1994 年，陈晓华乔迁新居且请来父母后没几天，发现母亲吃饭的时候，端碗的手极不稳定。陈晓华很快发现，母亲的一个手指用医用胶布缠了好几层，指尖隐隐约约渗出点点血迹，便问父亲究竟是怎么回事。"嘿嘿，她前天切菜不小心……""你怎么也不说一声！"陈晓华生气地埋怨。"她不让我说，应该没事吧。"陈晓华赶快倒了一杯温开水，强行把母亲的手放在里面浸润，然后慢慢地、轻轻地撕下缠着的胶布，一层一层，一点一点地撕。当血肉模糊的手指隐隐约约地露出来，又看到指甲去了一半，红嫩的肉露了出来的时候，陈晓华的心有一种要碎了的感觉。母亲啊，这是为了什么呢？是怕儿女担心吗？陈晓华的女儿趴在奶奶的身边，直看得眼泪汪汪，禁不住哭了起来。

　　说到这里，陈晓华的泪水已经情不自禁地流了出来，有的学生也开始抽泣。

　　随后，陈晓华又谈起父亲的去世："2000 年 12 月 3 日下午，父亲有点不舒服，我姐说去医院看看，他不同意，说是小毛病，睡一晚就好了。没想到，4 日凌晨 2 点多钟，他突然感到不适，呼吸急促，说话也十分困难。匆忙送往医院，当晚 11 时，就永远离开了人世。母亲说，他本应当没有事的，可是，他担心半夜三更，又是大冷天，会吵醒姐姐和姐夫。就在生命走到尽头的时候，他想的还是子女，而不是自己。这种亲情，甚至用崇高都难以比拟。"

　　说到这里，陈晓华已经无语凝噎了。有不少学生，也已经抽泣起来。整个教室里，像是凝固了一样。

　　过了一会儿，陈晓华又给同学们讲了另一个故事——

在一个阳光明媚的星期天，聪明的男孩汤姆帮妈妈写了一张账单："汤姆帮妈妈到超级市场买食品，妈妈应付5美元；汤姆自己起床叠被，妈妈应付2美元；汤姆擦地板，妈妈应付3美元；汤姆是一个听话的好孩子，妈妈应付10美元；合计：20美元。"汤姆写完后，把纸条压在餐桌上，便上床睡觉去了。忙得满头大汗的妈妈看到了这张纸条后，只是宽容地笑了笑，随即在上面添了几行字，放回了汤姆的枕边。醒来的汤姆，看到了这样的一张账单："妈妈含辛茹苦地抚养汤姆，汤姆应付0美元；妈妈教汤姆走路、说话，汤姆应付0美元；妈妈以后还将继续为汤姆奉献，汤姆应付0美元；妈妈拥有一个天使般可爱的小男孩，汤姆应付0美元；合计：0美元。"

陈晓华说："父母对子女的付出，孩子一生能还清吗？同学们，你想到过回报自己的父母吗？你想到过这份亲情的真正价值吗？你们的老师自认为是一个有感情的人，自认为是一个有孝心的人，可在父亲最需要我的时候，我在哪里？我在干什么？同学们，趁现在还来得及，对你们的父母说一声谢谢吧！"

这个时候，教室里很多学生已经趴在桌子上哭了起来。

陈晓华没有再讲其他大道理，他相信学生已经懂得了亲情是多么重要，应当珍惜这份一生中最为珍贵的感情了。

晚上打开信箱，陈晓华收到很多学生的邮件，几乎都是谈这次主题班会感受的，几乎都有自责、自省，特别是都有了亲情意识，都有了对父母的爱。一位网名为咯桑的同学在信中说："那一刻，我们明白了您的良苦用心。我不知道这会不会是我学生时代中印象最深的一次班会课，但我永远不会忘记您的泪水，因为它已经流进了我们的心里。正是您的眼泪，让这个寒冷的冬天投射进几缕温暖的阳光。也是您的眼泪，让我们仿佛在一夜间长大了。陈老师，谢谢您！这也是我们全班同学的心里话！"

今天陈晓华向记者叙说这些事的时候，还是泪流满面。记者也是陪着他一起流泪，一起感受他那场真实而生动的亲情教育班会。

我们往往抱怨学生不懂亲情，不懂孝敬父母，但是，我们却很少从自身出发来考虑，作为教师和父母，我们在为孩子付出的时候，我们又进行了多少亲情的教育？对此大而化的空语，听之任之的态度，恰恰决定了当代青少年亲情的淡失。从陈晓华的亲情班会我们感受到，孩子们不是没有亲情意识，只是这种意识被我们教育者长期掩盖且压抑了，于是处于沉睡状态；久而久之，它就会死亡。而唤醒孩子沉睡了的亲情意识，恰恰是老师与家长的一个历史使命。

逼"老大"戒烟

采访陈晓华之前，记者曾不止一次地拜读过他的学生关蛋所写的《厚情可载》一文，感慨于这个学生行云流水的文字，更感慨于他所记录的那个让"老大"戒烟的生动场景。

"老大"是陈晓华的别称，这是同学们对他的昵称，甚至是爱称，与黑社会中的"老大"风马牛不相及也。陈晓华的解说另有苦衷，由于已到"知天命"之年，环顾左右，在帅哥靓妹式的年轻教师面前，有点自感老矣，于是，他便自嘲地对人们说："原来的学生叫我华哥，后来的学生叫我华叔，再后来大概是叫华爷不太好听，于是改叫老大。"

"老大"系高级"烟民"，虽然妻子女儿一再逼其戒烟，终因积习难改，非但没有戒，反而有"愈演愈烈"之势。妻子说他是"朽木不可雕也"，他自己则说吸烟乃人生一大乐事。可是，由吸烟而引发身体的每况愈下，让所有关心他的人都放心不下。

"老大"的朋友是学生，"劲敌"也是学生。就是 2006 年 5 月 31 日——世界无烟日这一天，同学们开始了一场令他始料不及且蓄谋已久的"战斗"。

早读一过，班长正式宣布"战斗"开始，接着，Safari 在黑板上画了一个大大的禁烟标志，随后，全班学生几乎是一拥而上，匆忙而有序地在黑板上签上了各自的大名。然后，乖乖地坐在座位上，胸有成竹地等待这场"战斗"的打响。

10 分钟后，"老大"终于走进教室，有些奇怪地看了看这些乖得有些反常的孩子们。他还是开始讲课了。当他准备拉下黑板写板书的时候，全班学生都瞪大了眼睛，审视"老大"发现这一杰作之后的惊诧。"老大"毕竟是"老大"，他只怔了怔，竟然对此不作任何评价，继续讲课了！这令原本斗志昂扬的孩子们一下子"败"下阵来，精神一下子萎靡下来。可是，他们发现，趁大家齐声朗诵的时候，"老大"开始将目光盯在黑板上，足足有一分钟的时间。于是，同学们自信起来，这场没有硝烟的"战斗"，似乎胜利在望了。

下面，我将关蛋同学《厚情可载》中的一段真情叙说照录如下，供读者欣赏——

"黑板上溢散的浓浓的关怀，回荡在教室里，任凭风如何吹，那份浓情仍是化不开，却似越来越浓，飘进每个人的心田。我想，只有神8的学生才能想出这鬼灵精怪的点子，叫'老大'出其不意，却蕴涵了39颗心的情，满载了39份情的心，点点滴滴，交织交融，虽无法看见，但心有灵犀。最后，在每位成员的迫切要求下，'老大'顺民心，合民意，在黑板上留下了他的签名，十一个字母组成的汉语拼音，那也是'老大'的签名啊！既然签了，就是一种决心，即使如此，大家还是很满足，因为我们明白，'老大'懂我们！"

这次采访的时候谈起这段经历，陈晓华依然感动不已。从那之后，他戒了烟，身体比以前健康了。他说，同学们对他的关心，会让他感动一辈子的。所以，没有理由不听他们的，也没有理由不爱他们。

采访中间，陈晓华让记者去看看他的学生。灯光下，同学们正在教室里专注地学习着；对于我们的光临，他们一点儿也没有觉察到。陈老师悄悄地对我说："给孩子们讲几句话吧！"我轻声但坚决地拒绝了。因为我知道，不管我用多么华丽的词藻来表达心意，在这个已经与他们感情上水乳交融的班主任面前，都会显得苍白而无力。

为了她的心灵归队

玲玲是一个单亲家庭的女儿，特立独行，我行我素，不听母亲的规劝，稍不如意，就以出走要挟。而母亲在爱裹挟下的谦让、容忍，更使她达到了不可收拾的地步。

玲玲张扬的话语和从不考虑别人感受的言行，使她在班级里成为一只人人敬而远之的孤雁。

可是，她喜欢一个男生，男生却不喜欢她。几次热情相约，都被婉言拒绝。于是，她公然在教室里把他的书包抢走，带回自己家里。陈老师马上给她打电话，回答是"管不着"；第二天找她谈话，竟然以"不想说"断然回绝。陈老师继续动之以情，晓之以理；她却是毫无表情地昂首而去，而且回到教室踢了桌子，摔了凳子。

陈晓华陷入坐立不安的尴尬境地，而同学们则表达了巨大的义愤。同学们不断地发来短信，"讨伐"玲玲，援助老师。

陈晓华除了对同学们表示感谢外，更有深深的担心。他在想，明天的玲玲来到教室之后，面对的将是一个鄙视和敌视她的群体。她会感到更加孤独，做出更加令人不可想象的事情来。而学生的感情压抑也似乎达到了极限，甚至有的学生发来短信说："我真想掐死她，恶狠狠地！"

陈老师想，必须趁她不在教室上晚自习的时候，和大家好好沟通一下。

晚上19时整，陈晓华走进教室，向关心他的所有同学表示感谢，但他同时说："同学们，我理解你们，你们都是为我好，但也请同学们理解老大，帮助老大，鼓励老大。"

他接着说："我有以下几点理由，还请同学们好好想想，看看我想的有没有道理。"

坦白地说，在读他的"理由"的时候，我被感动得流泪了。记者摘录一些片断，希望也能感动大家——

"玲玲一时心态拧不过来，我们要给她时间，要有耐心。我们要帮助她，淡化这次风波，不必刻意走近她，更不能刻意躲避她，该说的说，该做的做，就像没事一样，给她一个轻松的正常的环境。许多时候，这样的坎儿是需要自己才能迈过去的。将心比心，在我们痛苦失落的时候，我们最需要的是什么？我们期盼的是什么？那就是，伸出温暖的手，捧出真诚的心。"

陈老师特别告诫大家："今晚的这些话，不要让她知道，让她慢慢体会，时间可以说明一切。也许几十年后，老大已经不在人世，假如你和她还有交往，倘不经意地说一句：'其实老大对你挺好的！'相信她最终会明白老大的苦心的……"

说到这里，陈晓华的鼻子一酸，声音也变了调，不争气的眼泪竟然汩汩大滴大滴地流了下来。整个教室里一点声音也没有了，他接过同学们递过来的纸巾，擦干眼泪，勉强说声"谢谢大家"，就挥泪走出教室。在走到走廊的时候，他听到一阵阵热烈的掌声……

回家的路上，陈晓华的手机铃声阵阵起，全是同学们发的信息，只是大家的情绪和语言与上次完全不同了。选取几条，以飨读者——

1. 老大，别难过了，我们都会努力帮助她，为你分忧的！

2. 老大，不要伤心啦！你的心意我们都了解，我们相信她也会了解你的。我们许多人都哭了，大家都很在乎你的！

3. 老大，你是我们的骄傲！有你这样的好老师，我们还有什么怕的！老大，你要坚信一切都会好起来的，每位同学都会尽自己的力量去帮助她。其实，只要让她明白我们对她的爱与关怀她就会好起来的。

4. 你就像我们的父亲，我们怎么舍得让父亲难过呢？所以希望你心情能放松点，就像你说的那样要给她时间，因为这的确不是两三天就会好的，所以不要太急，慢慢地多关心她。老大，她是非常需要你时不时对她不经意地关心和赞扬的，这个是我们做不到的。

5. 老大，你不是说微笑最能打动人吗？老大的微笑对我们来说是最高的奖赏。所以请今晚务必睡个好觉，明天起床对镜子笑一笑，那样就很好！（明天别让我们看到你黑眼圈喔，很丢脸的！）

6. 老大，其实她很在意你的话的。你那天让她早点喊大家做操，这两天她都很尽责。老大不要难受，我们都相信她一定能归队的。

7. "老大，你今天流泪的时候，很多人在底下也哭了。你今天走了以后，'妞'在黑板上写：'请有手机的给老大发个信息。'我们知道你好委屈啊！就算最后失败了，那也只能怪她不珍惜。现在我命令老大：喝杯牛奶，去睡觉，不准失眠！晚安！"

此后，一切都变了——

食堂，吃饭。五六个人和玲玲围在一起，有说有笑……

春游，玲玲的身边，总有许多人相随，谈笑风生……

课间，玲玲身边总有人，打闹调侃玩笑……

生病，许多同学打电话给她送上一份关怀……

陈晓华笑了，笑得那么灿烂，因为，他从同学们对玲玲的帮助中，感受到了与老师心灵相通的大爱。

大爱无形，但却具有巨大的穿透力。它不但可以使玲玲这样的"问题"学生重新走出阴影，心灵归队，还可以使整个世界充满阳光。

过生日的"阴谋"

多年来，陈晓华的不少学生绞尽脑汁地打探他的生日，都因他的守口如瓶而未能如愿。他说，可以跟学生打赌，这个秘密将成为他们一生的难解之谜。为此，他对妻子和女儿都做了特殊交待，不管任何人，问及他的生日，都要一问三不知。

就这样，一届又一届的学生试图为老师过生日的梦想，都成了泡影。

2004年5月27日上午，陈晓华的喉咙剧痛，走到教室里的时候，心情还是像阴着的天一样化解不开。

上课，首先是三分钟演讲，付秧秧和向甜两个人快乐无比地走向讲台——

第一个成语：晓行夜宿

第二个成语：华封三祝

第三个成语：生机勃勃

第四个成语：日濡月染

第五个成语：快马加鞭

第六个成语：乐不思蜀

陈晓华感觉这些成语之间似乎缺少一种内在的联系，甚至有点莫名其妙。

付秧秧说："大家听出什么端倪没有？"大家笑了起来，只有陈晓华一个人傻傻地解不开其中的奥妙。

此时，向甜一个转身，伸手把黑板拉开，顿时令陈晓华惊诧不已，"晓华生日快乐"六个色彩斑斓、俊秀飘逸的大字赫然显露出来。这时，陈晓华才想起前面的六个藏头成语，不正是"晓华生日快乐"吗？还没等陈晓华回过神来，热烈的掌声已经响彻整个教室。

措手不及的陈晓华一扫平日的潇洒，只是一个劲地说着"谢谢大家"。

陈晓华追问生日之谜的揭底者，最后找到了张尧。她的妈妈负责学校教工人事档案，张尧通过妈妈这个内线，确认了陈晓华生日就是5月27日。其后，才有了全班学生共同策划的这个"阴谋"。

2006年，陈晓华带的高一学生又在策划为他过生日的事情。没想到在5

月16日这一天，"阴谋"被陈晓华发现，于是笑话他们，早在5月7号就过了，因为他是过的农历生日。同学们顿时陷入惋惜与嗟叹之中。

但是，这帮学生并没有终止这场"阴谋"，他们期待来年与老师再次较量。

2007年5月27日是星期六，补课，不必早早到校，9点的时候，陈晓华才到校门口。

门卫开门示意他停一下。于是，他挂好刹车，打开车窗。

门卫端出一团组成心形图案的一大簇鲜花，说是班上同学送的。陈晓华一看，全是玫瑰，鲜红鲜红的；一数，不多不少，恰好40朵。如果抱到办公室，大家看见了，多不好意思啊！可放在车里，太阳底下，车里像是蒸笼，会蔫掉的。于是，掉转车头，把花送回家里。然后回到学校，直奔五楼。

走至楼梯转角处的年级公告栏前，陈晓华又吃一惊：上面怎么贴满了花花绿绿的东西？仔细一看，全是班上学生书写的祝老大生日快乐以及调侃老大抽烟之类的标语。如："老大最帅！""老大玉树临风！""老大淡妆浓抹总相宜！""红袖最红！"（注：陈晓华网名为红袖）"老大，生日快乐！"如此等等，应有尽有。

一贯不事张扬的张晓华，只好一张一张地撕下来。

走到办公室门口，没想到门上也是一样的红红绿绿标语，他一边撕一边看："老大的笑容最迷人！""一幅简易画，两颗红心相叠，一支箭穿过，心里面分别写着老大和GT2。"……

10点，陈晓华夹着书，往二楼教室走去。

未入教室，又是一片绚丽世界，整个走廊的窗子上贴满了大小不一、花花绿绿的标语，而且其中的文字写得妙趣横生。教室的前门上，也是标语，甚至有点滑稽——"热烈欢迎陈晓华专家来我班传经送宝！""我是世界上最帅的烟民加语文老师！""老大最爱GT2班，最爱陈容，最爱老婆！！！"

忍俊不禁，陈晓华竟然大笑起来。

走进教室，认为"闹剧"已经结束。没想到，讲台上也贴满了标语："我是老大我大牌！""我的2班最可爱！""老大大红大紫！""我最爱抽烟！"……

陈晓华一脸的笑容，一脸的无奈，一脸的尴尬，一脸的幸福！

哪里是上课，好像某个世界名人召开记者招待会，闪光灯犹如星光闪烁，虽然多是手机加数码，却也令人目不暇接，格外壮观。

开始作文讲评，但他总感到学生有点心不在焉，而且眼神时不时瞟向窗外。陈晓华正要提醒大家注意听讲，门却轻轻地开了！一个足足八磅重似箩筐大小的蛋糕，由满脸微笑着的李林妤缓缓地推了进来。

李林妤不是转学去了，正在准备出国吗？陈晓华纵然神思天外，也不会想到她如天女下凡般飘忽而至！

陈晓华真的惊呆了！

课是没法上了，大家吃蛋糕吧！一阵欢呼，地动山摇。

点蜡烛，一根又一根。欢呼、唱歌，唱完又是一阵欢呼。然后是起哄，许愿。

这个时候的陈晓华没了教师的一点儿威严，一如温顺的羔羊，乖乖地按照学生的指令照做：许愿，闭上眼睛，双手合十，一脸虔诚。吹蜡烛，要一口气，然后是欢呼，再欢呼！再后来就是分蛋糕，而且非要陈晓华来切不可。于是切开，然后交给他们。

张妍把写有"祝老大生日快乐"字样的一大块蛋糕分给陈晓华。

陈晓华端在手里，虽未入口，早已甜在了心里。

吃完蛋糕，张妍把一袋曲奇饼干送给陈晓华，全班鼓掌！

将它分给学生吧。可是，打开一看，全是花花绿绿的祝福，哪是什么饼干，全是送给老师的一片心！密密麻麻的字迹，各种各样折叠的图案，精巧手艺的背后，是40颗真诚的心！

陈晓华感动得不知如何是好，还是在学生的提议下，结结巴巴地表示了自己的感谢之情，然后是向学生深深地鞠躬。

晚上，陈晓华第一件事就是让妻子和女儿分享这份特殊的生日礼物，曲奇饼盒子的里面以及盖子上，龙飞凤舞地签满了全班学生的名字。足有一万多字的生日礼品，蕴涵着学生对老师的热爱与关切：

"今天我们也要来管管你，也不好好照顾自己，连生日都要我们来操心……"

"感谢这个给予你生命的日子，是它，让我们的希望成为可能……"

"在你生日的这天，我要告诉你，我真的很喜欢你，这辈子能做你的学生，是我一生的骄傲！"

"我希望你别忘了我，一个各方面都平平常常，不过却有缘与你共处三年美好时光的人。"

"被你教了以后，我才深刻地体会到一个好老师对于学生的影响力有多么大。我常常有一个特不实际的想法，要是你能和我们一起上到大学该多好啊……"

"策划这次'阴谋'，只是想让你知道：在这个世界上，除了你的家人，还会有一群学生在意你的喜怒哀乐，在意你的欢笑与泪水。""折一只纸鹤，代表一份心意，那是老大给我的一片世界，为我插上翅膀，得以自信地翱翔在广阔的天空，这只纸鹤，也满载着我深深的祝福……"

是夜无眠。

盘旋在陈晓华心里的只有一个想法："我当永远真心善待我的学生！"

其实，学生策划的类似的"阴谋"还有很多，他们的谋略，远远超出了陈晓华的想象。如果不是受到篇幅的限制，记者还会写出许多近乎离奇且又感人肺腑的故事。

陈晓华对记者说，他不希望学生采用这样的方式来为他过生日，可是，他又期盼着学生与他的感情愈积愈厚。

当浓浓的夜色向我们袭来的时候，采访也即将结束。他用私家车把我送到深圳市新豪方酒店。就在我们分手的那一刹那间，他紧紧地握住我的手，感慨不已地说："当我垂垂老矣的时候，我坚信还会有类似的'阴谋'。那个时候，我的学生已经成人成才，甚至有的已经远走高飞。可是，那根永远扯不断的感情之线，永远将我们维系在一起。"

我住在酒店的12楼，透过窗户，眺望陈晓华远去的方向。只有华灯照耀下的林立的高楼和穿行于路上的小车。不知哪一辆小车是陈晓华开的，但我知道，关心他的不止我一个，也不止是给他过生日的那些学生，还有很多，很多。

（原载于《新世纪文学选刊》（教育文学），2008年7月下半月刊。）

行走在守真归本的路上

——韩军老师"新语文教育"的六大理念

韩军老师系"新语文教育"代表人物。博士研究生，北京市特级教师，北京师范大学基础教育研究院硕士生导师，享受国务院特殊津贴，全国教育系统劳动模范，省级专业技术拔尖人才，曾宪梓教育基金一等奖获得者，全国青少年研究会学术委员。《中国青年报》作文大赛唯一中学教师评委。在全国讲课两百余场。著有《韩军和新语文教育》一书。

在中国中学语文界，韩军无疑是一个引人瞩目的教师。

这不仅因为他有着众多的荣誉称号，40岁出头，就已当了12年的特级教师；也不仅因为他的"新语文教育"被中国教育学会、中国学习协会列入新中国成立以来"著名的教学流派"；而且还因为他对语文教育惊世骇俗的崭新思索。韩军应邀去全国200多个地方上课或讲学。无论走到哪里，他的课、他的报告，都让听众好评如潮；他的观念、他的思想，给语文教育界内界外的人带来震动和引发轰动。

韩军"新语文教育"的"新"字，非标新立异之"新"，非新旧之"新"，而是一个专有名词，是五四"新文化"的"新"。他主张语文教育接续五四"新文化"之"新"。五四"新文化"强调的"科学"，落实到"语文教育"，就是"求真","民主"落实到语文教育，就是求"自由"与"个性"。这种重新建构的真实、自由、个性，才是"新语文教育"的精神内核。

韩军说，我的"新"其实比大家更"陈旧"，比当今颇为时髦的打破传统、标新立异、唯新是举，"陈旧"了近90年。我主张回归两个传统，一是回归五四"新文化"精神的传统，一是回归五四前民族语文教育根本文法的传统。

韩军说，他是在为语文教育寻根求本，他让中国语文教育返本归根。

于是，就有了韩军倾注20年教学实践心血，构建的"新语文教育"的六大理念——

理念一：真实个性，回归语文教育的"人文"之本

"人文精神"作为一个时髦用语现已深入人心，但12年前，尚系崭新理念，乏人提及。1993年1月，韩军第一次在中国语文教坛提出"人文精神"，很快成为燎原之势，进而燃亮整个语文教育。

但韩军也感到遗憾，当今人们在说"人文"时，误解了本义，理解成"思想、政治、课文内容"等与"人文"的本义相去甚远的解说。

韩军强调，"人文"本义是人性，即求真，求自由，求个性。当今中国语文教育，最迫切的是回归到"人文"的这个本义。时下中国，请暂不要给"人文"添加其他的含义。教师课堂上讲真话，学生口头"我口说我心"，笔头"我手写我心"，师生不虚伪、不造作，精神真实，灵魂自由。这，就是目前语文教育中最大、最迫切的"人文"，也是"人文"之本义，更是语文教育之本。上课时，老师真诚、平等地对待学生，与文本，与学生，真心沟通、真情交流，同样也是"人文"。当今中国，在语文教育中坚持这一点，仍不容易。

韩军认为，好的语文教育，需要师生共有一种植根于语言人文精神的人伦情怀、人生体验、人性感受，充分激活本来凝固化的语言，充分施展个性，使情感交融，形成一种痴迷如醉、回肠荡气的人化情境，从中体悟语言妙处，学会语言本领。

韩军说，很长一段历史时期，语文课上师生都不能说真话，这样的情况，

仍在继续。同时，不少教师，仍孜孜迷信技巧、技法、步骤，克隆、模仿教案、教法，约有 60％的教案是克隆、因袭。这是中国语文教育中两个根深蒂固的"痼疾"，前者是"精神专制"导致"精神专制"，后者是"精神虚无"导致"精神虚无"！想想，那么多语文教师在课堂上说的不是自己咀嚼、思考过的话，而是搬来的话，又如何让学生作文中、口头上，说真心的话、个性的话？

韩军说，语文教育之树，枝繁叶茂，历久常青，源于语文教师深扎于文化沃土中的默然无语之根；教师立于脚下土地，立于人类博爱，立于深厚的文化积淀，用自我人生，体悟文本中人物、民族、人类的命运，感受与咀嚼文本中的个体与人类的苦难，与大地上的同类血脉相通，有悲天之情，悯人之怀，与文本中的人物同歌哭、共笑骂，真实地鸣奏语文教育动人心魄的乐章，那样，语文课就情感饱满，充满魅力。这，是语文教育的人文根本，人文血脉；是语文教育真实、自由、个性的本然所在。

韩军说，教师"精神真实"，才能导引学生"精神真实"，教师"精神丰盈"，才能导引学生"精神丰盈"。一味迷恋技巧、技法，一味克隆模仿，语文课岂不如水上浮萍？

韩军说，现在社会有些"毫不利人，专门利己"，"熙熙攘攘，利来利往"，"假冒伪劣"横行。在此世境中，守住语文课三尺讲台的"人文"本真，坚执于精神真实、自由、丰盈，师生同说真心话，人人自由思考，保持个性，实在不过是"回归常识"，然而，当今中国，回归常识却还需要一份勇气！

韩军说，制造假冒伪劣的物质产品，会害人性命，那么，制造伪劣精神产品，如，课堂上、作文里、口头中，言不由衷、鹦鹉学舌、胡编乱造、伪抒怀、假抒情，那就是从精神、人格上，奴化人，毒害下一代了。

韩军说，呼唤回归"真实、自由、个性"的"人文"之本，具体说，无非就是让学生说"人的话"——真实、自由、个性的"人性"之话，不要教唆孩子说"神的话"——假话、大话、套话，也不放任学生说"鬼的话"——自私、冷漠、仇恨的话。所谓"神的话"，是泯灭人性，培养虚伪的神性，实为奴性。所谓"鬼的话"，是动物的"非人"的本能占据了道德心界与心理视域。总之，说话、写作，既不拔高，做"虚伪之神"，也不降低，做"非人之鬼"，不"装神"，不"做鬼"，做真实、自由、个性之人。这就是返语文教育的"人文"之本。

韩军说，教师为显示所谓"真实、自由、个性"，课堂上毫无顾忌地倾泻对世界、人生的绝望，把鲁迅先生那样的"骨子里彻骨的绝望"传染给十几岁的孩子，让他们觉得世界"本然"面目就是黑洞洞，无亮色，那也是他不赞成的。韩军说：我可以让孩子感受悲愤，但绝不给孩子带来绝望；我可以将毁灭人生有价值的东西展示给孩子看，但绝不能让他们看不到希望的亮色。韩军在上《照片记录中国之痛》一课时，开始先向学生展示中华民族面对苦难仍然迎难而上的四幅照片，从而让学生感受悲壮画面背后蕴藉的一种昂扬的精神。这就是"人文"（人性）的限度与节制。

"人文"即人性，语文教育的根本植于此，而语文教育的"人文"须臾不离文字，这也是韩军一再说明的。

理念二：举三反一，回归语文教育的"积累"之本

韩军说，五四"新文化"精神应张扬，而五四后的现代语文教育的大的基本思路却应反省，此思路即"举一反三"。

所谓"举一反三"，即，每学期只学一本教材，以课文作范例，教师不厌其"深""细""透"一味讲析，微言大义，咀来嚼去，学生围绕几篇文章，斟句酌字，操来练去，独独忘了大量积累。此"举一反三"之路，实是学数、理、化等理科课程之路，却成了五四后现代语文教育东施效颦的"必由之路"。此"路"的结果是，学生一学期最多只读不足30篇课文，漫漫中学6年，最多360篇。试图通过360来篇所谓范例，让学生会读、会写远远超过360多篇文章，实在是杯水车薪、缘木求鱼。高中毕业仍不会阅读写作者大有人在，效率之低可见一斑。现代中国语文教育，远比不上千百年的传统语文教育多、快、好、省，而是少、慢、差、费，根源在此！

韩军反道求之，他主张"举三反一"。他说，学语言是积累为本，读书为本；数量在先，大量读书识文，由量变到质变。学理科可"举一反三"，通过一个例子学会解大量同类习题，师"举一"于前，生"反三"于后；学语文，则是"举三反一"，生自我大量积累、积淀，才会读写反刍点滴，生自"举三"于前，生自"反一"于后。幼儿学口语的效率之高令人吃惊，一年可牙

牙开口,两年便正常交流,奥妙在于,一出生,便掉进了语言大海。大人与其说话,大人之间说话,都有意无意走进幼儿的听觉。

韩军算了一笔账,幼儿1天至少听100句话,每句10字,一年至少听了36.5万字,两年至少73万字。幼儿在"举三"之上,自然而然"反一"。古人言"读书破万卷,下笔如有神""熟读唐诗三百首,不会写诗也会吟",在小孩子那里,演化成了"听话数十万,说话自然成"的奇迹。而传统语文教育一直不自觉地走"举三反一"之路。

五四后的现代语文教育,抛弃了传统的"举三反一",试图走捷径,在"举一"上"反三",每学期30篇课文求"深""细""透",繁琐解析,微言大义,字斟句酌,艰难推进,欲图"反三"。

韩军又算了第二笔账,每学期95节语文课(共4275分钟),学3万字(一册教材课文的总字数),速度是每分钟7字(3万除以4275分钟)。中学6年12学期共1140节课(共51300分钟),学12册书,课文共36万字。区区36万字,学生跟随老师艰难煎熬6年共51300分钟,以7字/分钟的速度字斟句酌,操来练去,6年到头,竟不如婴幼儿两年学口语所"听"字数73万字的一半!虽漫漫6年,学书面语(读写),竟不过关!又怎能过关?

韩军激动地说,现代中国语文教育奉"举一反三"为圭臬,效率低,造成十几代、几十代中国人,少年青春光阴流逝,民族智力惊人浪费,触目惊心!某种程度上,这也是五四后期,现代语文教育悖逆传统语文教育所遭受的"报应"!

越执迷于"举一",就必然越执迷于"讲析",必然越求"深""细""透"。当今中国,东西南北中,所有语文课堂,普遍情况皆是,1000来字课文,每位老师几乎都不厌其"繁"地讲析3节课共135分钟甚至更长时间。而韩军呼唤的"举三",则力举积累、积淀大旗,看似不求甚解(实际上是"天下本无甚解"),其实正如大鹏展翅其"风之积也""厚"一样,方能展翅"抟扶摇而上者九万里"。

韩军说,大力提高语文教育效率,必须"举三"为根本,不弃"举一","举一"为辅。他提两点建议,第一,大胆调配时间。初中、小学,以2节(或3节)学课本(即"举一"),放弃"深、细、透",只比正常阅读稍慢些,只粗通文意,不求甚解,3节(或2节)课让学生自读课外书(即"举三"),

按正常阅读速度自由阅读。第二，不要执迷于课本。初中、小学，学课本（"举一"）与读课外书（"举三"），时间各占一半，高中则可直接用像《古文观止》《唐诗三百首》《史记精选》《中外散文百篇》与"四大名著"等课外书做课本。韩军说，如此，语文教育才真正回归根本，数以亿计的中国学生必能在语文能力上真正突飞猛进！

韩军算了第三笔账，若采用3节课读课本＋2节课读课外书（或，2节课读课本＋3节课读课外书）"举三"为主、"举一"为辅的教学方式，3节课读课本（即"举一"），比正常阅读速度稍慢，44字/分钟，每节课完全可完成2000字，3节共完成6000字；2节课读课外书，按正常阅读速度350字/分钟，一节就可读15万字，2节课就读30万字。那么，每周5节语文课，可轻松完成30.6万字！而如果按"举一反三"的路子，单单拘囿于课本求"深、细、透"，每周5节课，最多只能完成区区1600字！一多、快、好、省，一少、慢、差、费，悬若霄壤！

韩军呼吁，为了几代中国人，几亿中国孩子，光阴不再在语文课上无谓浪费，回归"举三"为本、辅以"举一"之正途吧！

理念三：美读吟诵，回归语文教育的"诵读"之本

韩军说，千百年来，教语文从未离开"诵读"，包括背诵。韩军把这种扯开嗓子，摇头晃脑，或铿锵锵，或婉转地朗读，称作"美读吟诵"。自五四后，尤其20世纪40年代至今，现代中国语文教坛，大体只热衷"讲析"，几乎完全丢掉"诵读"。现在，是回归根本，让"美读吟诵"登堂入室的时候了。

韩军说，学语文本来很简单，千百年来一直很简单，即吟诵是根本之途！可五四后，人们却逐渐摒弃了吟诵，迷信千技百法，所谓千技百法，无非是解剖解析之法，把整体文章碎尸万段之法。他说，美读吟诵，是"人心"与"文心"感应，文字是立体的——诵读使平面文字达于立体；文字是交响的——诵读使无声的文字形成交响。美读吟诵，在传统语文教育中行之有效、有大效，而在当代所谓的创造、创新、创意中被丢弃否定了。结果，创造因缺少根基而只能在花样翻新上左右摇摆，创新因缺少积累而只能在表面形式

上徘徊不前，创意因缺少厚重而只能是雕虫小技的表演而已。

韩军认为，"无字不能读"。他读课程表、座次表、元素表等，他也读得抑扬顿挫、铿锵有声。在外地上观摩课，他把现场的会标甚至天气预报等，也读得有声有色，使文字立体飞扬，犹如交响，听众皆惊呼。韩军的目的就是，启蒙全国语文教师都挚爱吟诵。

韩军对吟诵颇有心得，他说吟诵的关键，是"随心所欲""道法自然"。重要的是"心"，心到音才到，若心不到，则音抑扬顿挫，也失去自然！吟诵非喊，矫揉造作，拿腔拿调，是对听众和吟诵本身的双重蹂躏。"诵到极致就是'说'！"这是韩军的关于诵读的名言。诵读的至境，是平平淡淡、自自然然地说话，平白质朴地说话，生活化地说话，用心来说话；生活中平凡百姓无一点矫饰地说话，正是吟诵的至高至纯的境界！诵读者之"心"与文章作者之"心"达成共鸣，那么，淡然去说，自然去说，随心去说，便能让听众动心魄。诵读是一颗"心"在支撑。读杜甫的《登高》，韩军化身为杜甫，有了"不尽长江滚滚来"的雄浑；读李商隐的《隋宫》，韩军直入闻一多的心灵，为课堂营造一种反讽的氛围，嬉笑怒骂见神韵；读《大堰河》，就与艾青心心相通，令现场成百上千的听课人潸然泪下。

诵当然包括背诵。巴金背诵《古文观止》200篇，茅盾背诵《红楼梦》，才有了《家》《春》《秋》和《子夜》等巨著。韩军说，若一个人能熟诵"1、2、3"，即背诵100篇古文、20篇现代文、300篇古诗词，达到高中毕业的语文水平绝不成问题。而有人担心，让今天的学生熟诵如此大数量的诗文，哪有时间保证？哪有情趣？韩军说，大有时间，大有情趣！每学期95节语文课，中学6年12学期，约1000多节语文课，就是1000多个45分钟，老师占用1000多个45分钟滔滔不绝讲析，怎就挤不出时间让学生来背诵文本？孩子正处于语言记忆的黄金时期，一节课45分钟背诵一篇《师说》那样的古文绝不成问题，一节课背诵三首《七律》也根本不成问题。算算，熟诵上面的"1、2、3"，才花多少时间！入情入境诵，配乐诵，分角色诵，男女声独诵，齐诵，赛诵，表演诵，接龙诵，花样不计其数！比被动听教师讲析有情趣千百倍！韩军还主张，不但诵，还要抄，即抄原文、抄经典。诵、抄，文心、文脉才直入学生之人心、人脉！

诵、抄，看似最笨，然效大矣！一是文字功力见大效，二是精神体验见大效。体悟经典文本"文辞""文脉""文气",化先贤血肉为学生血肉,接通先贤心灵,为精神垫底。最笨之法,是最便捷之法,最本然之法。

投机取巧、急功近利,"欲速则不达,见小利则大事不成"。舍功利之欲求,得心灵之宁静,入乎其中,用心,持之以恒,诵、抄经典文本,方能入至境。

理念四:文字意识,回归语文教育的"文字"之本

帕默尔说,"语言是所有人类活动中最足以表现人的特点的","它是打开人们心灵深处奥秘的钥匙"。韩军说,语文教师要有文字敏感,才能称得上优秀的语文教师。医生见人面色不好,会不由自主想起内在病变,这是医生的职业敏感;而语文老师捧读文章,应首先关注文字。文字对语文教师,犹如空气对人之生存那样重要,但也如空气那样让人忽视了其存在。

韩军举例说,林语堂《论趣》开头"记得那里笔记有一段,说乾隆游江南,有一天登高观海,看见海上几百条船舶,张帆往来,或往北,或往南,颇形热闹",寥寥 48 字,洗练纯粹,却神肖毕现。若换另人,同样描述此事,则可能至少耗用 60 字,意趣也比林语堂大为逊色。不少语文教师在读《论趣》这样的文章时,往往忽视如此的"文字妙处",而只关注哲理、情节、结构、主题,作者生平等等。独忽视了本应关注的"文字"。

韩军说,语文课,首要的是上成文字课!他说自己的课,所有教学细节无一不是由文本的文字引发,并紧紧围绕文本文字形成波澜。语文老师首先是文字工作者,你若关注所谓精神,那么也须由文字出发,以文字体现,由文字贯穿,所谓"着意于精神,着力于文字"。

韩军说,不少人误解"人文"和新课标,语文课漠视文字的现象很严重。他说,语文课上可以关注孩子的思想,但还有专门的思想政治课;语文课可以讨论历史,但还有专门的历史课;语文课可以唱歌,但还有专门的音乐课。他说,现在的一些语文课"四不像",或唱歌跳舞,或直接思想教育,完全游离文本文字,还美其名曰"注重人文""加强学科之间的融合"等,其实是"肥水流了外人田""失其本然",舍本逐末。语文课不排斥调动音像、多媒体,但也必须由文字而触发,同时又落脚于孩子们的说话写文。没有文字意识与文字行为的语文课,不是本然的语文课。不然,语文课就没了存在的价

值。人的文字素养，并不比思想素养、哲学素养差一点，因为文字好了，可以使一个人文质彬彬、气质优雅、精神高贵。

语文老师不要自轻"文字"，要回归根本。

理念五：重文写白，回归语文教育的"文言"之本

教师不读文言与经典，课本与课堂忽视文言与经典，已是半个世纪的事实。韩军在不同的场合曾问过这样的问题：哪位语文教师通读了《论语》《史记》与"四大名著"？结果读过的只有寥寥几人。这就是中国语文教师队伍的真实现状。

有感于此，韩军写了《没有文言，我们找不到回家的路》一文，2004 年 4 月 22 日发表于《中国教育报》，在全国掀起了一场文白之争。《新京报》转载时称："一时间硝烟四起，引发了众人的争议。这场争议，使我们得以在鲁迅宣告'已经过去'将近 80 年后，又躬逢了文白论战的盛事。"

韩军认为，20 世纪下半叶的中国文坛顿失光彩、黯然失色，再也没有涌现出一个灵动地驾驭白话的大师群体，堪称白话大师的只有寥寥几位。形成这种现象的原因当然很多，譬如社会政治动荡等，但一个最令人信服的根本解释，就是自 20 世纪 30 年代始，中小学截断了系统的文言教育的"血脉"，这就使得在 20 世纪下半叶成为文坛主流的文人们，在 13 岁之前的语言"敏感期"，没有接受过系统深入的文言教育。他们受的语文教育，是在废除文言背景下，以白话为本位的。20 世纪 30 年代之后，人们在语言"敏感期"，基本是通过白话来学习运用白话，而非通过文言来学习运用白话。

韩军说，文言在几千年的历史发展中，"积淀"了数量巨大的极富表现力的典故、语汇、辞章，当今白话的基本语汇几乎依附于、脱胎于文言，白话的辞章文法也并没有超脱文言。文言与白话的关系，犹如母子、本末。在孩童的"语言敏感期"，从"本源处"学习语言，诵读相当数量的古诗文，打好文言根基，再运用白话来表达，那么，写出的文字就比较简洁、干净、纯粹、典雅、形象、传神；而通过白话来学习运用白话，写出的文字，就可能拖沓、冗长、繁琐、欧化、啰嗦、抽象。20 世纪 50 年代到 90 年代的大陆作家、学者，整体上文字水平，难与上半叶的大师比肩，根源就是少年"语言敏感期"

接触的文言愈来愈少。20世纪上半叶的大师们，如鲁迅、郭沫若等人，他们成为白话大师，开白话一代风气，是因为他们在少年时接受了全面、深入的文言教育。白话大师们少年时期在文言的"酱缸"里浸泡过，汗毛孔里都渗透着文言的滋养，成人后，白话里处处有文言的光辉。而20世纪50年代到90年代的文人、学者们，少年"语言敏感期"恰好处在大陆现代语文教育对文言否定愈演愈烈，课本摒弃文言愈来愈多的时期。因此，20世纪50年代到90年代成人的文人们，少年时期接触文言的数量"一代少于一代"，因而他们成人时的文风也基本上"一代逊于一代"。几十年来大陆文人的整体文字面貌是越来越"水"，越来越"白"，越来越"俗"，越来越"痞"，失去了纯粹、古雅、洁净、朴素。正是现代语文教育斩断了文言血脉的结果！

韩军说，少年诵读相当数量的一流的文言，成人后形成一流的白话表达的可能性将大大增加；少年涉猎极少的文言，或仅学白话，哪怕是一流的白话，那么，成人时期形成一流的白话表达的可能性也微乎其微。通过白话学习白话，似近实远，事倍功半；通过文言学习运用白话，似远实近，事半功倍。根扎于"文"，语发为"白"，这应是现代语文教育"返璞归真""返本归根"的基本法则。

韩军说，百篇文言诗文烂熟于心，自然就会"腹有诗书气自华"，写起白话文来也会轻松自如。美国高中母语课，用整一年时间读古英语的莎士比亚原著，且让学生写古英语诗歌。台湾高中语文课本几乎全是文言文。

韩军主张，白话与文言，各占半壁江山。小学、初中、高中循序渐进增加文言篇目。高中，课文篇目数量上（并不是总的文字字数），文言篇目应略高于50%；重视文言的目的，在于奠定现代人的白话运用的根基，提高现代语文教育学习白话的效率。韩军说，青年学生可以练习文言写作，考试也可写文言作文，但不赞成用文言交流。

理念六：化意为字，回归语文教育的"写作"之本

过去的写作观念是，化"思想意义"为"文章"，而韩军提倡"化意为字"，即化"意念"成"文字"，把自己的所见所闻、所思所感变成文字。前者过于庄重"严肃"严格，后者则轻松"活泼"自由。

在"化意为字"观念指导下，韩军可以让全国任意地方的初中生，在 6 分半钟写出接近 300 来字的作文，13 分钟能写作 580 来字。而中考作文一般要求一小时左右写出 600 字。

这并非有意制造新闻。韩军曾在全国各地，在任意初中班级，现场作过多次的试验。做法是，营造轻松、愉快的情境，像做游戏，让学生现场写作，暂不考虑卷面，暂不进行修改，暂不查字典，只不停笔地写，题目是《周末我最快乐的一件事》《我登上了神舟号载人飞船》，多数学生在 6 分半钟写了 300 来字。

学生的写作潜力巨大，惊人。写作本同说话一样是天然本能，同游戏一样快乐轻松。古时五六岁七八岁能写诗作文的神童，大有人在。而自从所谓现代语文教育以来，出口成章、立笔成文的所谓神童却罕见了。现代语文教师忽视、压抑了这种潜能和本能。对学生作文吹毛求疵，横挑鼻子竖挑眼，浇灭了孩子的写作热情，使孩子视写作为畏途，写作神秘化。韩军痛斥禁锢多，将原本愉快的表达变成痛苦，写作成为学生心中的痛。他重视挖潜，让写作回归本然，游戏化、生活化。学生潜能在被挖掘同时，拥有了成功的喜悦，有了主动挖潜的内在需求。时间一长，便自然地形成写作能力。古代文豪的立马成诗，就在韩军的学生那里，成了立马成文的现实。

他说，人活着就是意念流动着，意念流动就可随笔成文。任意一个中等程度的学生都可以写出三本书，小学、初中、高中各出一本，人人不是不能写、不会写，缺乏的只是回归本然的挖潜。人人写作的时代已经到来。

教师少作否定性评价，要千方百计地挑优点，想方设法多鼓励。学生就会在显性表扬与肯定性的心理暗示中产生自信。有了自信，就有了自觉，就没有写不好文章的学生。

韩军说："我的'新语文教育'，无非是回归常识与本然，回归两个传统。之所以回归，是因为所谓中国现代语文教育，几十年来走向异化，违背常识，割断传统，把本来简单、普通的东西，政治化、学院化、复杂化，我不过是用 20 年教学实践的思考，说出常识，守住普通，接上传统，返本归根，以璞为真。"

最后录韩军打油诗："淡泊恬静朴为本，平平淡淡拙是真。滴泪泣血说语文，从容练达做韩军。"

（原载于《现代教育导报》，2005 年 5 月 16 日。）

耕耘在绿色语文的田园里

——刘恩樵老师的创新与突围

刘恩樵系苏州市昆山国际学校的中学高级教师，发表或获奖论文70多篇，在全国十多所学校执教公开课或作讲座。主编《现代文阅读指津》《教师的第九个小时》等八本书。《读写月报·新教育》、《创新教育》杂志对其做过长篇人物报道。在多年的语文教学实践中，他一直坚守着自己的绿色语文理念，耕耘在绿色语文的田园里，收获着语文的幸福与快乐。

三多三少：语文实践的自我突破

刘恩樵：想出"绿色语文"这个概念，并非心血来潮，杜撰新词，完全是事出有因。大概在10年前吧，我听说过这样一件事：某日，老师又夹着一大叠试卷走进了教室。忽然，一学生叫了起来："老师，环保局来人了！"老师愕然，定神后问学生此语何意，众学生调侃："大量用纸，致使绿色森林惨遭砍伐，罪过，罪过！"我说的这是真事。后来，我就想，现在为了保护生态，保护森林，媒体不是宣传提倡停止使用一次性筷子，提倡节日少寄贺卡吗？看来，保护绿色森林，教师也要从"我"做起，从"减少试卷"做起了。"减少试卷"意味着什么？于是，我想到了"绿色语文"。

陶继新：时下，一切为了升学，一切为了考试，一切为了分数的"流感"

严重地感染着语文，致使语文失去了大地营养的供给，使语文这株常绿树绿不起来了。面对着灰色的应试语文和失衡的语文生态，我们怎能不行促促、心惶惶？您的"绿色语文"的提法真的很好。绿色是生命的颜色，代表着活力、灵性、希望。您不妨就详细说说"绿色语文"吧！

刘恩樵：对于"绿色语文"，长期以来，我的思考颇多。近年来，为了追求我的"绿色语文"的梦想，我在操作层面上主要形成了"三多三少"的特色，这也算是我的语文教学的实践观吧。所谓"三多三少"，即多读书，少学教材；多写随笔，少做练习；学生多讲，教师少说。这"三多三少"是我语文教学实践的一种自我突破。

陶继新：欣赏您的"三多三少"，这当是语文教学改革的方向。可是，现在大多数的语文教学恰恰相反，您的"多"是他们的"少"，您的"少"是他们的"多"，结果，学生学了几年甚至十几年语文，读书寥寥无几，下笔无话可写。而且，这种语文教学的悖论，还一如既往地被很多语文教师重复着。从这个意义上说，您的"越轨"行为，是对当今语文教学的一种反驳，是为语文教学吹来了一股清新之风。

刘恩樵：按理说，"多读书"是可以，"少学教材"似乎是不可以的。但是，现实是，学习语文教材占了学生大量的时间。这里的"占用时间"，不是说学生一学期读一本教材有多困难，问题是，我们常常看到这样的现象：一个教师用一本语文教材带着学生度过一个学期。其实，这是语文学习的极大的"少、慢、差、费"。一本语文教材就是学生一个学期语文学习的全部。说得夸张点，这是真正的"误尽天下苍生"。试想，学生一个学期仅仅学习一本教材，读上二三十篇文章，怎么能学好语文？

陶继新：叶圣陶先生早就说过，教材只是一个例子。可很多语文教师将其当做语文教学的全部或主要内容。其实，真正的语文教学改革者，大多是在教材上动了大的"手术"的。我采访的山东潍坊的韩兴娥老师，两周教完一本教材，其他时间则让学生大量阅读与背诵，她的"海量阅读"的实验在潍坊得到了一定的推广，而且省内外学习者也越来越多，有愈演愈烈之势。而她的学生所学的东西超过了同龄学生所学语文内容的十几倍甚至几十倍，可是学生非但没有精神负担，反而快乐无比。因为学生本来就有巨大的学习潜力，是那种僵化的语文教学扼杀了他们学习的热情与潜力。

刘恩樵：针对语文学习的现实，我大胆提出"多读书、少学教材"的实践构想。我对每学期一册语文教材进行筛选与整合，删去一些意义不大的课文，整合一些可以合并阅读的文章，精讲该讲的文章。这样，就省下了不少的课堂时间。

陶继新：这样，课堂上就不纯然是学习语文教材，而是大量扩展了学习内容。一本语文教材，最多教学几周就可以了，其他时间完全可以交由学生在教师的引领下大量阅读。这样，仅课堂时间，就可以让学生阅读相当于语文教材几十倍的内容。这样，"多读书、少学教材"非但不会降低语文学习的质量，反而会大大提升学习语文的水平。

刘恩樵：如何"多读"呢？我的做法是，一是利用语文课堂共读，二是利用课外阅读。课堂共读，就是班级所有学生共读一本书。共读便于指导与交流。每共读一本书，我都会在共读前进行简单指导，然后放手让学生阅读，读完以后，再在班级里开展交流研讨活动，围绕一些重点话题展开讨论。共读的目的在一定程度上是指导学生如何读书，课外阅读的目的则是促进学生大量阅读。学生阅读的书目由老师提供，学生自由选择。这样，课堂共读与课外阅读便构成了学生阅读的点与面、质与量的交织。

陶继新：课堂共读一本书，正如共同学习一篇课文一样，尽管内容多少天地之别。由于每个人从阅读中获取的感受各不相同，所以，交流的时候就有可能产生意见相左的分歧以至争论，这恰恰是共同阅读的重要收获。正是在这种思想交锋中，同学们对所读之书有了更深的认识。由于课外阅读之书系学生自由选择，所读自然系学生心仪之书，所以，无需他人监督，却可兴趣盎然地进行阅读。这样的阅读，可以开阔学生的视野，从而让他们瞭望更大的文化天空，汲取更多的营养。

刘恩樵：对于学生的阅读，大致框架如此，不过，其中还有很多的事情要做。我在班级建立图书室，解决学生无书读的问题。每学期由各学生出资（大约在100元左右）集中购买图书，这样，每学期一个学生就有上百本图书选择。学期末，再让每人带100元左右的图书回家收藏。这样，一个学生花100元钱，既得到了100元的等价图书，又有了四五千元的图书阅读选择。开展读书竞赛，按月统计学生阅读书目，对阅读数量多的学生会给予奖励书籍的激励；我会支持学生写读书心得，在班级设有读书心得橱窗，及时张贴优秀的读书心得，或者举行班级读书报告会；我会及时与家长联系，告知他们孩子在校读了哪些书；我会邀请爱读书、会读书的家长或老师到班级里给学生讲读书的意义与方法等，做法还有很多，目的都是激励学生多读书，让学生爱读书，学会读书。

陶继新：让学生集中购买图书，不但个人花钱少，读书多，毕业时还有了属于自己的图书收藏。同时，学生在买书的时候，大多会精心挑选，不但要自己喜欢，还要让更多的学生喜欢。不然，在图书"漂流"的时候，自己所买之书就可能无人问津，从而降低自己在同学之中的威信。

仅仅有书还不行，还要让学生更好更多地读起来，于是，就有了您为此而采取的一系列措施。几乎人人都希望得到肯定与鼓励，读书多与读书好的学生得到鼓励之后，就会更加努力地阅读。同时，还会产生一种正向导向，从而让更多的学生为以后获取奖励而更好更多地读书。

刘恩樵：时下，不少语文教师会像教授数理化一样让学生做大量的语文练习，以此获得语文应试的高分，这是不争的事实。其实，语文素养仅靠练习是练不出来的，相反，倒是越练越差。一来让学生失去了对语文学习的兴趣；二来僵化了学生的灵性；三来耽误了学生很多本该自由阅读与写作的时间。精简了教材中的课文，在一定程度上就精简了学生做练习的时间。我特别鼓励学生写随笔，我的要求是每天必写，写随笔是我向学生布置的语文作业的主打。我自费为学生到市场上去挑选漂亮的随笔本，鼓励学生给随笔本起名字。对于学生的随笔，我的观点在于"随"，随心所写，写什么，写多少，怎么写，都由学生自由选择。每天早上，我最急于做的事情就是先浏览学生的随笔，因为，每一天的随笔都向我打开一扇美丽而神奇的窗户，让我看到了学生心灵世界的灿烂与幸福。这就是我最大的乐趣。其实，说"评阅"是不够恰当的，应该说我是在通过随笔、通过文字，在与每一个学生进行心灵的对话。我在随笔中，用我的文字，与学生一起喜怒哀乐，一起讨论交流……

陶继新：对于语文练习，我一直深恶痛绝，其中的文化含量之低，简直令人气愤。不知道是一些编写者水平太低，还是什么不便言说的原因，练习总是越编越多，越编越没有品位与内涵。语文本来应当是学生最有兴趣的一个学科，可是，因为这些让学生做起来就心烦的练习，反而成了学生心里的痛。我甚至认为，即使所谓的语文教材研究专家，都没有真正悟到语文教学与学习的真谛，甚至是误入歧途而不知归路，有的甚至扎到赚钱的黑门之中，没有良知，怎管学生死活与学到什么东西！另外，"应试"这把"尚方宝剑"一直悬在师生的头上，让即使想着改革的教师也不得不违心地让学生多做练习。不然，学生就有可能考不到高分，考不上好学校。这种评价导向，成了语文教学改革的一个致命的瓶颈。所以，如果教师不是真正有远见卓识，就不会在语文教学上大动干戈。

不做练习做什么？您选择了写随笔，这无疑是一条正确之路。而且您注重的是"随"，让学生自由地去写。其实，学生并非无物可写，而是一些命题作文限制了学生自由想象的空间。所以，一个"随"字，便将学生的思维解放了。当学生去写自己愿意写，甚至不写不行的内容的时候，自然会下笔成文、言之有物。而当学生自己都感到所写习作文质兼美之后，就会慢慢地爱上写作。

刘恩樵：我激励学生一如既往、持之以恒地写随笔，我有四大法宝：一是五角星，每次随笔，我会根据学生写作的用心程度，用五角星来激励，我会在班级里张贴学生随笔得星数量统计，文思泉涌的我会给他（她）无数颗星星。二是我的评语激励。我会不吝啬我的赞美之词来送给写得好的每一个学生。三是在班级里朗读学生的随笔，评讲学生的随笔。第四，也是最重要的，就是每学期给随笔优秀的学生结集随笔集。有的一人结集一册，有的多人结集一册，有的是诗歌集，有的是散文集，有的是小说集，等等，而且，结集的这些随笔集不仅书名起得漂亮，装帧设计都非常精美，可与正规出版物相媲美。每次专辑结集"出版"后，都有一个小小的首发式，然后，由学生自己亲手送给自己喜欢的老师、同学或者家里的亲戚朋友等。我要让我班上的一部分学生在初中时就能看到自己出的"书"。

陶继新：您在激励学生写随笔方面可谓匠心独运。其实，休说学生，就是成人，激励也会产生很大的作用。学生特别看重来自教师的肯定，并会在每次肯定之后，生成一种向上的动力。时间一长，就会越来越有自信，自信又会产生奇妙的动力，从而收获更多更好的随笔。

出书是很多人的梦想，可是，有的人写作一生，这也还是一个梦想，与事实依然隔离甚远，真的是望"书"兴叹！您为学生结集"出书"，而且举行

"首发式"，会让学生有一种梦想成真的激动与兴奋，会在学生的心里留下终生难忘的印象，他们会永远珍藏这份精神鼓励。而且，这种对写作的爱好，有可能伴随其一生，甚至有的学生在未来会真的成为作家。

刘恩樵：学生多说，教师少说。这是我语文课堂的原则。我的课堂力主简约，力主开放，还学生课堂主角的地位。在课堂上，我会根据文本特点设计有意义、有价值的问题，让学生充分思考充分交流。我不把课堂搞得密不透风，不是带着学生走进教材，让学生跟着老师转；而是让学生自由地与文本、与同学、与老师对话，自由地去发现文本自身的魅力与精彩，甚至疑惑。所以，在课堂上，我绝不用我的理解代替学生的理解，用我的观点代替学生的观点，我一定少说，让学生多说，让学生充分地展示他们的思维过程与思想认识。其实，时下"教师多讲，学生少讲"的现象太普遍了。由于学生语文学习的无趣，因此，也就难得积极表达了，教师为了完成繁重的教学任务也就理所当然地大讲特讲，一讲到底，从而，使得课堂毫无生气。让语文课堂活起来甚至火起来，这是我对理想的语文课堂的一种渴望。

陶继新：没有"教师少说"，就不可能有"学生多说"。可是，真正做到者却是少之又少。他们认为，不懂的内容，学生怎么能够自己学会呢？其实，学生具有巨大的学习潜力，教师一味地越俎代庖，才使学生这些能力一步步退化化甚至消亡。更为重要的是，学生由此默认了教师之讲，默认了自己自学能力低下，而且连自学尝试都畏首畏尾了。您不但敢于让"学生多说"，而且给了他们更多的自由，让他们真正成了课堂的主人，于是，才有了学生思维的活跃，以及必然生成的师生、生生之间的精彩对话。这样，就会大大提高了课堂教学效率，就会让学生感到课堂教学还如此有趣，于是，就会主动快乐地进入到自我学习的状态之中。久而久之，学生便拥有了自我学习的能力，并且不断地从中感受获取成功的喜悦。

六个一：对语文素养的一种界定

刘恩樵：我的"三多三少"的语文实践，其实源自于我对学生语文学习的理解与语文素养的一种界定。

我对语文学习的理解概括起来就是"三重三强化"。所谓"三重三强化"，即重素养、重实践、重自主，强化"反三"、强化习惯、强化体悟。

我一直觉得，语文学习的最终目的不仅仅是学习语文技巧，更重要的是养成语文素养。语文素养的形成，需要在语文自主与开放的实践中，通过"举三"的积累，获得"反一"的体悟。语文素养养成的重要因素之一就是语文学习的习惯。这听起来似乎是套话，说的人太多，但是，我是切实把这些理念应用到我的语文教学实践中，作为我的语文教学之准绳。

我对学生的语文素养有个界定。我觉得，一个学生理想的语文素养应该包括"六个一"。一是一笔好字。俗话说："字是一个人的脸面。"可以这样说，写好字是一个人语文素养中最基本的筹码。我特别注重把练字和平时日常写字结合起来，做到提笔即是练字时。我的学生随笔的书写，是我一直提醒与要求的。二是一张铁嘴。铁嘴也许不易，但一定是我对学生的一以贯之的要求。我在课堂上要求学生多说，在可能的情况下让学生上台去讲，鼓励学生读书，让他腹有诗书"讲"自华。三是一肚名篇。我鼓励学生每学期阅读5～20本书。有言说："量"小非君子，无"读"不丈夫。一定阅读量的积累，才能带来语文素养的提高。四是一手美文。我每天让学生写一篇随笔，坚持不懈，要让写随笔成为学生的一种习惯。我常给学生说，用文字记录我们的少年，让少年时的文字在未来的日子里散发出浓香。五是一程心旅。我理解，学生每一本书的阅读就是一段旅程，在这段旅程中，读者与作者以及作品的人物一起行走在心灵的旅程上。再者就是，我会每学期安排远足旅行活动。古人讲："读万卷书，行万里路。"这是语文学习的基本经验与方法。最后就是一颗诗心。我用"一颗诗心"来概括语文学习的素养，我把语文学习当做提升智慧的过程。语文教学的最高境界是让每一个学生都有一颗充满诗意的心灵，并让他们诗意的心灵飞翔起来。要把学生读的过程、写的过程、说的过程、心旅的过程当做提升思想的过程，提高境界的过程，使学生在提高语文素养的同时丰厚文化底蕴。

陶继新：当年鲁迅先生在上海的时候，他的身边有一批青年左翼作家。有一天，这些作家聚集在鲁迅那里，问他同一个问题——先生的作品写得这么多这么快这么好，有什么秘诀吗？言外之意，就是要鲁迅先生将这个秘诀奉献出来，让他们也尽快成为鲁迅先生那样的大作家。鲁迅先生的回答很幽默，也很深刻，他说，如果有秘诀可谈的话，作家的儿子都成作家了。那些作文技法之类的话语，都是骗人的鬼话，唯有多读多写。鲁迅先生道出了写作的真正奥妙所在。所以，您不重技法，而重素养，恰与鲁迅先生的主张不谋而合。

您的"六个一"，是对语文素养的更为全面的概括。当下学生写起字来龙飞凤舞，甚至写后连自己也不认识了，不是草书之妙，而是胡写八写。所以，能写一手好字，就显得特别重要。您的学生之所以练就了"一张铁嘴"，一方面是您课堂教学上的"教师少讲，学生多说"给予了学生更多说话的机会，使得他们有了更多的话语权；同时，您的学生阅读之多，也为说奠定了基础。多读书是不是就一定有高品位呢？回答是未必。如果读的是思想文化品位低下的作品，即使天天阅读，也不会提升素质，甚至还可能越读越没有文化素养。关键就是您说的"一肚名篇"。名著中有高层次的思想，也有常人缺失的智慧。读得多了，自然就会"腹有诗书气自华"。那么，怎样才能写得"一手美文"呢？除了阅读之外，就如您说的"走万里路"。只有两者相结合，才有文采斐然的佳作纷涌迭出。"一程心旅"有一个关键点，就是"心"。如果不是用心，即使走上千万里路，也是只观风景，而不知其中玄妙，以致不久连风景也忘得一干二净。而有了"心旅"，则可以从一般的风景中感受灵魂的飞动。您用"一颗诗心"来形容学习语文可谓得其要旨也。语文特别是那些具有文学况味的语文，本身就是诗意流彩。更重要的是，教者与学者要有一颗诗心，即有一种教与学的审美心理，当教与学感到美不胜收时，当然也就有了诗意，有了审美的情调。

五句话：反思之，是为了拨正方向

刘恩樵：近来，我越来越觉得，在语文教学中，有五句话是应该好好反思的，即向四十五分钟要质量；举一反三；教是为了不教；名师出高徒；带着学生走进教材。

先说"向四十五分钟要质量"。在学校的教学管理中，"向四十五分钟要质量"是一句我们再熟悉不过的话了，类似的还有"课堂教学是提高教学质量的主阵地"，等等。这些话确实有它产生与存在的重要性，但是，对于语文教学而言，却不一定是恰当的。我主张，对于学生的语文学习而言，课外比课堂更重要。学生靠课堂的听课是解决不了问题的，因为语文是注重积累的学科，因此，课外的大量阅读积累与写作积累远远胜于课堂上老师叽哩呱啦地讲解。我可以说句大胆的话，把现在每周5节的语文课消减到1~2节，我看未必不可以。因此，研究语文教学不要把太多的精力放在语文课怎么上上，而要放在怎么激发孩子课外阅读的兴趣与方法上。

陶继新："向四十五分钟要质量"这一教学口号的产生至少有两个背景，一是学生课外学业负担太重，不少教师将大量的本来可以在课堂上解决的问题，通过作业练习的方式强加到学生身上，从而让学生再一次重复没有多少价值的练习；二是当前课堂效率低下已经达到了令人难以容忍的地步，特别是语文课更是如此，一个学期20多篇课文，却要一点点地分解到全部课堂之上。其实，完全可以在四十五分钟的课堂上学习更多的语文教材之外的内容。如果这样，每天都有阅读课外名篇的时间，不就提升学习语文的质量了吗？当然，这并不是说课外就不学习了，这是两个问题。如果加上大量的课外阅读，再加上丰富多彩的课外生活，就会如虎添翼，抵达学习语文的真境界。这一点，我与您的观点是完全相同的。

刘恩樵：再说"举一反三"。举一反三是中国教育学的重要原则之一，它源远流长。应该说，举一反三确实是有其合理性的。但是，对于语文学习来说，它就是不尽恰当的，正确的方法反而应该是"举三反一"，举三反一的问题涉及课堂问题，涉及教材问题。我们让学生从语文课堂与教材的束缚中解脱，让学生真正地多读多写，只有有了这样的"举三"，才可能实现语文素养提升的这个"反一"。

陶继新：2005年，我采访北京特级教师韩军之后，写了一篇长篇报道，发表在《现代教育导报》和《中国教育报》上，且被《光明日报》转载。重点写他的"新语文教育"的六大理念，其中就有一条——"举三反一：回归语文教育积累之本"。他认为，学语言是积累为本，读书为本；数量在先，大量读书识文，由量变到质变。学理科可"举一反三"，通过一个例子学会解大量同类习题，师"举一"于前，生"反三"于后；学语文，则是"举三反一"，生自我积累、大量积淀，才会读写反刍点滴，"举三"于前，"反一"于后。幼儿学口语的效率之高令人吃惊，一年可牙牙开口，两年便可正常交流，奥妙即在于，一出生便掉进了语言大海。大人与其说话，大人之间说话，都有意无意刺激幼儿的听觉。看来，您与他有英雄所见略同之妙啊！

刘恩樵："教是为了不教"这话是叶老说的。按理说，这句话强调了教师教的出发点与归宿点，强调了教的主导性等等，是有一定道理的。但是，现在也许就是这句放之四海而皆准的话害了语文教学，害了语文老师。我觉得，对于语文教学，就某种意义上说，"不教"才是真正的"教"。这里不是绝对排除"教"的作用与价值，只是要扭转"教"得过分过多的局面。对于语文教学来说，一学期只教一本语文教材的教法一定是不对的，一节课教师拼命讲的教法肯定也是不对的，一味地让学生做大量的有关习题的教法肯定是不对的，一心瞄准语文考试的分数而对学生进行盯盘揉式的试题训练的教法肯定也是不对的。这些都是太注重"教"，这样的教不但不能达到"不教"的目的，相反，倒是越教越坏，越教越需要教。

那么，"不教"又是一种怎样的境界呢？首先，这里的"不教"不是真的不教，而是一种给学生以大量阅读、交流、写作的时间与空间，甚至是一种心情与兴趣。其次，就是教师要少教与精教，要删繁就简，就是我们俗话所说的"好钢用在刀刃上"。

陶继新：您所谈的"不教"才是真正的"教"中的"不教"，并非教师可有可无，一句不讲，而是将这个"不教"强化到了极致，即少到不能再少为止。这对当前"满堂教"的语文教学无疑是当头一棒。不过，抵达"不教"的境界也非一日之功。首先，教师要相信"不教"才是真正的"教"；其实，要教学生会学而不仅仅是学会；再次，教师并非可有可无之人，而是一个点拨者，一个高端指导者。而且，师生之间要有一种心灵的和谐，课堂之上没有了师道尊严，有的只是思想的解放与自由的交流。

刘恩樵：第四句话是"带着学生走进教材"。就教学而言，我们一直讲要"带着学生走进教材"，而不要"带着教材走进学生"。对于语文教学而言，难道"带着学生走进教材"这句话就是正确的吗？其实并不尽然。对于语文教学而言，我们不仅仅要"带着学生走进教材"，更多的是要"带着学生走进阅读"。

"带着学生走进阅读"，这句话有几层含义，阅读教材也是一种阅读，但只占很小份额，它的价值在于给学生以范例，以点拨，以提升，它很重要，但绝不是语文学习与阅读的全部。把教材当做学生语文学习的全部的做法是极其不恰当的。第二层意思是要凸显语文学习中阅读的重要性，教师要创造各种可能为学生提供阅读的场所、时间、书目、指导、反思、交流、激励，等等，以阅读为抓手，带动学生的整体的语文学习，通过读把听、说、写、思融合起来，从而在整体上提高学生的语文综合素养。第三层意思就是要把学生引导到生活中去学习与感受语文，让语文与学生的日常生活、与学生的人生、与学生的精神等方面结合起来。

陶继新：如果从积极方面讲，"带着学生走进教材"也并非一无是处，意思是说在教师引导下，学生走进教材的情境之中，与作者进行真诚的对话。可是，如果只是走进教材，显然就出了问题。语文学习不只包括教材，还有教材之外的更为宽广的内容，教材只是学生学习文本的一部分，还有更多的可以学习的文本，即您所言的阅读内容。而且，文字记载还只是一种固化的文本，而非文本的全部。生活是不是文本？从广义上讲，它也是一种文本，我们可以称之为生活文本。学生阅读文本要两者兼顾，才能走进真正的阅读之中，才能获取更为丰富的思想营养。

刘恩樵：最后一句话是"名师出高徒"。按理说，"名师出高徒"这句话流传了多年，是让无数事实证明了的，是不用怀疑的。然而，我们又不能不注意到另外一个现象，就是当下的一些名师究竟"名"在何处？他们"名"在语文应试技能上，"名"在学生的语文分数上，"名"在对学生的所谓的科学训练上，"名"在华而不实的名誉上，等等。这样的"名师"应该大有人在，大到全国出名的，小到学校里出名的。其实，我们不妨换一种说法，叫做"明师出高徒"。明师，乃明智之师，开明之师，明白之师。对于语文教师来说，就是明白语文学习之要，明白语文教学之法，明白语文引导之道。这样的教师，才是学生真正需要的语文教师。

陶继新：和您一样，我对当今"名师"也有"另类"的看法。有些人成了省级、全国优秀教师，有些人成了特级教师。可是，其教育教学素养的确难以令人恭维，有人甚至是通过投机取巧而获取了名师称号，而且还津津乐道于这种获取的"智慧"。有的虽有其名，在我的心里，却是如刘基所言"金玉其外，败絮其中"也。我甚至认为，这样的教师非但不是名师，就连一般教师的资格都不具备。所以，我采写教师的时候，不是看其名气大小，而是观其思想文化品位高下。您用"明师"取代"名师"，显示了知识分子的良知。而且，明师不但要自己明白，要有智慧，还应能给学生点亮前程之路。不然，何称得上"明"呢？

刘恩樵：就我个人的专业发展而言，我得益于读书、实践与写随笔。我是个底子很薄的语文教师，少年时期、青年时期读书很少。我常说，实际上我做语文教师不够格。但是，好在我"迷途知返"，在我进入不惑之年之后，我恶"读"一把，尽管无法弥补我作为语文教师的先天缺失，但是，还是让我没有太落伍。

作为一名语文教师，我是一个勤于实践的人。我很乐意上公开课，我把上公开课作为追求课堂艺术的一种积极挑战；我会为查找一份资料在南京几所高校的图书馆之间往返；我会将媒体上报道的其他行业的一些有意义的做法进而嫁接到我的语文教学上来；我会一个人披星戴月地闷在文印室里为学生印"书"；我会为一篇论文的写作而一段时间倾心倾力……这样的事情真是很多。我曾经戏言：今生为语文而来。虽说夸张了些，但这也正是我的一种人生状态。

要说我最得意的专业发展途径，那一定是写随笔。我从1993年开始写随笔，至今几乎一日不辍。从最初的写几十个字的教后记，一路写来，至今也有几百万的文字积累了。我的诸多随笔当中，重头戏是关于语文教学的。小到课堂一个灵感的记录，大到对一篇文章的教学设计，我常常能就一篇文章的教学设计写出近万字的文章。

我今生为语文而来。尽管我的绿色语文田园还不够葱郁，还不够丰茂，但我愿意做一头老牛耕耘在我的绿色语文田园里。

陶继新：对于写作，我们有很多共同之处。不是以写文章为苦事，而是以写作为乐事。我一直认为，写作是人生的一种高贵的精神收藏，它收藏了自己的生命经历，以及突然而至的心灵感悟。它在我的精神大厦中，越来越有亮色，让我感到生命越来越有意义。所以，很多人问我，您这么忙，累不累？我说，一点儿也不累，而且快乐无比。如果不写，才会痛苦呢！我有一个讲座题目就是"近道写作：开启审美人生之门"。写作之于我，是一种审美，是一种幸福，何累之有？所以，我感动于您在忙碌之中的"乐意"心境，因为您心中有语文，有学生，有自己，有未来。儒家文化中的一个文化现象就是"乐感文化"，孔子就说他是"发愤忘食，乐而忘忧，不知老之将至"。

即使遇到困难，照样拥有一种积极的人生态度。这种生命状态恰恰能够成就辉煌人生。从在海门开会初次见您，到专程赶到昆山采访您，您给我的感觉都是那么乐观热情、积极向上。陶渊明有诗云："采菊东篱下，悠然见南山。"相信您在您的语文田园里一定可以悠然采得绿色语文之"菊"。

（原载于《创新教育》，2010年第2辑。作者：陶继新、刘恩樵。）

一座精神的高峰

——苏同安老师的人生境界与教育智慧

　　山东省桓台一中苏同安在多年的教育教学实践中，坚持因材施教的教育思想与做人成才的教育理念，育人元素和辩证统一的哲学思想融入到教学、育人、教科研工作中，引领学生求真思源，做人成才，与学生一起互相促进、共同成长。从他所发表的二十余篇论文《数学知识中蕴含着生动的"育人元素"》、《看不见的战"线"》、《"一题"释"全景"》、《用运动的观点分析两条二次曲线相切问题》、《不能只见"树木"，不见"森林"》、《在"n"的"变奏曲"中体悟一类数列问题的本质》、《与导函数零点"对话"的三种策略》……和撰写的著作《走近哲学，爱上数学》、《天下"无"题》的标题中可略见一斑；从他主持研究的省重点课题《合作探究、分层推进教学法》的研究成果《如何挖掘高中数学分层教学中"层"的价值》及所取得的教学成绩中也可有所体悟。

　　在高考竞争激烈的人口大省——山东的一个小县城中学里，他取得过所带一个班在淄博市进入山东省前 200 名的 18 名学生中占 6 名，有 4 人进入清华、北大的优异成绩。在体现智慧和意志的全国数学竞赛中，他辅导的学生多次勇夺全国一等奖。他先后主持两项国家课题研究，所授课被纳入国家课程资源库，参与教师培训教材的编写，利用各种方式尽心培养青年教师，在全省高中教师全员研修中多次被评为山东省优秀指导教师。近年来先后荣获淄博市数学学科带头人、市教育教学创新人物、振兴淄博劳动奖章、市十佳师德标兵、市首届教书育人楷模、市高层次人才、山东省数学奥林匹克优秀辅导员、山东省教学能手、山东省优秀教师等荣誉称号。

在山东省桓台第一中学说起苏同安老师，不管是领导还是教师，不管是后勤工作人员还是一般学生，无不对他有一种敬仰之情。可是，与他交谈，他又是那么谦卑，认为自己原本是平凡普通的教师，只不过做了一些本应做的事情。可他的人生境界与教学智慧，却又是非凡的。这令我想到，《周易》中之所以说"有大者不可以盈，故受之以谦"，真有一语中的之妙。只有"劳而不伐，有功而不德"者，才会具有这一"谦卦"的品质。

支撑这种高格的是发生在他身上的故事，随着走访的深入，笔者也被他的境界与智慧所深深打动。读者不妨随着我的笔触，去感受苏同安既平凡而又不平凡的那些深层意蕴。

安顿心灵

大自然有风和日丽，也有暴风骤雨；这恰恰构造了大自然内在的和谐。人亦如此，人的一生，会有成功，会有顺境，也会有失败，也会遭遇逆境；这恰恰构造了一个人的生命和谐。成败、顺逆、得失，都属于生命进程中的一个又一个链条，谁也无法打破。所以，在取得成功的时候，没有必要骄傲自满，洋洋得意；在遭遇失败的时候，也不必垂头丧气，唉声叹气。明白了这个道理，生命才能长期处于优质的状态中。

苏同安，就是这样一位宠辱不惊的老师，他明白天地之道，生命之道，在任何时候，都保留一种平和的心境。

他取得好成绩的时候，从不过分惊喜，因为他认为这原本就是自己积极工作过程的结果。听到自己任班主任的班级有四五个考上清华、北大的时候，他心如止水，认为那当是意料之中的平常之事。自己的学生参加竞赛，获取了全市仅有的两个全国一等奖时，他也只是淡然地笑笑，因为在他看来，有收就有种，结果固然很好，而过程才是最美丽的。有的人为了追求一个好的结果，急功近利，不择手段，大多事与愿违；即使一时获取奖励，那也只能是昙花一现，甚至可能成为未来生命发展的一种障碍。

在考试监考的最后阶段，老师都要提醒学生说："离考试结束还有 15 分钟，请同学们把握好时间。"在这最后的 15 分钟，不少考生因为紧张或压力、或答题的障碍不能静下心来，而产生焦虑不安的情绪，结果可想而知。实际上这种情况在日常的学习和生活中也经常见到——自习课的最后十几分钟、周末放假前课堂上的十几分钟、吃饭前自习或课堂上的最后十几分钟，学生的心理都有可能产生躁动不安的情绪。让学生在这些时段也静下心来，对于提高他们的学习质量甚至生命质量，都会起到不小的作用。

苏同安发现，一千多个学生同时涌入餐厅的时候，一般是不可能立即买上饭与吃上饭的。可是，饥肠辘辘的学生是很难有耐心等待下去的。于是，苏同安召开了一个主题班会。他对学生说，我们能不能晚去十分钟，一是可以节约排队买饭时间，二是让心灵安顿下来。其实，即使早去，也未必就能早早吃上饭，而且心理会处于急躁状态之中。开始的时候，看着奔向餐厅的其他班级的学生时，班上学生的心里也已跃跃欲动。可时间一长，他们有了一颗定心，从从容容地做一些有意义的事情，直到十分钟后，才从容不迫地走向餐厅，不急不慌地吃饭。

周末放假，不管是到车棚推自行车，还是到外面挤公交车，抑或跑向来接的家长的车，都因人多、忙乱而无法较快地走出校门，十多分钟甚至二十来分钟的时间，大多处于行动之乱与心理之慌中了。更有甚者，还没有放学，心已经飞出了校园，由此影响的学习时间就已经不是十分钟、二十分钟了。苏同安告诉学生，我们静下心等一会儿再走，可以学习，可以做其他事情。学生对于苏同安所讲的道理是深信不疑的，于是，任凭外面热热闹闹，他们班的学生依然安安静静，或读书，或复习，或做作业。放学二十分钟后，他们才有条不紊地收拾东西，走出教室。苏同安说，这种安静现象的背后，则是心灵的安静。当苏同安将这些道理讲给家长之后，他们感到万分满意，深为能有这样一个智慧的班主任而欣慰。

在一般人都很急躁的时候，能保持一颗平静的心，不仅是一种状态，也是一种境界。即使如高考这样的特殊场合，还有十分钟就到交卷时间，苏同安的学生一点儿也不着急，表现出了特有的淡定与自然。苏同安认为，他的学生大都能比一般考生因心理安然而多考一些分数。尽管这不是他追求的目的，可有了心灵安顿之后，有些好的结果就不求自得了。

有一年，他的夫人在医院生孩子，苏同安家中被盗。他微笑着说，旧的不去，新的不来。这当是生命经历中的一个有趣的链条，并由此告诉同学们，何以失，又何以失而又得。

在说这些话的时候，好像在开一个玩笑，轻松而又幽默。因为他心里就是这样想的，同时，他也告诉学生们，说不定哪一天会出现一个想也想不到的事情，甚至是一个厄运，可是，不要慌，也不要乱，更不要痛苦，而是坦然接受，乐以待之。这样，你的心灵就永远处于幸福状态中，也绝对不会影响你的工作与学习。

在与苏同安的学生耿直聊天时，他感叹不已地说："苏老师的心态十分年轻，特别像小孩。跟他比的时候，我比较老；我跟他去领东西，他走得比我快。跟苏老师学习一年多了，不管任何时候，他给我们呈现出来的，都是活力四射，都是精力充沛，都是满脸阳光。跟着他，永远是快乐的，永远是幸福的。"

有的时候，苏同安又特别静，名利诱惑对他而言，绝对是刀枪不入。想到他，也让自己的心灵安顿下来，不知外面风雨，听不到他人声音，唯有大道归一的感觉。

教师与学生说到苏同安的时候，对他一致的评价是："他永远有一种乐观的心态，是一个无条件的积极的人！"

良好的心理品质一旦形成，不但可以提高学习的效率，取得较好的成绩，而且还可以养成良好的心理素养，不但有益于当下，也可以受益终生。

一诺十年

老子说："天下难事，必做于易；天下大事，必作于细。"看来，只有将易事、小事持之以恒地做下去，才能做好难事，做成大事。

苏同安是一个可以做好难事、做成大事的老师，而且，他就是从易事小事做起的。

1999年桓台一中搬迁到地处相对荒凉的新校区，条件比较艰苦。苏同安担任班主任，辛苦是可想而知的。一天，一个学生说："你们老师还好，可以回城里吃饭，我们真苦啊！"

苏老师就问："要不要我陪你们吃晚饭？"

学生说："当然好了，可你是不是随便说说？你能坚持下来吗？"

苏老师说："不！我是真的。"

学生来劲了："你能陪我们多长时间？"

"十年！"

一言既出，驷马难追！

从那天起，苏同安就与学生们天天在一起吃晚饭。

一次开县政协会议，苏同安要回学校陪学生吃晚饭。领导对他说，根据要求，委员们要一起吃饭，边吃边聊，谈谈工作。可苏同安还是坚持自己的意见，回到学校，与自己的学生同吃同谈。

这会不会让领导不高兴？苏同安不能再多考虑，因为他对学生是不能食言的。

其实，这个约定有时还会让更多的人不高兴。比如遇上结婚喜宴，为了陪学生，他只好婉拒；朋友同学聚会，他也只好缺席。

苏同安的孩子就是在桓台一中就读的高中，空余时间是多回家陪孩子，还是在学校里陪自己的学生？这当是一个二难推理！

孩子高中状态的优劣十分重要，只要四五分钟，就可以从学校走到家里，陪陪孩子，让她感受来自父亲的关怀，该是何等必要！可是陪学生十年的承诺"岂虚言哉"？这还不只是一个诚信问题，更重要的是，他还可以在吃饭的时候，随时了解学生的情况，及时解决相应的问题，这对于成长中的他们，太有必要了！

二者只能取其一，怎么办？苏同安毫不犹豫地选了陪学生。

开始的时候，孩子心理也不平衡，我不也是学生吗？更重要的是，我是您的女儿啊！为什么爸爸非要陪他们而不陪我？爸爸与他的学生吃饭的时候谈笑风生，我怎么就不能和爸爸一起说说心里话呢？

苏同安并不做太多解释，他想让女儿自己去思考取舍的意义。

后来，女儿想通了："爸爸回家，只能陪我一个人；他在学校里，却可以陪四五十个人。还是爸爸做得对！"

父女相对而笑，无需多言，心灵相通里，有着很多美好的东西。

现在，女儿已经在美国读博士，各方面都很优秀。她，很多是受了爸爸的影响，才有了这些成绩的。

听到这话，苏同安很是欣慰。不只因为孩子理解他、敬仰他，更重要的是，他收获了与学生同吃同心的快乐，收获了他们更好的成长。

据逯志平副校长讲，苏同安与学生在一起吃饭时的那种自然与快乐，真的很动人，也很美。有人说，苏同安老师太高尚了。可是，他却不以为然，他愿意与学生在一起吃饭，学生也愿意与他在一起吃饭，是双方情愿，而且都有收获，这与高尚并没有多大关系。

从1999年承诺之日起，只要学生在校，他就一直与他们一起吃晚饭。现已走过了14个年头，他还是一如先前，在餐厅里与学生一起吃晚饭，一起说笑，一起快乐。

据张涛老师讲，明年5月，苏同安老师的孩子在美国读博的硕士阶段学习就要结束了，美方学校向苏老师发出了邀请，希望他能参加孩子的毕业典礼。这令他特别高兴。可是，他思考再三，还是决定不去美国了，因为那个时段正是自己的学生即将毕业的前夕。再说，如果哪一天，餐厅里没有了他的身影，对于学生来说，那该是多大的遗憾！

这多少让女儿有点扫兴，可是，她很快理解了爸爸。她知道，爸爸是离不开他的那群学生的，他们也是爸爸的孩子啊！

是的，苏同安离不开学校，离不开他的学生，那是他的精神归依。当然，学生也离不开他，他是学生的心灵朋友与精神导师。

天下无题

从小学到高中，学生所做之题，可谓多之又多，"题海战术"已经成为一个固定的词语，以致让不少学生谈题色变。可是，苏同安却用他独特的"天下无题"的思想方法引领学生去发现问题，寻找思想方法生成、发展、联系的过程和本质，体悟知识的乐趣。而且把这种思想方法自然地运用在生活和工作的各个方面，滤尽浅薄与浮躁，澄清迷惑与困顿，克服困难与挫折，提升思想与理念，与学生一起全面发展，快乐成长。

这其中的"无"体现的是对"有"和"无"辩证统一的思想认识，是运用转化思想看待事物或处理问题的育人艺术，是追根求源、纵横探究的科学方法，是潜心钻研、不断创新的进取行为……

苏同安认为，所谓的问题，只不过是人们对自然和生活的感悟所形成的推动文明不断发展的智慧、思想和方法，以及由基本知识、基本方法在发展、演变过程中生成的一道道美丽的风景罢了。所以，在课堂教学、学习或解决问题时，不应只瞄准结果去"征服"问题，因为那样可能会急功近利，不求甚解。而是将其当做去感受或欣赏一道道美丽的风景线，用心去"体验"知识方法生成的过程，用欣赏"风景"或"艺术"的心态来对待问题。而且要注意策略方法，不要在某处"奇特"的风景前流连忘返，就一定会有满意的收获。

苏同安以此引导学生，在抽象、单调或烦琐的数学问题中，融入了生动的艺术元素和哲理，把考试中的 22 个大题当作 22 个风景区，可以把各个题目当作黄山、泰山、华山……学生在做题的过程，就相当于通过这些景区，既不要流连某一处风景，也不要走马观花；要以平静的心态、愉快的心情对待每一个题目，去体会个中的奥妙。当你去游览名山大时，就不认为是一种痛苦的经历，而是有了一种很美的心境。有些山未必登临其顶端，比如喜马拉雅山，即便抵达海拔六七千米的山峰也会大有收获。有了这种心境，在做一道题的时候，就是在体验，在欣赏；再做一道题的时候，再体验，再欣赏。很难的题，就是壁立千仞的山。不能领略其高峰的美景，也可以领略登山过程的风景。有了这种心理，再做题的时候，就会以一种欣赏的心态去做题，就有可能达到理想的效果。

有了良好的心态和转化思想，就能认识到追根求源、纵横探究的学习方法的重要性，也会逐步理解"有"和"无"辩证统一思想的本质，从而能够熟练而灵活地运用，欣赏或感受到更美的数学风景。苏同安说，任何一道题都不是孤立存在的，要用联系和发展的眼光去研究它、解决它。一道题，之前一定还有题，之后也一定会发展；题目再小，也蕴含重要的"数学元素"和丰富的"思想方法"，追根求源、纵横探究，不但能认识到问题的本质，还会发现与之相关的知识和事物的内在联系，就会有一种贯通的感觉，自然会提炼出相应的思想方法，不但会解一道数学题，还可以会解与之相关的各种题。无"题"的境界和思想认识会逐步提升。

比如，学生从生活中提出一个问题：切西瓜，三刀最多能切出多少块？苏同安回答了。问四刀、五刀呢？苏同安又回答了。因为苏老师不是就西瓜谈西瓜，而是将西瓜抽象化。西瓜，就像是空间的一个大球。而刀呢，就像平面。所以他把此问题转化为更为一般的问题：n 个平面最多能将空间分成多少部分？然后又引领学生追根求源，首先"退"回到一般小学生都知道的最基本的点和线，从点分直线、直线分平面开始感受、探究，便会自然地、逐步地解决平面分空间的问题；这个"退"不但是为了求源，还是为了更好地"进"，既能由特殊到一般，提出或解决更为一般、更为综合的问题。又能纵横联系，与相关的知识和思想方法发生智慧的碰撞与融合。了解了这些之后，就会认识到"思维量"比"题量"更重要，解决很多问题都可以举一反三，触类旁通。

苏同安认为，有了这样的体验和感悟，基本知识、基本方法就如同小说中的人物，是有秩序、有层次、有个性、有联系的，它们往往在不同的场所不断地发展与联系，透露其本质及规律，同学们若能在不同的背景中去认识它们，比较、区别及应用它们，就会准确、深刻、持久地掌握它们，也就注重了思维的过程和思维能力的培养，也会逐步提炼出相应的数学思想方法，然后用思想方法去统领知识、联系知识、理解知识，从而熟练灵活地运用。这样，便会引导学生进入宽广的数学世界，登上神奇的数学殿堂，去看图与形编织的美丽彩虹，听数与式奏响的动人韵律，感受数学之大美，体会数学之价值。

为此，苏同安还赋诗一首："问题诚可贵，思想价更高。两者若相依，天下本无题。"

何止于数学题，任何工作与生活中的难题都难不倒他。

苏同安曾经同时担任两个班的班主任，上四个不同类型群体（文科班、理科班、试验班、奥赛小组）的数学课，每天设计四种不同层次的教案……面对这些，他乐观地对每天都要学习多门功课的学生说："只要充满信心、端正心态、积极乐观，一天做五件事可能会比做一件事做得好，原因有两方面：一是做五件事效率会很高，从一天的开始就会在科学、严密的计划下层层推进，不会松懈；二是做这几件事情时往往会互受启迪、融合渗透、互相促进，综合能力也会大大提高。而做一件事情有可能会从上午拖到下午，从下午推到晚上，甚至会留到明天，若这样，做事的能力、效率一定会越来越低，还会形成不良习惯，实际上人们的各种能力就是在不断克服各种困难中磨炼出来的。"

苏同安的"言"总是有"行"来支撑的。他是这样说的，更是这样做的，而且做得非常精彩。更重要的是，他给了学生巨大的精神鼓舞，让他们也知道，世上没有什么事能难倒苏老师，因为他有智慧的大脑，有坚强的信念，有必胜的信心。这些精神能量，在有意无意间传递给了学生，从而让他的学生也有了精神力量。

仰之弥高

笔者见到苏同安老师的学生时，他们几乎个个都很兴奋，能够与记者谈谈自己的老师，在他们看来，这是一件无限荣光的事情。

高二学生何云说，苏老师的课简直是精彩绝伦！

他的激情会感染每一个学生，时而如哲人一样发人深省，时而又如婴儿般发出奇妙的声音。即使你一夜未睡，到了他的课堂上，也会睡意全消，亢奋不已，将全部的精神投注他那神奇的教学之中。

一次苏老师讲数学中的双曲线，很多学生都哭了。因为他很巧妙地融入了一些"育人"的元素，若把双曲线比作学生成长的轨迹，双曲线的渐近线宛如父母或老师的视线和情怀，他会时时刻刻关注你。不管你取得多高的成绩或事业多大的时候，他都不会去干扰你或有求于你，而是会给你更全面的支持和更美好的祝福；无论遇到何种困难或挫折，他都会及时给你帮助和依托。

他讲数学，不只是讲知识，更多是讲哲学辩证法。一个问题，他至少要用四五种方法来讲，让你从这个领域神游到那个领域，进而对这类问题产生一种辩证的思考。

王海艳同学说，苏老师是一个让人读不透的老师，他的课堂容量太大了，每一个问题，每一个知识点，都有一个故事。从题目开始，由表及里，非常透彻，深入浅出。让你感到，上数学课是一种高级享受，也是抵达高级思维境界的必由之路。

他带给学生的是一个博大的历史观。一般数学老师上课不讲数学故事，他讲，而且讲数学的曲折发展。在科学杂志上才能见到的，他也讲。他对世界几千年的科学发展深有研究。他说，我们处在这个历史时期，对未来要有一种发展的观念，要有一颗敬畏之心。这样，不但能开阔学生的学习和认知视野，而且还能让学生得到很多启迪、感动和动力。

在学生的眼里，苏老师是一个传奇式的人物，他左手写字，右手画图。字不但工整，而且堪称漂亮；图不但正确，而且堪称艺术。班里的黑板报与手抄报上，每期一定会有他的笔迹，还有他的艺术设计，因为那是一个亮点，太漂亮了。

一次学生上完音乐课，苏老师正从另一个班下课出来。于是，同学们个个高喊着"老苏"的大名，将他拉到自己的教室，逼他与同学们一起唱歌与跳舞。苏老师本来就能歌善舞，一融入学生之中，就有了独领风骚之美。他的舞跳得美极了，歌也唱得美极了！这个时候，什么老师，什么学生，都已经难以分辨清楚了，唯有彼此的感情、美妙的旋律，在弹奏一曲师生和谐的乐章。

老苏的精彩几乎是无处不在的。他看着学生擦玻璃，就要一试身手，给学生更好的方法指导，身段特别滑稽，擦得特别干净。比如擦阳台，扫卫生死角，他做得既快又好，富有创意。

苏同安的知名度越来越高，外面高薪聘请他去做事的也多起来。可是，都被他一一拒绝了。他说得很朴素："我要先照顾好我的学生，因为我的学生太需要我了。"别人感到不可思议，在当今这个社会里，还会有这样一个不食人间烟火的高尚之士。可苏同安说，这不是什么高尚，与学生在一起的感觉，是做其他事情无法替代的。有些东西是暂时的，金钱也会褪色；可是，与学生的感情，却永远是美好的，是历久弥香的。

其实，他并不富裕，可是，他实践了孔子的思想："富与贵，是人之所欲也；不以其道得之，不处也。贫与贱，是人之所恶也，不以其道得之，不去也。"意思是说，富裕和显贵，是人们都想得到的，但是不用正当的方法得到它们，就不应该享受；贫穷与低贱，是人们都厌恶的，但是不用正当的方法，就不会摆脱它。可是，在市场经济的大潮中，有的教师并不一定真正能够做到"见得思义";而苏同安,则地地道道地做到了。

何云同学感慨不已地说:"人怎么能清白到这么透彻!"她说,我长大之后,也要像老苏那样,不要关注周围物质利益的诱惑,而去做一些对他人有利的事情。

学校规定要做的,苏老师做得尽善尽美;学校没有规定要做的,他也要做到尽善尽美。他比学生到校要早,他绝对不会体罚学生,而是用自己的人格来感化学生,让他们也成为高素质的人。

他从来不将学生的成绩公开,不过,他会与每一个学生谈话,逐一分析利弊得失,然后,则是一番鼓励,让学生乐而忘归。

班长耿直同学说起苏同安老师,佩服得五体投地。他说,老苏对自己的要求近乎苛刻。比如上课的时候,他绝对不喝一口水,他说,那是对学生的不尊重。他不希望学生带手机,他如是说:"你现在是无产阶级,重点是学习。我虽然是有产阶级,为了和你们一样,至少十年不带手机。"何止十年,直到今天,他还是没有手机。其实,找他并不困难,不在教室,就在办公室,或者在学生宿舍、食堂。有的学生说,找老苏很好办,学生在哪里,他就在哪里。

其实,笔者与学生告别的时候,他们还意犹未尽地谈着他们的苏老师。那份敬仰与爱戴,让我想起到孔子高足颜回称道孔子之言:"仰之弥高,钻之弥坚。"因为苏同安所留给学生的,不只是知识,更有智慧,以及心灵与人格层面的美质。

（原载于《中国教育报》,2013 年 11 月 25 日,第 4 版。）

展示教育的无限魅力

——沈红旗老师教育教学散记

　　沈红旗是上海市第八中学语文教师，黄浦区语文学科带头人。他始终注意思考，读书不止，笔耕不辍。现已独立完成著作五部，参与六部著作的编写工作。在《中学教育》等全国教育类核心期刊上发表20多篇5000字以上的论文，其中三篇被中国人民大学复印资料《中学语文教与学》全文转载，发表的文章已超过120万字。他是上海市二期课改高中语文教材特约撰稿人，市语文高考调研组成员。曾获市教学竞赛一等奖。

　　沈红旗老师的家是市区的一座典型的旧上海的木制阁楼。借着并不明亮的灯光，蜿蜒地深入小巷之中，踏上窄窄的木制楼梯，一步一步地攀上三层，就到了他那红漆的木制地板居室。一张旧床，一排书架，一张破桌，一盏台灯。如是而已。

　　但用他妻子的话说，沈红旗是异常富有的。

　　当然，这富有多在于精神的层面。

人生秘诀：首先要学会傲慢

　　初到高中任教，沈红旗就接了一个乱班。他认为，乱的根本原因在于学生心理的纷乱，而缺少自信则是纷乱之源。启动学生的自信系统，让他们相信"我能行"，就可以变乱为治。

沈红旗第一次开班会，就不容置疑地向学生注入一个自信的信息："我们班的每一个学生都是优秀的!"全班愕然，在以班为乱、以己为差思维惯性上滑行的孩子们，突然间听到了别样的声音。他们开始凝视这位初出茅庐的年轻教师，半信半疑地自问："他真的能把我们这些差生变戏法似的变成优秀生吗?"

"能! 绝对没有问题!"沈红旗说得斩钉截铁。

唤醒学生沉睡的自信，便是改变学生生存与发展状态的根本举措。写班训、班歌、班记录、表扬信，就成了他的得意之作。

他在全班同学创作的基础上，加工修改，完成了班歌《我们光荣的高一(5)班》。由于歌词充满自信与激情，具有催人上进的力量，学生在引吭高歌之时，自信也就随之在心中升起。

沈红旗又在全班范围内进行了班徽设计的竞标活动。经由全班师生民主选举之后，沈红旗的设计以两票的微弱优势获胜。他设计的班徽均含变体的"5"字：V为古罗马的"五"字；金星是五角星；心形为五边形。沈红旗认为这个设计寓意非常丰富：其一，外面的心形既象征着全班同学团结一心，又像一团燃烧的火焰，象征着群体火热的激情；同时，又是一个优美的五边形，象征着同学们在德智体美劳五方面能够全面发展。其二，金星象征正确的思想、方法，光荣或荣耀。其三，展翅的蓝色海燕表示同学们向往蓝天的崇高志向和对集体的热爱与依恋，也可以看作一本打开的大书，暗示同学们将在知识的海洋中畅游。同时，V字乃英文"Victojy"之缩写，象征巨大的信心和胜利的希望。

沈红旗还要求各个班委干部设立班记录，其中张挂于教室中的体育记录、学习记录、纪律记录格外引人注目。同时，各项记录又分为创造者、创造时间、具体成绩三栏。每一位同学都想榜上有名，"攀比"之风习习吹动，你争我赶之势逐渐形成。

有了班记录，学生的成绩越来越多，沈红旗认为有必要进一步激发学生的上进心。于是，除在班上进行表扬外，他开始认认真真地写起了表扬信。给每一位学生家长各写一封，不仅情真意切，而且"成果"丰硕。大大的信封后面则是大大的字体："感谢你为我们培养了这么好的学生!"一贯闻信色变的家长，在收到了这样一封表扬信后，不少早已激动得泪湿衣襟。令他们没有想到的是，自己的孩子发生了如此天翻地覆的变化。他们为自己孩子的进步而骄傲，并向单位同事和邻里亲友传播着孩子成功的喜讯。孩子们回到家里，一一受到了家长前所未有的表扬。于是，长期在家中受歧视、受奚落的孩子们，突然间如拨云见日般有了明丽的心境。自信，在家庭之中绽放了绚丽的花朵。

独具匠心的家长会也是沈红旗老师增强学生自信的创造之举。家长会上，每一位学生的特长和优点，某些方面的进步与成绩，都赫然写在黑板上。坐在一二排专座上的家长，个个睁大了眼睛看着自己孩子的成绩，个个觉得自己的孩子非常优秀。沈红旗老师的讲话也是专讲学生的优点，讲得神采飞扬，讲得家长心花怒放。最后，沈红旗老师还给家长留了一项"作业"：谈谈自己的孩子还有哪些优点。家长自豪地讲着各自孩子的表现，也是讲得神采飞扬，也是讲得孩子心花怒放。这时，自信自然地写在了每一个孩子的脸上。以往最害怕的家长会，成了学生展示自我成功的会。学生们暗下决心，以后还要做得更好，还期待着这样的家长会的召开。

不到一个学期，"蓦然回首"，这个所谓的乱班成了人人充满自信的班，成了每位教师都喜欢的班。

沈红旗所接95届高三（6）班的变化同样令人惊讶。这个班原有基础很差，有5位留级生，另有6位学生处于残缺家庭之中，且任课老师调动频繁，从高一到高三，任教的物理老师竟达8位。但他豪情满怀，不断地鼓励帮助学生。他常说的一句话是：在我的竞赛辞典中只有两个词语："胜利与重来！"他提出："在我的班级里没有差生，老师的责任就在于使学生变得好与更好。"他执笔写就的班歌《饕餮——我们的图腾》一如先前的激情昂扬："6，是跳荡的音符，辉煌合奏，不停歌唱的是光荣的实绩；6，是进军的哨子，发奋拼搏，激励我们去冲破阻碍的坚壁……"

经过努力，高三（6）班学生参加高考取得了出人意料的好成绩。刘刚、乐怡等同学分别进入复旦、交大、上海师大、北京化工大学等校深造，还都担任了班长。成晨同学基础虽差，仍考上了东海学院，并成为校学生会主席，《新民晚报》、《新闻报》都曾用较大篇幅报道过他的事迹。

在学生毕业时，沈红旗总要讲一番慷慨激昂的话语，核心内容就是为学生的自信而欣慰和自豪，而最后一句话总是相同的："人生成功最为紧要的是：首先要学会傲慢，然后用一生的努力使自己与之相称！"他说，我要让这句话镌刻在学生的心里，一生，直到永远。

读书背书：生命的快乐

沈红旗喜欢读书始于小学三年级，孤灯之下，他在文学的世界里欢快地遨游，读到尽兴处，常常是"不知东方之既白"。就是课堂上，有时也会偷偷地读起世界名著来。担任班主任的数学老师一气之下，威胁沈红旗，说要到他的家里把他的藏书全部撕掉。但他并不悔改，依然如故地读他所喜欢的书。

沈红旗所上的中学条件较差，由于教室紧张每天只能上半天课。然而"祸兮福所倚"，在家的半天，便全部成了他那快乐的读书时光。常常半天泡在区、校的图书馆里或福州路文化街上的书店里。他阅读的胃口甚为"贪婪"，买书时则常常"挥金如土"。回家赶完作业后，常独自一人阅读名著至晚上11点多钟，并硬性规定每天有一定的熟读背诵量。当时苦于没有那么多钱买好书他还抄了不少书。他抄巴尔扎克等著名作家的小说，也抄普希金等诗人的抒情诗；抄唐诗宋词，也抄现代经典诗作。一个又一个自己所写的方块字展露在面前时，他的内心不由得升腾起一种独特的审美快感；一页又一页抄书稿次第增高时，则又在心灵深处自然地幻化为一次又一次幸福的精神之旅。他说，直到现在，依然保存着《西方名诗选》、《普希金抒情诗选》、《杜甫诗选》、《李贺诗选》、《苏东坡诗词选》等的手抄本。

一天，沈红旗无意中与一位打乒乓球的同学聊起读书。怎么也没有想到，这位同学虽然对中国古典作品所知甚少，但却读了许多哲学。"友直，友谅，友多闻"的沈红旗，很快便与他结成朋友。他们一起跑书店，共同谈读书感想。于是，《欧洲哲学史简编》等不少哲学书进入了沈红旗的读书视野。读书的同时，他还对西方哲学、美学等专著作了十万字以上的摘录，买了大量名家画册、书法碑帖，去上海音乐厅听了大量古典交响乐，并参观了卢浮宫与毕加索等大师在上海举办的画展。

高二整个暑期，他晚上8点以后狂读"文学"、"艺术"、"中国古代史"等《辞海》分册。倦意袭来，冲个冷水澡或跑一圈后，继续苦读，至今不少条目记忆犹新。

中学六年自学，使他拥有了中外文学史、西方哲学、美术、音乐等方面的常识，建立了自我人文素养的基本骨架。

大学一年级时，沈红旗背熟了一本成语词典。他先是买来两本，一本查阅，一本用来背诵。每天撕10页背诵，历时四个月完成。以后对成语的兴趣一直绵延不绝，家有成语辞典数十种。

大学四年，沈红旗钟爱于中国古典文学的同时，开始拜读弗洛伊德、尼采、孔子、老子、庄子等大家的哲学书，而且一发而不可收。现在有人谈起沈红旗的论文，往往赞其哲思飞扬。他告诉记者，那是中学与大学阶段的多读多背的结晶。

沈红旗认为，要使自己的语文教学更富成效，教师不应是一根只会燃烧自己的可怜的蜡烛，而是一根在辉煌中同时照亮自我、他人和世界的火炬。他通过反思领悟到，在教学活动中，教师应追求双赢式的发展。明确语文教师的自我定位，重构合理的人文底蕴，首先就要热爱阅读，自觉超越粗陋的快餐文化，沉潜浸润于语言出色的文本，含英咀华，敞开自我心扉，迎受八面来风，无限地扩展自我的精神领地。

读书，成了他生命的快乐。每年他都要购置大量的图书，家中的十个大书橱早已装满，于是成堆的书籍又向床底、桌上"侵略"。近年来，每年自费订阅近千元的报章杂志；每年的两个假期，他都要抓紧时间批读大百科全书中的文科相关分册或一些经典年鉴。

他对书香有着特殊的嗜好，每当思维枯竭之时，他就会走近自己的十多个书橱，或者双休日泡在上海图书馆。而当读书爱好感染学生之时，他的喜悦之情更是难以言表。广博多览，使他能够站在一个相当的高度审视自己的教学实践，课堂教学也就有了一种纵横捭阖、汪洋恣肆的气势。

激情喷涌：用一生的储备激活每一次教学

立体全息教学法是沈红旗的一个创造，它从两个方面拓展语文的教育功能。立体者，是向外指教育壁障的彻底打通、教育方法的相互经纬，自然有助教育网络的完美构成。全息者，是向内指信息磁场的强力辐射、教育内容的多面抉发，终将导向情感智能融会贯通。由此，一度思辨意识削弱、人文精神淡化的语文学科，将重新踔厉风发、激情满怀。

沈红旗说，立体全息教学法，旨在全面消除语文教学中的盲点，也许这只能是个无限逼近的目标。让我们以强悍的心灵，回应素质教育时代的挑战。在语文教育中，努力增强、自觉超越肤浅单调的文化意识，提高厚实文化背景之上的思辨素质，开阔具有世界意识的文化视野，培养深沉终极关怀的宏大气魄，最终唤醒由多维的文化张力合成的高峰体验，迎受八面来风，使语文教育在世纪末能成为真正的精神守望者。

沈红旗认为，以学定教是当代课堂教学中的核心理念。而整合正是实践以学定教思想的重要手段。它要求我们深刻地了解学生的最近发展区和当前兴奋点，并在此基础上通过对教学内容的重组整合努力引发学生的积极情感，使教学内容更好地体现出生活意义和生命价值。整合有多种不同的表现形态。就时间维度而言，既可打通学生自我发展的界限，联想以前初中甚至小学所学的内容或预示今后可能出现的文本；也可打通文本发展的界限，通过白话文本与文言文本的参照阅读以加深理解。就空间维度而言，可以通过学习不同种族对事物的多元理解，开阔眼界与胸怀。就教材维度而言，可以是学科内部的贯通，更可以是学科之间的贯通。而要对教学内容进行出色的整合，一个语文教师应当具备精神成长的意识、不断建构的意识和教学创新的意识。只有将每一次的文本对话都当做一次全新的精神探险，才能突破容易自我满足的封闭式教学框架。未完成的意识将促使我们努力把下一次的文本整合做得更为完美。

在具体的教学中，他用有效的激励追求和谐的交响，努力唤醒学生的潜能。他引导学生进行整合式学习的方法有：（1）用打通视界的预习奠定教学的基调。要求学生为所学课文配画配乐，引导学生深入理解课文的风格特色，所配音乐或绘画当以神似为佳。（2）用触类旁通的讨论激活阅读和经验。在进行阅读与写作的指导时，他引导学生充分利用各种读写的收获与生活的体验来打开思路，走向深入。例如，在引导高二学生写"青春追思"的话题作文时，有的学生谈到了"愤怒的青年"、"迷惘的一代"，有的学生说起了电影《死亡诗社》和《闻香识女人》，有人回忆起了一次难忘的逃夜经历，有人声情并茂地背诵了一段金斯伯格的《嚎叫》……丰富的联想为学生的文思泉涌作了最佳的铺垫。（3）用开放拓展的作业实现学生自由地生长。

在文本的处理上，沈红旗努力用多维的解读开发丰富的意蕴。首先是学科内部的贯通，他注重多种角度的参照阅读。如感性文本与理性文本的参读、单篇选文与全本原著的参读、单一视角与多维视角的参读、语言视角与文化视角的参读等。以最后一点为例，在上《殽之战》《赤壁之战》等课文时，涉及大量有关战争的实词，他上升到战争文化的高度进行细致的梳理。从兴兵的理由到檄文的发布，从鏖战的描绘到弭兵的会盟，从刀戟箭等攻击性武器到甲胄盾等防卫性武器，从陆战到水战，从败绩的记叙到凯旋的渲染，近百个实词或词组在战争文化的磁场整合下层次井然，既激起了学生的兴趣，又极便于理解与记忆。其次是学科之间的贯通，如语文与历史、政治、艺术等学科，并努力从引用上升到相互印证的高度。如，他认为，语文与艺术的相通，更多是表现在精神气质上的。如古诗中的意在言外与绘画中的"马一角"、音乐中的休止符，都是以留白的形式，给读者以巨大的想象空间。另外，绘画中的光源色、环境色、空间色等概念以及色彩的层次、变化和组合，都能给我们的读写提供有益的借鉴。

崇尚华丽：抵御浮躁的一帖良药

在目前作文教学中提倡写实事写实人及崇尚质朴文风之时，沈红旗可以说是一个"另类"，因为他义无反顾地高扬起了"崇尚华丽"的旗帜。他说："在人们总将华丽与华而不实联系在一起时，我却坚决捍卫华丽的尊严并努力为其正名。华丽，决不仅指词藻的繁丰、骈俪的形式、典故的迭用、引用的穿插以及句式的灵活多变、辞格的交错出现等。真正的华丽源于从容的儒雅性格、辩证的思维方式、厚重的文化底蕴、严谨的科学气质。在当前的转型时代，倡导华丽文风还不失为抵御浮躁的一帖良药。华丽并非写作的最高境界，但我们必须正视中学写作的过渡性，引导学生在这一无法飞跃的阶段迈好坚实的脚步。"

他认为，学生正处于未成型的成长阶段，华丽是一个不能跨越的坎。他说自己倡导的华丽是文化积淀厚重之后的从容，是扎实功底的外化，所以无论是专著还是论文、作文还是译文，他都努力实践华丽的文风，努力使自己所有的文字都刻上鲜明的华丽烙印。

他编译的《唐诗三百首》，注意词语的锤炼和句式的整齐，该书已经三次重印。高考下水作文《面对大海》《神圣的杂色》被多家报刊与网站转载，产生了良好的社会影响。《高考写作全程指导》一书明确地提出写作教学的理念，即推崇华丽风格——流光溢彩之文，倡导立体作文——厚重扎实之质，努力引导学生写出文质兼美的佳作。《60分钟中学生快速作文精讲与训练》一书则提出了"快餐作文"的全新观念。它以渔鱼并授即同时传授方法与素材区别于一般的快速作文。该书的特点，一是以鸟瞰式的图示与最简要的点评，帮助学生迅速把握文史哲的历史框架与基本意义；二是以8个层次32个角度的不断追问，试图穷尽命题的思考范围；三是以4个方面32个模式的简明图示，清晰介绍基本的结构方式。而贯穿始终的是文要美文，词要精美。之后写作的《40分钟小学生快速作文精讲与训练》则与之构成了一个完整的系列。

沈红旗说，在写作时，我永远将眼前的手稿当做自己的最后一篇文章，力争以最为华丽的文字清晰地表达出自己的思想。

撰写评传：显示人文价值

每教一届高中学生，沈红旗都要求学生用5000字左右的篇幅写好一篇名人评传。他认为，青少年时代，寻找一个自己真正服膺的偶像是相当重要的。他能使你更为明确自己的人生奋斗目标，并能设立一个极有价值的参照坐标。神交一位大师，就是打开一扇心灵之门。穿越悠长的时空隧道，我们不但能够亲聆謦咳，更能用心灵撞击出绚丽的思想火花。

写好这篇名人评传的意义，远远超出了狭义的语文学习范围，它涉及对人生意义的审视，对精神导师的选择，对自我目标的反思，对奋斗道路的设计……他指导学生慎重地选择这位名人，找到一座值得自己不断开采的精神"富矿"。他建议学生可以用下列标准去寻找：（1）他与你有一种神秘的心灵感应，他的事迹、名言曾经深深地震撼过你的心灵，你坚信他值得你较长时间地崇拜。（2）有关他的文字材料应当是丰富扎实的，你可以找到不少评介他的书籍与文章。而这有助于你多方面地了解研究这位名人丰富的文化内涵。（3）他的成就应当是辉煌的。除了你，他同样能够引起他人的兴趣。（4）他应当有曲折的经历。他战胜苦难、坎坷的巨大勇气与人生智慧能给你有力的鼓舞。他应当有独特的个性。正是卓尔不群的人格魅力使你能够轻易地在众多名人中将他辨认出来。

他对学生撰写评传的指导同样是具体而微的，请看其十二条基本建议：(1) 以评带传，以启示显出我文的价值；(2) 拟定标题，以细节支撑独到的评点；(3) 肖像描写，以形貌勾勒传神的特征；(4) 描述辉煌，以影响启迪深远的遐思；(5) 钟灵毓秀，以环境揭示成功的底蕴；(6) 勾勒背景，以历史探讨成败的缘由；(7) 选用轶事，以趣闻留下深刻的烙印；(8) 评述经典，在顶峰展现人格的魅力；(9) 坐标衡量，以对比凸显鲜明的个性；(10) 辩证笔调，以阴影衬出立体的形象；(11) 借重权威，以引用昭示人物的成就；(12) 情感交融，以现实突出传主的影响。他是这样展开最后一点建议的："当我们走进名人的故居，静静地伫立在他生活工作过的地方时；当我们欣赏巨匠的书画，深深地陶醉于其才华横溢的杰作时；当我们演绎大师的音乐，弹奏起其激动人心的名曲时；当我们重看怀旧的电影，动情地回忆起昔日影星的风采时，主观的情感与客观的评述交融一体，别有一种沧桑的韵味。当然，如果你与传主有过交往，那么这篇评传就更有史料价值了……"

创作对联：点评课文的尝试

沈红旗注重发掘传统语文教学中的积极因素。利用对联的方式写课文点评，是沈红旗复习教学中的一个创造。学生可以从文章的线索结构、艺术特色、关键词语等角度点评课文，因而便有了概括式、精华式等多种的点评方法。由于对联的总体特征言简意赅，因而又逼使学生更注重对文字的锤炼，使学生写作的准确度、流畅度都有一定程度的提高。

沈红旗按照教学大纲的要求，将文章划分为实用文体与文学文体两个大类，并充分利用缩写、板书等形式，帮助学生进一步复习熟悉重点的讲读课文。但学生此前并无创作对联的任何经验，所以开设相关讲座就成了沈红旗的必行之事。首先，解说对偶的基本法则。其次，介绍对偶的主要禁忌。最后，介绍一些较有质量的对联书籍，引导学生进一步体味对联的精妙之处。

开设讲座之后，沈红旗示范为学生试写了几则课文的对联式点评，并出示以前学生所写的一些范例，要求学生尝试仿写。

学生有了创作的欲望，写出的对联也越多越好。他们将全国统编本与上海的S版、H版的所有高中讲读篇目，都编成了点评式的对联。有些写得字句工整，文采斐然。如：

评"自夸国大"，勉"自惭浅薄"，析"代人补靴"，俯首甘为孺子牛。

嘲"攀附阔佬"，讽"男女同泳"，论"皇帝免冠"，横眉冷对千夫指。
（点评《琐忆》）

前人初访湖口，主观臆断，无功而返。
东坡夜探彭蠡，客观分析，知情而归。（点评《石钟山记》）

花鸟愉人，风月常伴，书屋虽小情趣盎然。
诸叔异灶，娇妻早夭，遗迹尚在悲从中来。（点评《项脊轩志》）

周萍、周冲追四凤，兄妹难结眷属。
侍萍、繁漪恨朴园，夫妻但成冤家。（点评《雷雨》）

黄河滚滚，浊浪排空，气势壮山河。
皮筏悠悠，乘风破浪，艄公创奇迹。（点评《筏子》）

沈红旗非常高兴地告诉记者，他还将进一步拓宽对联撰写的面。首先可以扩展到语文知识方面。如文学常识就可以引导学生从《诗经》《楚辞》、汉赋、唐诗、宋词、元曲、明清小说等专题入手撰写总评式的对联。其次，可以适当地扩展到课外。比如小说方面，可以引导学生阅读如《复活》《高老头》《牛虻》《麦田里的守望者》《围城》等盛行不衰、篇幅适中的中外长篇，然后通过撰写对联进行有效地梳理复习。

2004年全国语文高考中就有了撰写对联的试题。有人说，沈红旗确有真知灼见。但他却说，他只是考虑何以在教学中以少胜多，学以致用，并没有想到今年高考出了这样的试题。不过，他又说，目前高考改革越来越趋向于考试学生的智力与能力，他一以贯之的教学探索走的都是这样一条教学改革之路。所以，不管考试千变万化，他的学生都可以以不变应万变。

古文教学：眺望经典诗文呈现的精神气象

沈红旗认为，学好古文确实需要大量的背诵积累，但没有教师的精妙点拨，诗意盎然的品味涵咏，便会沦为索然寡味的死记硬背，难以渗入学生的灵魂深处。而人们阅读文言诗文时，在用冰冷而锋利的解剖刀分析了每字每句的涵义之后，总是未能退后数步，以敬畏的目光眺望那些经典诗文呈现出的浑灏苍莽的精神气象，感悟其强烈而深厚的人文关怀。所以，唤醒古文教学的生命意识，便成了他追索的一个至高目标。

他特别重视文言教学的开篇讲解。他曾连用几节绪论课，将中学阶段需要掌握的所有文言知识、名家名篇，用宏观的笔墨粗加勾勒，明快地展示其教学内容的全景。这项工作无异于为学生画了一张导游图，既能作一基本预示，使学生胸有成竹，具备全局观念，便于其按图索骥地查找、自学，又能布设悬念，引发兴趣，更能培养师生合作观念，共同克服重重困难，攀登学习高峰。

每教学完一首诗词，他都要求学生写一则 300 字以内的品味心得，要求用词华美，言简意赅。为起示范作用，沈红旗总是先行"下水"。如教学苏东坡的词《念奴娇·赤壁怀古》之后，他就写了这样一则品味心得："这首借景抒情的怀古词是苏轼豪放词风的代表作。该词气势雄浑奔放，语句舒卷自如，显示出强大的艺术震撼力。上片写景气象磅礴。首句起笔不凡，阔大的空间与纵深的时间共同构成了一幅恢宏壮阔的画面。接下来的诗句大声镗鞳，如万马奔腾，惊雷轰鸣，视觉效果更是骇人心魄。下片写人形象鲜明。刻画周瑜形象，分别从其美满婚姻、潇洒服饰、不凡韬略等角度着手，因而血肉丰满，栩栩如生，千载之下，如同亲见。最后两句作一衬送，由对壮丽景象的赞美、对英雄人物的向往回到现实，对照光阴虚掷、壮怀难酬的自我，顿生一种难以驱遣的悲凉之情。全词的意境令人想起贝多芬《英雄》和《命运》交响曲中那些壮丽辉煌的乐章，英气勃勃，振聋发聩。"他的"下水"写作引发了学生的浓烈兴趣，"吾爱吾师，吾更爱真理"，学生甚至有了欲与教师一比高下的激情。于是，师生竞赛，又成了沈红旗教学中的一道特殊景观。而在细致地品味了诗词的精妙之后，学生必然理解更加透彻，记忆更加深刻。

沈红旗的文言诗文教学，引发了学生的内在需要，激发了学生攀登险峰的自信心和征服困难的自豪感。其讲解举重若轻，谐趣横生。既能让学生窥测古人烹字煮句的良苦用心，又能从学习中体验首度发现的惊奇之感。所以有人说，沈红旗的古诗文教学，真正实现了生命的唤醒与诗意的回归。

无悔选择：教育没有"完成时"

教育需要热爱。沈红旗从小喜爱语文，当他读到苏霍姆林斯基的著作时，强烈的心灵感应便使他注定了一生将与教育有缘。高考填报志愿时，他一连填了两次上海师院的中文系。当得知他的分数远高于北大、复旦的录取线时，不少人为之惋惜，而他则为将自豪地迈入教师队伍而感到无比兴奋。

沈红旗说："我理想中的语文教师形象，应是魅力四射的。热爱教育的不懈追求，引发其奔放不羁的激情；渊深海阔的人文底蕴，铸就其儒雅谦和的性格。他本色，总对文学的语言敏感异常；他创造，能让平凡的课堂生机溢荡。这是一个高远的目标，但我愿尽一生努力去追求。"

他认为，教育没有"完成时"。毕业之后，他又进行了三年苦读，获得了华东师大的教育学硕士学位。通过业余学习获得了经济学第二专科的证书，更使他得以用"第三只眼睛"看教育。

在沈红旗的成长过程中，年轻而开明的盛雅萍校长给了他热情的鼓励和多方的帮助，引导并催促他不断迈向更高的教学境界。

学校为他专设了"沈红旗语文教育工作室"。开设以来，他带领组内的青年教师和区里由他带教的相关老师，认真开展教研学习，提出了具体的成长计划和相关的学习思考题。他们一起说课、评课、解析课改理念，赏析经典论文，忙碌并快乐着。

谈起教学语文，沈红旗满脸的自豪。他充满深情地说，如果有来世的话，下一辈子还是做语文教师。他说，我已将生命灌注于语文教学之中，所以我的语文课也就充满了生命的激情。

（原载于《上海教育》，2004 年第 18 期。）

搭建通向生活的桥梁

——张晓梅老师及其大语文教学圈

采写济南市十九中语文老师张晓梅之前，就已闻知她的"大名"。其主要原因并非从2000年以来她在全国、省、市语文教学比赛中先后五次获得一等奖，也不主要因为她所主持的"构建大语文教学圈"研究成为省十五规划重点课题；而最主要的是她的教育理念的超前性与教学行为的争议性。

"冰凌花"激起学生强烈的诉求欲望

张晓梅老师认为，语文是最富灵性的一门学科，需要真情投入与个性张扬。她从不以一个一本正经的布道者自居，而是将本真的形象展现在学生面前。教课时，她不是一个匠气十足的"释疑解惑"者，而是一个激情的初读者。与学生站在同一个层面解读文本，共同讨论。有时甚至会泪流满面，语断意连。

张晓梅老师认为，率真与随意是她的教学品格，也是她教学出彩的源泉所在。她所上的最为精彩的课，都没有游离这一"天然去雕饰"的率真状态。

2002年冬季的一天，她出家门时的心情很糟，但走至腊山脚下时，她为雪后的腊山美景陶醉了，心境也变得一片明丽。她想，今天《向沙漠进军》一课的教学一定非常精彩。

走进教室里，阳光已经洒在南面三个窗子的玻璃上，并自然生成绚丽多彩的冰凌花。张晓梅老师不由得惊讶地叫道："同学们，快看！多美的冰凌花呀！"同学们也争先恐后地呼喊起来："老师，看这儿多像一大片森林。""老师，这里像尼亚加拉大瀑布。""犹如满天繁星。""恰似高山林立。"……同学们指点着、谈笑着，不由自主地进入到忘我、忘物、忘情的审美境界里。

突然，一个学生大叫一声："老师，那里开始化成水了。"从这个学生的声音和眼神里，流溢出一种挥之不去的惋惜之情。真的是情随景迁，意随情移，教学灵感突如其来地闪现在张晓梅老师的脑海里，随之便是摇曳着美感体验的脱口而出的提问："同学们，这像不像一件宝贵的艺术品，在我们面前一点一点地破碎？"

教室里顿时安静下来，冰凌花正一点点地融化，滴滴嗒嗒的流水声敲击着每一个学生的心弦。此时张晓梅老师又追问一句："面对这一美景破碎的过程，你想到了什么？"

一位有些伤感的同学站起来说："自然界很多美的事物都不是永恒的，有的是那么短暂，犹如昙花一现。如果我们不及时捕捉、发现，它只能在远离人们视野的地方，孤单地呈现着美丽，结束其短暂的生命。"

又一位同学站了起来："它令我想到我的童年，那么快乐，那么自由。但童年的纯真，初生牛犊不怕虎的胆量，却像冰凌花一样渐渐消失了。我多么渴望回到童年时代，但这正如冰凌花的失去一样，只能是一种美好的回忆了。"

有的同学也开始伤感起来，列举了许多美在不经意间破碎的实景实情。于是，悲怜情怀在同学们心间流转回旋起来。

不料，一个同学却突然发表了一段"另类"的话语："我没有大家这么忧郁。我看此时的冰凌花又呈现出另一种美。它在流动，它在变化。冰凌花的生命并没有结束，而是变成了更具生命力的水。"于是，学生的激情议论又有了新的指向。

高潮迭起之时，张晓梅老师话锋一转，让学生就以《冰凌花》为题，作文一篇。

刘勰说："情动而辞发。"一篇篇美文就在激情洋溢中沛然而出。

既定的《向沙漠进军》课堂教学目标没有实现。从传统的观点看，张晓梅没有完成教学任务。但她随景随情随人随事为自然流动的课堂之水添了一线生机。而生机盎然处，恰是特定情景激起了学生强烈的倾诉欲望，丰富的联想和瑰丽的想象拓展了他们思维的广度和深度。

单亚飞、郎梦盼同学对记者说，张老师的课和她本人一样，率真而自然。听她讲课，如饮甘泉，如沐春风，同学们往往不由自主地同她一起投入课文意境之中，悲其所悲，乐其所乐。

有专家指出：我们的课堂缺少阳光、缺少空气、缺少生命。张晓梅老师就是让灿烂的阳光照耀课堂，让清新的空气充满教室，让生命的活力回归学生，从而让语文课，特别是中学生，生机勃发，生命粲然。

《登山有感》引发争议

2002年12月，临沂。

山东省创新教育课堂教学专题研讨会上，张晓梅老师执教的一节语文活动课《登山有感》，在与会者中引起争议：有人称其背离了语文教学的轨道，有人说其步入到教学改革的深层领域。

登山实有其事，发生在这次活动的前两周的一个周四下午——

当时正值语文活动课的时间，张老师带领她实验班的学生去爬马鞍山。行至山下，张老师简明扼要地交待之后，各小组开始自由爬山。同学们一边爬山，一边欣赏沿途美景，最后"会师"于山顶。看着一个个兴味正酣的孩子们，张老师突然提出一个问题："下山的时候，我们是原路返回，还是另辟蹊径，来一次探险活动呢？"同学们几乎异口同声地高呼着："探险！探险！""OK！"张老师话音未落，同学们便已开始探险之旅了。几乎是在没有人走过的山路上披荆斩棘而行，而也正是这种全新的尝试，同学们有了特殊的兴致。此路不通，另寻他途；摔倒在地，重新爬起。时间悄然从身边过去，夜色渐渐笼罩了山野。遥望泉城，早已灯光闪烁。仍在迷宫似的山道上艰难行进的同学们已没有欢歌笑语，紧张、惶恐、不安向每一个同学袭来，求援的目光不约而同地投向张晓梅老师。此时的张老师成了稳定"军"心的核心人物，她冷静地分析之后，确定了下山路线，带领着大家，手拉着手，唱着歌向山下走去。

当张老师把学生安全送回家的时候，已是晚上 8 点多了。此前一两个小时的时间里，她家的电话就已成了爆打不断的热线电话。校长和一些家长已经"兴师问罪"，向她要人了。

第二天语文课上，张老师让学生就下山迷路晚归一事展开讨论。同学们争先恐后而又真情告白地谈了当时丰富的心理历程，以及回家后与家长的特殊对话。女生王湲对记者说，迷路延长了归途的时间，但却显示了同学之间的团结与友爱。一个女生摔倒了，马上就会有几个男生伸出援助之手。她说，这次活动将同学们的心连在了一起，称得上是一次精神之旅，将永远珍藏在同学们的心里。

这次专题研讨会上张老师执教时面对的虽是没有登山经历的临沂六中学生，但她那简要而生动的经典"回放"，却将同学们带进了那个特定的情境之中。随后，张老师提出以下几个问题让学生讨论：1. 带领学生走崎岖小路，错了吗？是否太冲动了？2. 探险的经历带给学生的是什么？是利大于弊，还是弊大于利？3. 为确保安全，怎样才能把危险因素降到 0？

张老师要求学生分组合作深入探究以上问题，并有明确分工：主持讨论者一人，书记员一人，中心发言者一人。由于命题贴近学生生活实际，他们的讨论异常热烈。加之教师的适时点拨，激情的发言中蕴含的是思维的广度和深度。

张晓梅老师认为，母语的学习过程，首先是一个丰富语言学习者的精神体验和形成个性生命的过程，是走向大自然、深入大社会的大教育活动。而封闭的语文程式与语文知识本位，牢牢地将学生的视野框在了教科书和课堂里，最富生命意义的情感体验、观察社会的特殊感受、塑造完美人格的精神培育都被切断了根系，枯竭了源泉，所导致的直接后果是学生思想的贫乏苍白，情感的贫弱无力。张老师说，她教学的目的就是将困居笼中的小鸟放归到无垠的天空，令它们自由洒脱地翱翔，让其拥有饱满的生活激情和崇高的责任感，从而使语文教育返璞归真，恢复自然。正是基于这样的思考，她的这节课更多关注的是学生的生命活动过程，在个性飞扬和激情喷涌之时，同时体验合作与成功的喜悦。而师生双方主动性与创造性的发挥，更加凸显了对于生活的认知与情感、态度、价值观的培养，在更广阔的时空中培养了学生的创新精神与实践能力。

"电脑公司招聘大会"登堂入室

张晓梅老师认为，生活犹如浩瀚无垠的海洋，蕴藏着丰富的智慧和宝藏。所以语文教学没有理由把生活拒之门外。学习主体富于想象和情感，是集生活、学习、审美为一体的完整的活生生的人。语文教师就是经由语文教育去实现学生人生价值的富有创造性的专业实践者，语文教学则是这一个个生命个体所进行的具体而又丰富的生命活动。而生命的本源就是生活，语文教学的生命力也来源于生活。因此，在生活中学习语文，应该成为语文课程的重要组成部分。于是，语文活动课堂而皇之地登上了张晓梅语文教学的大雅之堂。

《电脑公司招聘大会》便是张晓梅老师上的一堂颇具特色的语文活动课，她的学生赵磊和宋禄楷同学向记者叙说了"招聘"的整个过程——

黑板上写着赫然入目的"电脑公司招聘大会"八个大字，墙壁上则贴着充满创意的各种电脑公司的宣传海报。张晓梅老师"摇身一变"，竟成了一个多栖之人：一会儿是沉着冷静的招聘大会的总负责人"张总"，一会儿是"狡猾世故"的冷饮摊小贩，一会儿又成了笑容可掬的主持人。学生角色也有了新的定位，5人系应聘人员，4人为负责打分的评审团代表，1人为负责协调的人力部长，其余均为来自各大电脑公司的董事长和经理。就是课桌椅的排列也一改常规，分两行呈马蹄状围绕着中心发言席。

招聘活动拉开帷幕之后，先是进行"一分钟陈述"："应聘者"言简意赅地介绍个人简历、特长、业绩等情况。对于语言新颖、富有创意的应聘者，评审团不但打了高分，还进行了精典的评点。

第二环节是两分钟演讲。主持人首先提出要求："对一个企业的发展来说，人才、机遇、财富都是至关重要的，如果你是电脑公司的总裁，你将把哪个因素放在首位？"对于观点明确、有理有据且仪表大方、表达清晰的应聘者，评审团在打了高分和作了评点的同时，淘汰了两名略逊一筹的应聘者。

第三环节是问题情境。三位脱颖而出的应聘者在冷饮摊买了一瓶饮料，但刚喝了两口，就发现里面有一根头发。他们在维护自己的权益方面，与扮演冷饮摊摊主的张晓梅老师进行了唇枪舌剑的较量。摊主的随机应变，学生的机智敏锐，将应聘活动推向了高潮。

第四环节是评审团宣布决定。聘请何人作为员工，适合哪种岗位，理由充分，令人信服。

第五环节是四人一组拟写聘用启事。

第六环节是宣读聘用启事。

张老师把常规教学中的听说读写的能力，巧妙地渗透在应聘程序的六个环节中，训练了同学们当众的演讲能力，发表观点、意见的能力，观察、分析问题的能力，应用文写作能力等。同时，同学们更感受到迎接挑战的快乐以及师生间、生生间民主交流的娱乐，体验到竞争与合作解决问题的乐趣，以及对充满机遇、充满挑战的未来社会的心理向往。在整个活动中，教师的角色变了，职能也变了，同学们的地位变了，知识的呈现方式变了，学习的环境、氛围变了。

体验才是语文教学最具潜隐功能的教学方法

在张晓梅老师看来，体验才是语文教学最具潜隐功能的教学方法。在特定的生活情境里，它会"于无声处"在心灵深处养育学生的人文精神。于是，语文活动课就成了通向生活的桥梁。张晓梅老师将这一体验分解成三个阶段目标，进而实现语文与生活的融合。

第一阶段：把生活的内容纳入课堂

模拟现代生活的特定情境。有《电脑公司的招聘大会》剑拔弩张式的现场感；也有《激情创业》的创意风采——有人要开一家以中学生为服务对象的摄影棚，就请同学们谈谈各自的高见：怎样实现个性化服务？怎样展现青少年风采？学生话语中折射的是一种全新的消费理念，经历的是一个展示自我的激情创业机会。

将亲历的体验、困惑、矛盾变成话题展开讨论。有《登山有感》的心理勾画，也有《冰凌花》的神思飞扬；有以课本为题材学生自编自演的《小桔灯》《古代英雄的石像》等小品、课本剧，也有以学习生活为题材的《我们手中的纸和笔》；有学生自己出题，自己组织，旨在挑战中央电视台主持人的《超级新闻联播》，也有将社会各界人士请进课堂的《心连心，面对面》式的现场主持活动——

《我们手中的纸和笔》是由学生自己组织策划的一次成功的语文活动课。同学们利用自身的教育资源，聘请曾获全国书法奖的高云龙同学为嘉宾，为同学们讲述了书法的历史、书法艺术赏析、书法历史故事等等，使全班同学对书法产生了浓厚的兴趣。这一活动的开展，也使高云龙同学成了十九中无人不知的书法"名人"。

《心连心，面对面》是师生共同策划、组织的一次大型语文活动课，以认识社会、面向生活为主题。全班同学组成八个小组，分别请到抗美援朝老战士、推销员、电影演员、公安交警、校长、大学生等社会各界人士，来到班级，参与同学们的活动。他们围绕自己的工作经历确立栏目，组织话题，以做电视栏目展播等具有创意的表现形式，开展丰富多彩的话题讨论。在活动中，同学们敞开心扉，与这些大朋友真诚对话。说至动情处，同学们甚至流下了激动的眼泪。

这些活动虽由老师引路，但培养的是学生自己主持、设计、组织活动的多方面的能力。

第二阶段：从课堂走向生活

开展系列的社会实践活动课，充分利用学校、社会、家庭等教育资源，让学生们在生活中感受、体验、学习，如"观察社会，体验人生——亲历农贸市场"，"泉城广场听老济南的故事"，"卖报的甘与苦"，"从古文化市场看历史文化"，"细雨中，植物园里觅诗情"，到济南市图书馆聆听老专家作"济南泉文化"讲座……

这一阶段的活动与体验性作文改革联系起来，取得了事半功倍的效果。据杨娟同学讲，张晓梅老师带领同学们走进自然，认识生活，认识社会，改善了学生思维的苍白、浅层化，情感的贫弱、无力的问题；引导学生捕捉亲身体验和情感体验中的闪光点，使大家具备了感受生活的能力。于是，充满真情的佳作纷涌迭出，生动传神的细节描写俯拾即是——

"她年轻漂亮，乌黑的秀发上别着一枚精致的发卡，上面蒙着一层尘土……"（《站在白色大棚下》："亲历农贸市场"语文实践活动中对人物的刻画。）

"那张纸上布满了尘土，不知被多少人踩了多少脚，从那堆叠的鞋印就可以明显分析出来。我望了望滕菲菲，她的脸上呈现出少见的无奈与反感，我又何尝不是……"（《对面的女孩看过来》："我做环卫工人"实践活动中的心理刻画。）

"她用了好几次的一个词始终让我铭记在心，那就是——根本，的确，济南的变化根源来自于人民的发愤图强，济南的'根本'也永远让老一辈人铭记在心……"（《走进老济南》："泉城广场听老济南的故事"活动课中学生的所思所想。）

"我一下一下为妈妈揉着脚，我感觉有水滴滴落在水盆里，荡起了一圈一圈的涟漪。我抬起头，迎住了妈妈含笑的泪光……"（《妈妈的眼睛》："我为妈妈洗脚"活动中的真情实感。）

体验性作文让同学们具有了接触自然、社会、人生的更多机会，拥有了写好作文的丰富素材。赵宏伟同学将同班的一些作文交给我，令我感到这一改革已经让学生作文走出了"言之无物"、"言之无情"、"言之无义"的尴尬之地，步入到文采斐然、情理俱下的天然境界。

第三个阶段：研究性学习

这一阶段重在激发学生探索深层问题的兴趣。"狮子文化研究"、"舜文化"、"济南泉文化研究"、"四川多名士之现象研究"等课题研究，对于初中生来说，都有一定的难度。但他们在学习过程中，对这些问题产生了浓厚的兴趣，经过老师的指导，确立为研究课题，并进行了深层次的探究。在"狮子文化研究"过程中，同学们对中国的图腾文化、中国的发展历史、中国的民族精神都有了新的认识，并受到了中国文化的熏染。学生学习了郭沫若先生的诗歌，由崇拜先生到追寻先生成长的足迹，进而发现了在四川大地涌现出的从古至今许多名人。在查找资料、潜心研究的过程中，与四川这片神奇的土地也结下了深深的文化情结。于是，水到渠成了确立了"四川多名士之现象研究"这一课题研究。

研究性学习没有硬性的成果指标，研究本身就是目的。所追求的是研究过程中学生智慧的燃烧、精神的拓展和心灵的飞翔。

　　创设生活情境，走进生活现场，享受语文与生活融合之美，感受教师与学生自由对话的愉悦，陶醉于精神、情感与审美的交汇碰撞之间，使张晓梅和她的学生拥有了一种幸福莫名的语文情结。

经典名著阅读走进正式课堂

　　张晓梅老师非常认同朱永新教授的一句话："一个人的精神发育史就是一个人的阅读史，而一个民族的精神境界，在很大程度上取决于全民族的阅读水平。"所以，她极为重视学生的阅读，特意开设了经典名著阅读课。

　　经典名著包括中国四大古典名著，以及在中外文学发展史上具有较高文学价值的名家名作。具体设计是利用两周一次的经典名著阅读课，师生互动，就自主阅读中感兴趣的人物、情节、语言或疑难展开百家争鸣式的讨论。

　　张老师为学生规定了阅读的进程，保障每天一小时的读书时间，并帮助学生制订了阅读计划。她非常欣赏陶渊明"不求甚解，每有会意，便欣然忘食"的读书方式，并称其是读书的至高境界。为了提高阅读速度，扩大阅读范围，拓展阅读视野，她教会了学生略读和浏览的方法。欣赏文学作品不要求面面俱到，而是注重体验、感悟，初步让学生领悟作品的内涵，并对作品中感人的情境和形象以富于表现力的语言进行审美评价，从中获得对自然、社会、人生的有益启示。同时，邀请资深专家就作品所涉及的主要问题作专题讲座，以提高学生的鉴赏能力和审美水平。

　　爱因斯坦说过，不能光读现代作品，还要读古典作品，人才能深厚。张晓梅认为，《红楼梦》是中国古代文学和古代文化的集大成者，并点亮了她审美的眼睛。为此，她规定《红楼梦》为这一学期的阅读书目。每周阅读十回左右，预计5月中旬读完。她还邀请山东大学教授为学生开设红学讲座，让学生从一个更高的层面窥到了这一名著人性的、多维的世界。

　　她的阅读课的设计着意于体现大语文、大阅读的观念。在阅读名家名作的过程中，提高学生的语文修养，并进而形成初步的历史文化观。

　　张老师说，经典名著阅读未必能对学生未来选择职业产生直接的影响，但是，他们在阅读学习的过程中形成的文化情感、语文能力却是长久的、稳定的。学生将由此爱上读书，学会审美，形成对灿烂文化深深的依恋，并具备一种可持续发展的终身语文学习的能力。李梦卓、高梦影等学生在接受采访时，我已经充分感受到她们对于经典阅读的一往情深，诗化语言的表述携着真情与激动，表达了对于张老师的深深敬意。

张晓梅老师在"构建大语文教学圈"的省级十五规划课题研究中，已将经典名著阅读课、语文活动课像国家规定的阅读课一样，正式作为语文课程编入课表。三足鼎立之势已经形成，并各自焕发出了卓然的光彩。

张晓梅老师如是说："撩开语文的面纱，她是那么生动可人！"

（原载于《现代教育导报》，2004 年 3 月 8 日。）

幸福人生与心灵成长

——史建筑老师的良知指数与教学智慧

史建筑系山东省滨州市北镇中学语文高级教师，山东省优秀教师，山东省教学能手，山东省"年度教育创新人物"，山东省首届"齐鲁名师"，全国中学语文教学先进工作者，全国"三育人"先进个人，曾获全国中学语文课堂教学大赛特等奖。在《人民教育》、《中学语文教学》等刊物发表文章近10万字。参与国家高中教材的编写，主编山东省教育厅师训教材。

更重要的还不是这些称号与荣誉，而是他的内在品质。有人说，史建筑老师曾开列过语文教师身上的关键词：诗意、智慧、敏锐、洒脱、儒雅、激情、幽默、严谨、悟性、良知、灵感。其实，这是他自己的体验，是他自我的写照。在他身上，早已把这些关键词整合于一体，生成了只有他才有的个人气质。于是，有人说，史建筑堪称语文教育上的一个高峰。

上篇：语文教育与幸福人生

在史建筑老师看来，语文教育不等于语文教学，它是与幸福人生紧紧联系在一起的。没有幸福的语文教育，不是真正意义上的语文；只有将人生幸福与语文教育契合为一的时候，语文教育才能生发出巨大的生命能量。

一、坚守母语　以文化人

史建筑：我一直信奉"语词破碎处，万物不复存"，没有了母语的指引，我们找不到"回家的路"。

陶继新：是的，母语不但是我们语言的根，也是我们生命之根。没了它，我们就会迷失方向。

史建筑：语言是文化的载体。我一直追求，通过母语教学"摆渡"我的学生，使其到达高质量生命的彼岸。

陶继新：但是，有的时候我们并不知道"渡口"在什么地方。而您，却是了然于胸，用文化"摆渡"学生，学生的生命自然就有了别样的色彩。

史建筑：多年来，我与我的学生一直坚持这样几件"事儿"：综合阅读、文本细读、经典重读、师生同写等。

陶继新：欣赏您做的这些系列"工程"。这是语文教学的关键所在。遗憾的是，现在很多语文老师对这些并没有特别的关注。

史建筑：在我的教学实践中，所谓"综合阅读"，是指在教师的原则性调控之下，学生自主开展的阅读。我和学生的基本阅读量是一周一册书（这接近犹太人的平均阅读量），并且做好读书笔记。大约进行了半年之后，孩子们的"气色"便有了变化：戾气少了，书卷气浓了。

陶继新：语文学习的要义之一就是要让学生进行文化"储蓄"，一个没有大量文化积累的学生，相当于语文学习上的"乞丐"。现在，很多学生除去教材，几乎不读书，大多处于文化"贫穷"的边缘。而您和学生一周读一本书，是在为学生积蓄文化。文化愈积愈厚，经典文本中的很多思想就会在他们心里扎根。久而久之，心灵状态就会发生变化。当然，外化出来，就有您所说的不同于先前的"气色"。

史建筑：上一周，我把全班学生近 5 个月以来的阅读书目梳理了一遍，发现仅书目就有 7000 字。孩子们看着壁报栏里长长的书目，连自己都不相信读了那么多书。张金芝同学感慨地说："以前读书大多是为了好玩，多是消遣；如今感觉读书比做题更需要思考。"听完这话，我感动良久。这正是我苦苦追寻的教育教学效果。

陶继新：书目积少成多的背后，是学生读书习惯的养成。这需要一个坚持的过程，而坚持的时间一长，就必然成了习惯。一个有了读书习惯的学生，不但会促进当下的学习，更重要的是，还有了进一步发展的资本。这一点，恰恰是许多学生缺失的。

史建筑：是的。作为一名合格的教师，其教育教学必须具有"前瞻性"，为学生一生的"进化"打好精神的底色。

陶继新：要有"前瞻性"，就不能只顾眼前，就不能急功近利。学生在您的引领下"进化"，也是一种"再生"。如果没有高品位的文化引领，即使有了一些知识，上了一所好大学，可是，并没有完成生命意义上的"进化"。

史建筑：您所说的这些现象的确令人担忧。我曾在一篇文章中坦言："当调侃代替了诉说，当图画代替了文字，当名著受到了冷落，当语文成为习题的代名词，语文老师应敏感地意识到自己所担负的社会责任。"

陶继新：您的"坦言"令我感动，这是一个有道德操守的知识分子的话语。现在，需要我们思考的问题很多，其中之一就是，老师的社会担当何在？是为了升学考试中多考上几个学生吗？是为了自己获取更多的荣誉吗？不是。是要在自己生命成长的时候唤醒学生的生命成长。

史建筑：生命的成长，正如作家余华对于经典阅读的生动描述："我对那些伟大作品的每一次阅读，都会被它们带走。我就像一个胆怯的孩子，小心翼翼地抓住它们的衣角，模仿着它们的步伐，在时间的长河里缓缓走去。那是温暖和百感交集的旅程。它们将我带走，然后又让我独自一人回去。当我回来之后，才知道它们已经永远和我在一起了。"

陶继新："带走"之后，就有了精神的洗礼，就有了感情的跃动，就有了温暖的氛围，就有了与书中思想、精神、感情融为一体的感觉。

史建筑："精神的东西是不能手与手地给予的"，所以，我就"寻寻觅觅"，在貌似平常的语句中挖掘精华，细细"加工"，以使孩子们喜闻乐见，在不知不觉中熏陶渐染。多年来，我一直坚持，基础教育就是"有意义"与"有意思"的完美结合。

陶继新：正是由于"熏陶渐染"，才能在"润物细无声"中进入学生心灵深处。这并不是人人都能够做到的。学生必须感到"有意思"，不然，他们就没有学习的兴趣；您的熏染必须"有意义"，不然，所谓的兴趣就会在表面热闹的平面上滑移。您将二者完美地结合在一起，就有了"鱼和熊掌兼得"的美丽。

史建筑：上周教学《廉颇蔺相如列传》，我请学生用对联概述一下两位

"传主"。我班李晓凡同学——一位钟情于国学、京剧、书法、建筑的学生，大笔一挥，当堂完成一副长联，典故精当，才思横溢，让我激动不已。在此，不妨分享一下：

（上联）赵国都里，邯郸城下，三十年苍茫一片，青灯黄卷，落日墟烟，料君应嗟叹，时无英雄，竖子成名也。一朝提携玉龙，为君王死。西去滚滚车尘。秦王梦里，必见东来紫气，卞和抱璧。想易水百年下，严霜冷匕，不若君舌。咸阳殿中，立眉捧璧，有惧者、忧者、惊者、叹者。先生忠、勇、义、智，山高水长。肃慎邦主人，便取圣人衣到此。

（下联）晋国故都，黄河西畔，五百里人心两面，风声鹤唳，水拍沙岸，看人须笔颤。汝有胆识，秦王击缶矣。此刻持将怒目，替国家争。南方衮衮群像。廉颇将军，气闻右座上卿，管仲英明。在明月千载后，史家热笔，怎比他肠。丞相府前，将相称和。应赞哉？喜哉？爱哉？善哉？夫子宽、仁、厚、德，云淡风轻。昆仑西王母，应送不死药前来。

（横批）一奋其气威信敌国，退而让颇名重泰山。

陶继新：这位学生写得太好了，不但富有文采，还写出了廉、蔺的精神，其间小作者的思想感情也都跃然纸上。我读《廉颇蔺相如列传》，常为二人之"勇"动容。蔺在秦廷之上，以死相逼，才有了完璧归赵的千古美谈，这是大勇！廉勇战疆场，老当益壮，也是大勇！可是，蔺为国而让廉则是超越秦廷之上的另一种"勇"，这种"勇"，体现在忍辱负重上。廉能够负荆请罪，也是大勇。这么一位风云大将，如果不是大勇，如果不是为了国家大计，也不会如此而为。如果说前面的行为称之为"勇"的话，后面就更称得上"勇"，而且是心灵之"勇"，是舍己为国之"勇"，是超越价值之"勇"。

史建筑：陶先生对"勇"的理解，高屋建瓴，至柔至刚！其实，这些教学细节，凸显的是教师的教育追求。有这种追求的老师同样可以让学生"考"出高分，但绝不会让学生"穷"得只剩下分数。因为生命的成长还有更重要的元素。

陶继新：考高分与有素质并不矛盾。关键是您说的不能让学生"穷"得只剩下分数。学生的学习正如人的吃饭一样，需要各种各样的营养。现在的问题是，有的老师只给学生一种或者两三种营养，学生即使成了"畸形人"，老师也视而不见。因为目前的"应试教育"已经遮蔽了很多老师的眼睛，最终导致灵魂的扭曲，特别是学生身心上的疾患。更为可怕的是，很多老师以及一些教育官员，对此已经麻木不仁。即使知道这样做是不合规律的，仍一如既往地做下去。没有了起码的道德诉求，缺失了对学生的生命关怀。其结果是，学生的发展前景黯淡无光，而这些教育者的灵魂也越来越少了品格的亮光。

二、唤醒良知　传递幸福

史建筑：面对可爱的孩子们，我们没有理由不幸福。但是，面对深陷"应试教育"泥淖的中国基础教育，我的内心又充满忧虑。上周，我刚刚写了一篇教育随笔，以比较犀利的笔触抒发内心的愤懑："充满了功利的教育是畸形的教育，忽视了信仰的教育是贫瘠的教育，剥离了情感的教育是苍白的教育，缺失了道德的教育是可怕的教育。救救孩子！"

陶继新：鲁迅先生早就有了"救救孩子"的呐喊，现在更加需要我们呐喊。令人欣喜的是，一些人开始觉醒。可是，就像推翻一个旧的世界一样，颠覆"应试教育"依然是"路漫漫其修远兮"。不过，正是因为远且难，才需要更多有良知的教育者共同努力。

史建筑：我承认自己是一位教育理想主义者，又具有深深的忧患意识，所以，有时也痛苦，甚至焦虑。但我知道：先知先觉者（我并不是），总是寂寞的；后知后觉者，总是受益的；不知不觉者，总是愉悦的。

前段时间，我担任教学论文比赛的评委。看到剽窃抄袭之现象，我也加入了论文写作的行列，写就《假作真时……》，有同感的教师拍手称快。其中有这样一段文字——

"千教万教，教人求真；千学万学，学做真人。"陶行知先生的话穿越时空，振聋发聩。

写下这些话的时候，我也心虚。因为在教育教学中，我也曾有过悖于"求真"的行径。好在我在自省，也在进步。

假，好像特别适合在我们的土壤中茁壮成长。您瞧：假烟假酒假奶粉，假书假药假服装，假情假意假朋友，假山假水假风光。如果说，对于这些"假"，我们已见怪不怪的话，那么，我祈祷：教育的土壤中少一点"假"吧，趁孩子们还没长大！

"皇帝的新装"盛典天天上演，而那个讲真话的孩子却可悲地长大了。

真，真的就那么难吗？

陶继新： 论文评奖造假已经成了不是新闻的新闻，所以，十几年来，我几乎不参加新闻评奖，尽管自己写了那么多的新闻作品。为什么呢？一是不愿意与有些造假的作品混在一起；二是觉得真的没有多少意义与价值。有的人得了一个又一个的大奖，可是，其水平的确难以令人恭维。我认为，最有价值的，是不断地提升自己的思想与文化品位。可是，人们往往舍本逐末，当下尽管有了些许荣誉，可给自己的心灵留下的是什么呢？20多年的编辑、记者生涯，最令我感到欣慰的是，读了一些好书，留下了纯然属于自己的300多万字的作品，在全国作了400多场报告。所以，退休对我而言，更加充实，更加幸福。如果这些年来我只是关注那些虚幻的东西，就没有今天的生命状态。从这个意义上来说，造假者得益一时，失利一生啊！

史建筑： 感动于先生的肺腑之言。前几日，吉林松原高考舞弊案一出，我义愤填膺，当即写下杂文一篇《"教师舞弊"之痛》，并在班上朗声宣读。全体学生深以为然，产生了强烈共鸣。我愤激地写道——

孩子眨着童真的眸子，从老师神圣的嘴巴里得到了唆使；邪恶觅到了适宜的温床，然后以最惬意的姿势躺了下来；面对人性的阴影，我们坦然地走进去，不但没有戒心，甚而心存感激……

此风倘若蔓延开来，我真的要将北岛的诗句改一改，来描述那时的世界——卑鄙是高尚者的通行证，高尚是卑鄙者的墓志铭。

教师舞弊，人性之痛。痛定思痛，痛何如哉！

陶继新： 孔子特别讲究诚信，甚至说："人而无信，不知其可也。"可是，到了今天，人们的诚信指数非但没有提升，反而有每况愈下的态势。特蕾莎修女甚至认为，"最危险的人"是"说谎者"。有意造假，比一般撒谎者就更加危险。教师高考舞弊，不但可怕，而且可恨、可悲！可是，更加可怕的是，人们对于这种造假事件，却已见怪不怪。即使在称得上"圣地"的教育界，也有了造假的存在，而且是屡见不鲜。教师是培养人的人，可见，其思想行为不可能不影响学生。如是下去，我们的下一代如何？这是我们共同的担忧。所以，像您这样的老师，就更加令人钦敬。

史建筑： 有时摸摸内心的教育理想，看看外界的教育现状，痛苦就交织在心头。但是，人活着，要有担当！于是，我们又执著地前行。

陶继新：人是应该有担当的。人之为人，不是纯然为了自己的"幸福"，应当像孔子所说的那样："己欲立而立人，己欲达而达人。"特别是老师，就更应如此。可是，真正有这种意识者有几何？因此，从认识您之后，我就感到自己结识了一个志同道合者。

有时候，我想：一个孩子遇到一个好的老师，那是一生的幸福。可见，您的学生是多么幸福！您不但将他们拯救了，而且使他们有了一个全新的人生。而且，您在这个过程中，也获得了特殊的幸福。

史建筑：今天，与陶先生交流，就有涌动的幸福充盈心间。在温馨的校园里，我在梳理自己的幸福。我天天跟烂漫的生命打交道：在学校里，我的周围全是欢声笑语、天真的脸庞，那是"绿色"的，我可不能让他们受到污染；回到家里，我面对的又是我可爱的女儿，我与她嬉戏打闹，"没大没小"，在我的"纵容"下，不爱做题的她，竟连连被评为"滨州新苗"、"十好学生"、"军训标兵"，功课全优。我品悟家教的真谛，运用到学校；我吸取学校的精华，融合到家庭。我真想不出世间还有比这更幸福的事儿。

陶继新：自然环境是需要绿色的，不然，人就会有一种窒息的感觉。我们的教育环境同样需要"绿色"，这样，生命才能健康地成长。这个绿色环境的创设者是老师，同时需要老师和学生一起维护。如果维护形成惯性，绿色就会永存。您和学生、女儿共处绿色之中，而且都觉得环境本该如此。这才是幸福，而且是高层次的幸福。

史建筑：哦！对了，家长会上，我女儿的班主任称她是"阳光女孩"。我认为，这是最高的赞誉。

陶继新："阳光女孩"的确是最高的赞誉。我觉得，您在说这句话的时候，心里早已经溢满了幸福。现在好多学生成绩不好，不少是心理层面上出了问题，而且由此向其他层面蔓延，乃至走上出逃、自杀的可怕之路。但有了阳光心态就不一样了，快乐而又幸福，学习效率自然也就高了。我甚至认为：一个心理不健康的人，对其周围的人会形成一种精神污染，其不良情绪会传染给其他人；而一个有阳光心态的人对周围的人则形成一种良性暗示，从某种意义上说，这也是道德高尚的呈示。

史建筑：谢谢陶老师！我会向我的女儿转达您的厚爱。去年暑假，我曾参与开发了主题为"教师职业生活"的远程培训，力求唤醒所有教师的职业幸福感。教师，尤其是高中的教师，太需要职业幸福了。我是其中一员，我明白他们的甘苦。

陶继新：是的，能够体会到职业幸福感的老师并不太多，高中教师更少。我觉得，您是在教学，也是在传递幸福。传递幸福，本身就是一种幸福，而且有神圣的况味。当然，老师要想拥有真正的幸福，还必须从自身方面下工夫。正像孔子说的："为仁由己，而由人乎哉？"所以，人都应当为自己设计幸福人生，而且要永远地走下去。因为幸福不是一时之事，而是长久的，甚至是终生的。

史建筑：是的。教师，是上帝派来播撒阳光的人。前提是，我们的心中要充满阳光。如果我们怀着幸福感去观照我们的职业生活，去照耀那些鲜活的生命，就会有无尽的幸福扑面而来。当然，职业幸福感并不抽象，它就寓于我们工作的点点滴滴。"教育是做的艺术"，每一个有意义的教育细节背后，都有幸福在向我们招手。

史建筑：是的。幸福就在日常生活工作之中。我觉得，如果感到自己的生活与工作很有价值，而且得到人们的认可，心里就会真正拥有幸福感。如果能将这种幸福感不断地传递给更多的人，帮助更多的人拥有幸福，自己就更加幸福。如果觉得这种传递与帮助就像太阳每天升起一样自然，便真正走向幸福的天堂了。

史建筑：我认为，教师的职业幸福是需要呵护和培育的，它有一个潜滋暗长的过程。我班上有一位同学讲话困难，我就与他"密谋"了一项"地下工作"。起初，我的任务只有一项——满脸微笑地聆听他朗读、说话，一味地、无原则地表扬。两个月后，他竟能比较流利地表达了。为此，我写过一篇文章《我是学生的"阅读狗"》，借以表达内心的幸福。面对学生的缺陷和不足，我们当然要注意回避，但这还远远不够，或者说这只是"浅层关怀"。正确的做法是，因势利导，帮助学生正确面对，并设法弥补和改进。当我亲眼看着一个自闭、孤独的孩子越来越自信、越来越阳光的时候，我不幸福谁幸福？

陶继新：您的"无原则的表扬"尽管有点"作假"的味道，可是，有的时候，这种善意的"作假"却可以起到意想不到的作用。因为在您的学生看来，这是老师给予他的最高奖赏。长期、积极的心理暗示是可以产生奇迹的，这方面有不胜枚举的先例。不过，其中容载了您的多少心血与爱心！而且，我感到，您开始做这件事的时候，未必想到两个月就可以发生奇迹，一定认为那是一个极其漫长的历程。可是，一开始，您就下定了决心，一定要让他拥有与其他孩子一样的表述能力。更为重要的是，在一般人看来比较艰难的过程中，甚至在一筹莫展的时候，您也在享受着教育的幸福。

史建筑：多年的教育教学实践告诉我，教师的幸福感就涌动在师生交往的过程中。例如，我一直坚持"师生同写"：同写生活随笔，同写读书笔记，同写考场作文。多年坚持下来，真不容易。这种幸福是伴随着艰辛、汗水甚至苦楚的。"回首向来萧瑟处"，几多感慨，几多欣慰。

陶继新：叶圣陶先生主张老师写"下水文"，是很有道理的。这样可以将老师与学生放到同一个位置上，由此拉近了师生的心理距离。老师所写的文章，既可以作为"范文"，也可以成为学生"攻击"的靶子。以后写类似的文章时，学生就会心中有数。对于老师而言，正如亲自下水游泳一样，知道了水之深浅，知道了水之浑清，以后指导学生"游泳"的时候就会有的放矢。看着自己的文章一篇篇问世，看着学生的作文一天天好起来，老师能不幸福吗？

史建筑：我突然发现，原来我们一直在围绕着幸福转，实际上是幸福一直围着我们转。这是"原生态"的。可见，幸福是我们须臾不可缺少的。

陶继新：我与您的一个重要的共同点，就是幸福地生存着，而且还不断地将这种幸福向外传递着。

三、忙而不碌　平而不庸

史建筑：对于一个人而言，只有自己才能把握好自己，而把握好自己又是最难的。一位合格教师应该清楚自己和学生的"已知"，然后确定"未知"在哪里，接下来就是搭建两者之间的"桥梁"。在这一过程中，我认为教师的反思意识是极其重要的。

陶继新：有的老师不知道学生的"已知"与"未知"，认为按照自己的想法教学就可以成功了。其实，没有对两者的清醒认识，就不可能运用"已知"去获取"未知"，就不可能有效地开展教学活动。您架设了两者之间的桥梁，学生的学习就有了巨大的收获。

史建筑：没有反思意识的人，天天重复"昨天的故事"，深陷泥淖而不知，抱残守缺而不改；有反思意识的人，不断破茧成蝶，虽有超越之痛，但他"日知其所亡"，一直向前走，每天伴着晨曦的到来，迎接崭新的自我。所以，"做反思型的实践者"，绝不只是一句口号，它要"物化"到我们教育教学工作的时时处处。

陶继新：孔子不是说"学而不思则罔"吗？波斯纳也提出教师成长的公式：教师成长＝经验＋反思。教师反思的过程，既是对教学内容重新梳理的过程，也是对自己的思想进一步升华的过程。正是有了梳理与升华的过程，才有了对教材、学生和自己的重新认识，才有了一次又一次的飞跃。反思的目的，不但是寻找自己的成功之处，更在于寻找自己的问题所在。只有这样，才能够知难而进，才有了破解难题的思考以及破解困难之后的快乐与愉悦。

史建筑：是的，我深有感触。上个月，我在课堂上犯了一个知识性错误，学生指出后，我做了及时纠正。课后，我写了深刻的教学反思——《"出现"与"相见"——从我的一次教学失误谈起》。下一节课，我给全班学生读了我的文章。我得到了同学们的谅解，他们更喜欢我了。这可能就是所谓"错误效应"吧！平等待人，知错必改。教学本身就是做人。

陶继新：浏览了您的教后反思，可以看出，这里面，您的学生对这篇课本的理解之深，以及敢于向老师质疑的精神。特别是您既肯定学生又向学生大胆认错的精神，令人钦佩不已。而您又选取了一种特殊的载体——文章，记下了那一时段的经历和感受，自然也就有了特别的"错误效应"。您的这篇文章写得不但真实，而且动人。这是您的优势。同样的事件，一般人写不出来。当然，这更加需要敢于承认错误的勇气。这勇气的背后是做人的标准以及责任意识。

史建筑：最近，我一直在思考：有了反思精神，有了积极实践，得给教师的敬业找到坚实的支撑，那就是幸福感。有了这种感觉，教师就会"忙而不碌"、"平而不庸"。不然，总是空泛地强调教师要爱岗敬业，自然空无所依。仅有外界的提醒和约束，教师的工作热情是维持不了多久的。我相信，绝大多数教师从教伊始肯定踌躇满志，但后来因为缺乏来自内心的原动力，便出现了"善始者实繁，克终者盖寡"的现象。"我曾经豪情万丈，归来却空空的行囊"，如果说"游子"的损失还限于个人的话，那么当教师出现这种情况以后，消极影响可就大了，因为我们面对的是一颗颗萌动的心。

陶继新：在任何情况下，都会乐而忘忧，才能称得上真正意义上的优质生命状态。不但"忙而不碌"，而且忙而不累。人的累与不累，关键在心灵，而不在工作量的大小。有的人工作十分清闲，但是，由于胡思乱想，甚至想着办法害人，因此心里就会非常累，甚至特别不安与恐惧。相反，如果有一种健康的心态，即使平时非常紧张，也是紧而不乱，忙而不累。"平而不庸"说得好！老师是平凡的，可不是平庸的。教师完全可以在自己的岗位上创造奇迹。您就是一个典型。

史建筑：先生过奖了。我一直有一个信条：让学生因我的存在而感到幸福。虽然不能完全做到，但"心向往之"。

5"让学生因我的存在而感到幸福"是一种很高的境界，而要做到这一点，并非易事。教师不但要有很高的教学水平，还要有那份存于心中的良知。同时，老师的幸福状态对学生的影响也至关重要。一个整天不快乐的老师，传递给学生的一定是劣性的情绪，幸福就更是无从谈起了。

史建筑：据我的体验，能"大剂量"向学生传递幸福感的教师应为"性情中人"。在课堂上，我妙语连珠，学生喜欢；我诙谐幽默，学生鼓掌；我痛哭流涕，学生凄然；我义愤填膺，学生激愤；我勃然大怒，学生调侃道："老师，您生气的样子真帅！"

陶继新：您不是一般的"性情中人"，关键是自然且真、善、美。您的嬉笑怒骂中就有了属于您的那种帅气，就有了学生与您呼应的幸福感。

史建筑：人，要想活出点儿"味道"来，就必须不断超越。在这方面，人应该在其他动物身上汲取生命的智慧。蝉的幼虫，在黑暗的地下蜗行摸索，有的长达17年之久。这种积蓄和忍耐是为了"生命的超越"——冲破黑暗，放歌枝头。蛹，耐得寂寞，经历阵痛，破茧化蝶，自由飞翔。其实，人的生命中也充满了大大小小的"超越"。其中有留恋、苦楚甚至窒息，当然也有欣喜、满足和成就感。

陶继新：宇宙万物有一个基本规则，历来甘与苦、幸福与磨难都是相反相成的。没有生命的磨砺，就很难成就大的事业。孔子、司马迁等人都是经历了大苦大难的人，可是，他们却有了精神生命的永恒。看来，没有巨大的波折与苦难，就很难产生本质意义上的生命飞跃。苦难之后，涅槃再生，生命就产生了一个奇迹，甚至有了一种超越常人的巨大幸福。

史建筑：回顾我的教育教学历程，大致有三个方面的"超越"：立足课堂，超越课堂，回归课堂；立足学科，超越学科，回归学科；立足教学，超越教学，回归教学。

陶继新：从"立足"到"超越"，是对语文教学本质意义叩问、探索之后的一次飞跃。很多教师一生都没有这种飞跃；而有了这次飞跃，语文教学就有了"横看成岭侧成峰"的大气与雄阔，有了走向真正语文教学之"道"的从容。而从"超越"再到"回归"，似乎又回到了原点，但这次"回归"是寻到了语文教育真谛且进行了属于自己的实践跨越之后的生命审视，是在超越自我且超越一般语文教学思考之后的又一次升华。而在这个升华过程中，您拥有了将自己的生命与语文教育融为一体的快乐。

史建筑："非新无以为进，非旧无以为守。"超越，绝不是割断与传统固有的联系而一味地创新。在多数情况下，回归是为了更好地前行，前行是为了适当地回归。守正创新，是每一个有追求的教育工作者的成长原则。

陶继新：超越不是对传统的彻底否定，而是对传统优劣文化过滤之后的扬弃与"拿来"。"拿来"的是经典文化，且使自己从此有了生命成长的根系；扬弃的是低俗文化，且使自己由此拥有了识别真伪的一双"火眼金睛"。在这个基础上的创新，就因有了厚重的文化积淀而左右逢源于现代教育领域，从而实现厚积薄发的历史性突破。

下篇：语文教育与师生心灵成长

史建筑与他的学生在教与学中，建立的不只是一般意义上的师生关系，而是一种魂魄相系的生命联系。所以说，他的语文教育，流溢着生命的光辉。

一、含英咀华，濡染经典

史建筑：语文课最好上，常常以为一望而知；语文课最难上，其实是一无所知。

陶继新：一望而知是假"知"，一无所知是"不知"，但是，二者的"不知"不一样，前者有浮光掠影之嫌，后者有不学无术之谦。只有抵达真知的境界，方能透视语文的内涵。

史建筑：所以，语文课上，非细读无以挖掘文本的内涵和魅力。记得我给学生补充《资治通鉴》（唐纪·二十三）狄仁杰的材料，记述狄仁杰人生的最后情景，文中写道："辛未，薨，太后泣曰：'朝堂空矣。'"短短几个字，侧写出狄公的旷世之才干、耿耿之忠心。像这样的文字非细读不能真正"走进去"。当我与学生反复品味时，整个教室寂然无声，我喜欢这样的氛围。

陶继新：创设氛围，是学好语文的有效方式之一，但创设氛围需要的不只是技术，更需要思想与内涵，非对狄仁杰怀有敬畏、仰视与悲悼之情，便无法透视其中深厚的内涵。太后泣曰："朝堂空矣。"是一个语言细节描写，令人感泣。但是，这需要老师入情入景地引领，不然，学生就无法进入彼时彼地的状态之中。

史建筑：昨天的语文课上，学习《〈史记〉选读》中的《孙膑》，在"各抒己见"环节，张浩同学慷慨陈词："我们读《史记》其实是在读司马迁，孙膑与司马迁更是在精神上有契合之处。一个遭受膑刑，一个被处宫刑。但孙膑终于雪耻，重振雄风。司马迁以失性的身体呼唤了大地刚健的雄风，作为一个男人，他是一个当之无愧的巨人，没有被宫刑消磨斗志，在这个意义上，孙膑即是司马迁。"听到这里，我的眼泪都要流下来了。

陶继新：张浩同学是真的读懂了孙膑与司马迁。是的，如果两人没有精神上的契合点，就不会有这么感人的作品。孙膑用智慧与武力雪耻，司马迁则用文化与笔墨为历史树碑。所用手段不同，却有异曲同工之妙。您在这个时候几乎流泪，是为学生能够入乎其内的理解文本而感动；同时，也有您在学生的触动下，对这篇文章的心灵触摸。一位优秀的老师，不但能将文本理解透彻，还必须有大悲大悯的心怀，以及与书中的历史人物共振的心灵"基因"。

史建筑：再如莫泊桑的《项链》，开篇独句成段——"她也是一个美丽动人的姑娘"。这个"也"字，貌似可无，实则精当。主人公拥有美丽的资本，却无缘心仪的生活。我记得，当时与同学们思维交锋了半节课，半节课就讨论了一个再寻常不过的词，但我和孩子们都大呼"痛快"，细读的魅力让我们在经典中流连忘返。这样的例子太多了。

陶继新：《项链》揭示的主题是发人深省的，而您与学生在开篇的这个"也"字上细读，是一般老师所没有做到的。这首先需要您的细读，是您在细读中发现了这个看似无关紧要实则相当重要的副词的魅力。人人都想拥有自己独特的发现，但是，如果老师没有入乎其内，没有一定的功力，就不可能有这样的发现。当然，引领学生细读就无从谈起了。

史建筑：对于母语，越是细读，越产生敬畏之情，神圣感油然而生。在母语细读活动中，我与学生常做的就是编写学本，精当选点，勾画批注，思想和情感像细雨随时滴落。这是对文本内容的进一步延伸与深化，也是一种创造性的活动。

陶继新：我粗略地看完了您的学生做的《史记》选文的学本，感觉在选"点"上是下了夫的，因为这些"点"，都是文章的关键词语，堪称"牵一发而动全身"。学生的批注相当精彩，有些一般语文教师也写不出来，足见您的学生水平之高；另一方面，也可以看出您长期的文化熏染产生了作用，他们已经形成了选点和批注的习惯，由此进入到了近乎从容的境地。

史建筑："无限风光在险峰"，文言作品的精髓蕴于貌似艰涩的字面背后。语言本身只是作品情感、思想、文化的载体，可惜的是，现在的文言文教学大多只停留在疏通字词、翻译句子的层面，这只相当于为领略险峰的无限风光铺平了道路，遗憾的是，不少师生在历尽千辛万苦，铺砌完山路之后，却转身走下了山，与近在咫尺的旖旎风光失之交臂！因为他们又要赶紧修下一条山路……就这样，修了一辈子路，他们几乎从来没有领略过险峰的无限风光。而学本评点式的阅读形式，已远远超出了常规的文言文教学，开始关注读者心灵与文本精神的链接，引导学生领略经典美文中的"胜景"。

陶继新：更为重要的是，这种精神链接，直抵学生的心灵世界，学生在选点与批注中，已经有了与作者及作品中人物心灵互动的精神生成。这个生成，有老师的引领，更有学生的自觉追索。我想，开始的时候，学生的这种生成不一定理想，而是在您一步步启发诱导下，才逐渐寻到自我追索之路的。而且他们从开始的未必特别感兴趣，已经发展到了乐此不疲的地步。

史建筑：在信息芜杂的时代，我提倡学生读经典，读"每个时代都具有当代性的作品"，就像先生您不遗余力地推行读经典阅读一样。

陶继新：研讨经典，在某种意义上说，就是聆听未曾谋面的大师教诲。这就是取法乎上。为什么提出这个问题呢？因为现在报刊、图书、网络等文化知识信息载体林林总总、斑斓多彩，自然也就有了上下之别、优劣之分。但往往因为泥沙俱下、鱼龙混杂，不会取舍或不知取舍便随意取来，结果就出现了"取法乎中"甚至是"取法乎下"的阅读现象。如果阅读的是三流"下"品，我想，不仅无法提高文化素养，而且还会对一个人既有的文化系统产生负面效应。所以，我觉得应该学会取舍，有"舍"方有"得"嘛。我们舍弃的是那些低层次的文化，取来的是思想与语言俱佳的作品。这样，就可以通过阅读，向大师索取智慧与思想，甚至与大师进行心灵对话。久而久之，便会渐渐向大师靠近，在自己知识越来越丰富的时候，进而生成属于自己的思想与智慧。

史建筑：要想向学生输送"真善美"的给养，教师的"前期工作"也是挺辛苦的，需要尽量多地占有素材，然后甄别筛选，甚至要"亲密接触"那些"假恶丑"的东西，最后呈现在孩子们面前的才是人生的营养大餐。上周我浏览了十几本有品位的书刊，才选定余秋雨纪念谢晋导演的一篇散文《门孔》。我用一节课的时间读给学生听，读者戚戚，听者寂寂，课堂中弥漫着"人性的光辉"。

陶继新：选文需要品位，也需要责任。两者的合一，才有了您的这种优中选优的行为。要想在"亲密接触""假恶丑"东西的时候，既能辨其真伪，又不为其所腐蚀，这就需要一种很高的思想文化境界，您具备了这种境界。可是，有的老师却在接触"假恶丑"的时候，将原有的"真善美"也淡失了。所以，老师特别需要提升自己的思想文化修养，不然，休说选不出高品位的精神产品来，自己也会迷失方向。

史建筑：是的，可能所有人的心中都有善念和恶念，教师的职责就是唤醒"真善美"，遏抑"假恶丑"。

陶继新：在您这种理念的影响下，自然也就有了您的学生的精彩表现和健康的生命气息。

二、静以修身，丰盈生命

史建筑：我常常为学生的出色表现而沾沾自喜，毕竟我为一个个生命的拔节做了点事情。正如陶行知先生所说："老师的最大快乐就是培养出值得自己崇拜的学生。"

陶继新：其实，学生更崇拜您。这种相互"崇拜"，就会形成一种心理场。学习不会成为负担，而会变为一种犹似追逐偶像式的自我驱动。教育走到最后，就是做人的问题。看看孔子的教育，核心是教学生修身做人。前一段时间，我给《联合日报》撰写了《读〈论语〉，学做人》的系列文章，其中就有一篇《做人重于学文》。学生学习上出现问题，很多可以追溯到做人的层面。兴趣重要吗？重要。但是，如果只有兴趣，而没有责任感和使命感，兴趣还会淡失。鲁迅先生之所以弃医从文，不是兴趣使然，则是责任使他做出了这一决定。学生一遇到难题，往往心急起来，可是，如果他们懂得了这种急不起任何作用，从容的心态才对学习、对人生大有益处之后，他们就会心平气和地努力研究下去。另外，学习习惯的养成等也都与做人有关。

史建筑：陶老师所言极是，站在这样的角度来看，一位优秀的教师具体执教哪门学科已不再重要，重要的是通过学科，温润生命，提升境界。最高的教育是融入了道德、担当、良心和责任的教育。

陶继新：社会的浮躁，也蔓延到了学校；老师浮躁，学生自然也就浮躁起来。为什么有的人在任何时候都能淡定从容，那是教育与修养的结晶。您说得对，学科教学的终极目标不是让学生只是学好了学科知识，还要通过这门学科知识的学习，感悟学习的无限乐趣，特别是提升自己的精神境界。

史建筑：引导学生"做人"的同时，教师自己也应关注自身生命的成长。前几天，我写了一篇随笔，其中有这样一段文字："听说，美洲的土著民族当年狩猎时，每行进一天就驻扎一段时间，他们说，我们的身体走得太快了，得停下来等一等自己的灵魂。照理想象一下，物欲横流的世界里得有多少没有灵魂的肉体在狂奔，他们一直坚信'赶路要紧'，而灵魂却被远远地落在后面。"

陶继新：您的这段话很有哲理。是的，现在很多人只顾赶路，甚至不知道要走到什么地方去，而只是忙忙碌碌地走着。有的时候我在思考，这些忙碌且"快乐"的人，生命的意义究竟何在？人们需要一个精神小屋为灵魂安家，而老师尤其需要。如果老师在灵魂方面出了问题，就会在无形中引领学生走向歧途。

您对人生、对教育理解得相当深刻，您也绝对不是一下子就悟出这些的。谈谈您的从教历程吧。

史建筑：回顾自己20年的从教历程，我激昂过，也落寞过，如今，更多的情形下，是平静。我将其大致概括为"成长三部曲"：从教伊始，年轻气盛，一心要做德能俱佳的优秀教师；前些年，忽然得了一系列"称号"，山河为之变色，地球引力为之变小，大有非"名师"乃至"教育家"不做之气魄；近来，常在"高堂明镜"前端详自己，只是茫茫人海中最寻常不过的一滴水，做教师已属不易，做合格教师似乎更难，那就力争做一名合格教师吧。

陶继新：您走的"三部曲"，都有必要性和意义，特别是第三步。遗憾的是，现在一些"名师"只走了前两步，而且为之志得意满或得意忘形，甚至连自己究竟有多大能力也不知道了。这种名师之"死"的深层原因，就是失掉了自己的灵魂，就是没有给自己的心灵安家。您的超越就是有了真正意义上的自我拷问，特别是寻寻觅觅终于找到了属于自己的精神之家。

史建筑：先生过奖了。您所说的"属于自己"，内蕴丰厚。我常想，人对于浩渺宇宙来说，微不足道；但人对于其本身来说，就是一切。问题是许多人把自己完全交给了别人，"戚戚于贫贱，汲汲于富贵"，为稻粱，为名利，忙碌一生，终无所获。在物欲横流的时代，"定力"和"心静"是极其重要的。

陶继新：是的，"心静"特别重要。有人问我，你都是在什么地方写的这么多的文章？我说，有的时候是在家里，有的时候是在办公室里，有的时候则在火车、轮船、飞机上等。于是又问，那样的环境那么乱能写吗？我说，我并没有感到乱，因为我的心是静的，一旦进入写作境界，所有外界的纷乱都离我而去，我只有我，只有我手敲电脑键盘时的心驰神往。

史建筑：陶先生的"静"，是一种境界，是一种丰盈的生命状态。

陶继新：有些人在为名利奔波的时候，特别是在他看来取得了一些名利的时候，大多沾沾自喜。其实，他并没有考虑这种名利只是一时的，甚至是没有什么大价值的。有哪些人在退休之后还是心灵充盈？有哪些人在奄奄一息时还能会心地微笑？少之又少。可是，我们却应当努力成为这样的人。每一个人都应当思考生命的真正意义，都应当为这个意义而幸福且诗意地终生行走着。

史建筑："微笑"、"诗意"、"幸福"，这些生命的关键词太好了。

三、开掘资源，引领探究

史建筑：我想再聊聊我们班的"课题探究"。我们的"课题探究"分四种形式：个人课题、合作课题、"领养式"课题和"集中式"课题。其中"领养式"课题可能令人费解一些，它是在教学中随时生成的，有余力的同学随时

"领养"，加以研究。

陶继新：为了不让读者费解，请您对"领养式"课题解释一下，好吗？

史建筑：譬如，在"人，为何而生"的主题交流中，我补充了数学家拉格朗日的名言："死亡，对我来讲并不可怕，也没有什么遗憾，它只是我生命的最后一刻必定会遇到的一个函数。"说到这里，我忽然意识到这里面藏着探究的价值，就在黑板上写下"生命的最后一刻"，这一课题就被两个组"领养"走了。一个月后，他们带来了数万字的研究成果。

陶继新：看来，需要认领的课题是当时或者一时并不能解决的问题，有较高的研究价值。而认领者认领回去之后需要一段时间，进行课题研究之后，才能"结题"的。不过，他们在这方面研究之后，可以成为这一领域的"专家"。当他们以"专家"的身份给大家讲的时候，会有一种自豪感，大家也会从他们那里获取意想不到的收获。不过，有的时候是不是很多小组都想认领呢？这个时候，是不是需要竞争才能确定下来呢？

史建筑：是的，他们必须论证"领养"资格。陶老师，我们可以一起阅读一下"生命的最后一刻"课题的部分文字成果（课题作者：山东省北镇中学2007级（1）班　曹光瑾　钟世阳　孟笑芳）。

前言：（节选）

有人曾对一个诗人说："我们总要在你去世之后才认识你的价值。"

诗人回答道："是的，死亡总是一个启示者。如果你真的要认识我的价值，那么真相是，我心里的诗多于形诸吟咏的，想写的又多于动手写出来的。"

这是有限之生的遗憾。生命最后一刻的道别，彰显了一个人最大限度所能表达的精神境界。我们惊异于不同人格造就的不同道别，倾听悲壮、达观、遗憾、安静、理想、呐喊所释放的全部生命情怀。这是一刹那的永恒，是百年花开绽出的精神留香。我们吸吮着这种香气，或侠骨柔肠，或生生不息，或慷慨悲壮……

如果有那么一两句话让你眼睛酸楚，那么这肯定是灵魂间对接流露出的悲天悯人的情怀。思考生，是一个永恒的话题；思考死，是一种有意义的徒劳。生与死的交汇是什么？我想是一种对于须臾与不朽、灵魂与生命、精神与躯壳的多重的感悟——而这便是生命的诗人形诸吟咏之外的东西。

庄子说，独与天地精神往来。这次，我们同与伟大精神往来。

第一章：恰似飞鸿踏雪泥

　　　　——生命的最后一刻之诗意篇

第二章：带着理想进天堂

　　　　——生命的最后一刻之理想篇

第三章：能不能再借我一生

　　　　——生命的最后一刻之遗憾篇

第四章：撒旦为我铺路

　　　　——生命的最后一刻之豁达篇

第五章：去留肝胆两昆仑

　　　　——生命的最后一刻之悲壮篇

第六章：一个人的呐喊

　　　　——生命的最后一刻之孤寂篇

（以上章节详细内容略）

结语：（节选）

轻如鸿毛，抑或重如泰山，无论如何都是生命最后存在的姿态。谈到生命的最后一刻，纵然心扉洞开，也生怆然之情，终究是不喜欢将死亡演绎成笑剧的人，寓悲于喜，仿佛一尾被刮了鳞片的鱼，流淌着泪对大海说："看，人们正用喷血的眼睛欣赏我青春的花纹。"一样不喜欢悲悲戚戚的结束，若是花甲老人在你面前絮絮叨叨，耿耿于怀新添的皱纹，你又有何感想？

也许是生命最后一刻渺不可期，也许我们今日的诉说即将远离，我却真心祈盼，你我皆能将当下活作生命的最后一刻，把永恒放进一秒钟，把无限掌握在手中，忍受不能忍受的痛苦，跋涉不堪跋涉的泥泞，负担负担不了的风雨，探索探索不及的辰星，把生命的每一刻都活得澄澈明净，谱成最为动人的"天鹅之歌"。

附录：

1. 彼岸花开无人解

2. 人类遗言录

3. 关于"天鹅之歌"

陶继新：一万多字啊！我很惊诧于这些学生研究所选取的视角，特别新颖，而且有着很大的启发意义。

史建筑：再如《〈史记〉选读》模块学习过程中，我和学生们用了大约 40
天的时间做课题，这次是人手一个课题。虽然有些稚嫩，但他们骄傲地说：
"这是我的课题！"

例如：

安　冬：复仇的火焰

安晓莉：天路

曹光瑾：皎皎之义 真真之情——《史记》中的侠者精神

陈保送：巾帼何须让须眉——《史记》中的女性人物探究

吕　瑞：《史记》中的谋士们

董赛飞：风追司马

高卫强：英雄之泪

张廷忠：处世之道

张　浩：穿越时空的文化场景

韩　芳：风雨如晦，欲壑难填

韩培欣：一生的守望

芦　展：《史记》之谏

牟云强：千姿百态的人生终点

张一珂：清洁的精神——《史记》中的刺客

钟世阳：不废江河万古流

菅欣怡：司马迁的君臣观

高　展：细节深处的绝唱

郭庆睿：《史记》的民间性和大众化

李志方：战神的陨落

阮强强：活生生的大千世界

张　尧："狼来了"——透过《史记》看民族性格

郑　戈："小聪明"与"大智慧"

周一舟：《史记》中的矛盾刍议

韩鲁滨：历史不是帝王将相的家谱

孙　剑：纵死犹闻侠骨香

魏鲲鹏：《史记》——语言艺术的教科书

姜强强：司马迁的独白

代忠祥：英雄史，悲情记

陶继新：您的学生研究的课题，令我震惊！单看这些题目，就很有思想与文化品格。如果不是对《史记》有着认真的研究与感悟，是不可能做出这些课题的。中国有句俗话："名师出高徒。"他们在您的门下，怎能不异军突起呢？

史建筑：多谢先生的鼓励。其实，课题就是一个凭借，我通过它提升的是学生的历史观、人生观和价值观。在这一意义上讲，教育是立足教学又超越教学的。

陶继新：教学，特别是语文教学，如果拘泥于教材文本，肯定教不出有水平的学生来。但是，也并不是说"海选"课外学习内容就一定可以使学生发展起来，关键是选的内容如何，这需要老师的眼光，我很欣赏您的"班本课题研究"。对于当下课题铺天盖地而来，甚至为了利益驱动而进行课题研究者，我是很有看法的。真正的研究，应当结合自己教育教学的实际，应当明显地打上自己研究的烙印。

史建筑：正如先生所言，这些孩子几乎成了某些领域的专家，我所面对的是一个个睿智的头脑，这样的教学是智慧互生的教学，其本身就是丰实的课程资源。

陶继新：这令我想到，学生有着巨大的研究潜力，只是我们很多老师没有将这种潜力挖掘出来而已。但是，这种潜力如果长期挖掘不出来，就会处于沉睡状态，直至消亡。您这是唤醒学生已经沉睡了的潜能，而学生的潜能被唤醒之后，不仅是当下有了研究能力，还会将这种潜能迁移，对其一生的发展都会产生积极作用。

史建筑：是的，我常想，"为学生终生奠基"不是挂在口头上的，需要每一位教师因地制宜，因时而化，扎扎实实地做好身边的事。每位老师的个性不同，经历各异，智慧背景不一，开发适宜于自己的"班本课程"，才能实现教育的超越。

陶继新：您与您的学生则是这一"班本课程"的开发者和研究者。其实，老师，包括学生在内，也是一种课程资源。您的探索是一种深层的教育教学改革。只有在课程上动了真格的，才能称得上真正的改革。

四、反思历程，渐成体系

史建筑：向陶先生汇报一下我的语文观和教育观，请指教。我的语文观，简而言之——"学科"、"生活"、"生命"。

第一层面：学科。语文作为一门独立的学科，有其自身的个性与规律，语文学习必须亲近语言，亲近文本，重视积累、感悟和运用，既尊重原始解读、个性理解，又提倡交流融合、海纳百川。语文学习的过程应该是以语言为凭借进行体验与探究、感悟与积累、应用与创新的过程。我一直在坚守着语文的学科个性。

陶继新：是的，在某种程度上，语文就是语言，离开了语言，就不成其为语文。另外，语文课本只是一个例子，如果没有超越课本之外的大量的文化积累，就不可能在语文教学方面有一个大的飞跃。

史建筑：是的，文化积累就好比冰山的根基，不"显山露水"，但却是高质量的生命须臾不可或缺的支撑。

第二层面：生活。一个人自呱呱坠地那一天起，就走进了语文学习的广阔天地。从此以后，他的生活中便充满了观察与思考、独白与对话、诉说与倾听、阅读与写作。"语文学习的外延与生活的外延相等"，小到人际交往，大到国际交流，语文在我们的生活中无处不在，无时不在。我们的生活中既有小说的曲折、戏剧的冲突，也有诗歌的隽永、散文的飘逸。一个语文能力突出的人，能随时通过适当的自省反思调整自己，能以得体自然的方式表现自己，能使自身折射出深邃的人格魅力。

陶继新：语文离不开生活，我甚至认为，生活是语文教学的另一个文本承载方式。语文学习，有固化的文本，即有文字记载的文本；另一种就是与文字相对应的生活文本。两种文本的结合，才能生成真正意义上的语文教学。现在很多语文教学脱离生活，认为语文学习只是学习固化的文本，使得语文学习离开了流动不息的生命活水，就少了真实与灵动，甚至失去了语文学习之根。

史建筑：在与生活的对接上，语文有得天独厚的优势。在这一意义上，我庆幸自己能成为一名语文教师。

第三层面：生命。这是语文的最高境界，它已经超出了学科、生活的范围，而进入了一个人乃至一个民族的精神世界。语文所负载的文化、思想、理念和传统，将深深地影响着生命的质量和精神的进化。

陶继新：语文学习提升到生命层面不是有意拔高，而是语文学习的必然归宿。在中小学学科教学中，没有比语文教学更能凸显生命意义的了。语文学习的内容，没有不与生命相维系的，语文学习的过程，与个体的生命经历特别是生命感悟魂魄相系。语文教育的研究者，不只在于对语文教材了解得多么深透，而应当融进自己的生命感悟。爱因斯坦甚至说专家是训练有素的狗，似乎有点太过；其实，认真想一想，却不无道理。因为所有语文教学有成就者，都与老师本身的生命经历有关，特别是那些生命感悟很深的老师，其教学就另有一番味道。而这种感悟，是固化文本中很难折射出来的。

就是报告也是这样，如果没有这种生命感悟，报告就会成为对专业知识的诠释，而少了洋溢着生命意义的大气与生动。但是，真正有生命感悟者，却未必特别张扬。我出身卑微，经历太多苦难，所以，不管取得多么骄人的成绩，不管遇到多么热烈的称颂，我的心理深层都有一种声音徘徊不去——我当过农民，甚至连一般的农民的权利都被剥夺过。所以，我永远不会得意忘形，甚至成绩越大，越是严格要求自己。在一般人看来，甚至我有点谦卑，但是，我又感到本该如此。所以，我特别看不起那些有点名气就摆起架子来的人，因为我血液里流淌的是一个"吾少也贱"的情结，我愿意以内心的谦卑来对待每一个面对我的人。在我的心里，人无高下，灵魂皆为高贵，"三人行，必有我师焉"。

我在每次报告开始的时候，几乎都要做一个自我介绍，说自己农民出身，第一学历是专科。这不是有意谦虚，而是让这份经历永远刻在我的心里，对我是一个提醒，同时，也令我更加努力。

史建筑：先生之谦卑，让我们感到羞愧。吾少也贱，家庭成分富农，原始学历中师。"自卑"时时袭上心头，像一根刺儿在不断提醒我要"慈"、"俭"，甚至"不敢为天下先"。这种心结在我的自传体散文《一路有书》中有详尽的描述。

陶继新："慈"、"俭"可是老子称道的两大宝啊！"不敢为天下先"才能真正"为天下先"。

史建筑：我的教育观，简而言之，就是通过教师的引领，使学生能够——学得投入，做得出色，走得更远。

第一层面：学得投入。减负，主要是减去学生的心理负担，教学力求丰富多彩，在学生的"最近发展区"上大做文章，师生之间的交往互动既"有意义"又"有意思"，我和我的学生在高中的书山题海中迂回前行，苦中作乐，兴味盎然，"累并快乐着"。这还是需要一点精神和坚守的（有点自我表扬的味道）。

陶继新：对啊！减负重在减去心理负担，而不是减去学生学得更多的东西。如果学生学起来兴味盎然，甚至在学的过程中产生高峰体验，这样的学习，就是高效愉悦的。"乐此不疲"就是学习进入到审美状态的标志啊。如果学习的东西和时间很少，可是，心理特别压抑，这照样是负担。

史建筑：何其芳曾说过："对你热爱的事情，照例没有困难。"教师的职责就是，引导学生把满腔的热情用在有意义的事情上，乐此不疲。

第二层面：做得出色。利用一切资源，培养学生的实践能力和创新精神，加强"直接经验"的获得，融入社会，链接生活，让学生在"做中学"，而不是在"坐中学"。

陶继新：古人为什么说"读万卷书，走万里路"呢？因为"直接经验"是从书本上学不到的。而"直接经验"却是个体生命成长的另一种"文化"，没有这种"文化"，所有从书本上学到的知识都会没有意义。

史建筑：第三层面：走得更远。这是个体的需求，也是社会的需要。培养学生良好习惯，锻造学生独立人格，关注学生生命状态，引领学生精神成长，为学生一生的持续发展奠定坚实的基础。

陶继新："走得更远"需要走得更远的资本，其中有知识、技术、能力等，而最为重要的却是人格、心理与习惯，否则，即使当下走得非常好的人，也会以惨败告终。只有高尚的人格、健康的心理、良好的习惯，才能使人长期处于优质生命状态中，且从而构筑属于自己的真正意义上的幸福殿堂。

（原载于《现代教育导报》，2009年7月6日；《创新教育》，2009年第8辑。作者：陶继新、史建筑。）

让生命焕发出智慧与光彩

——王晶华老师爱生情结与实践探索

　　王晶华是山东省济南市章丘四中地理教师，硕士研究生。出版个人多媒体课件专辑《轻松快乐学地理》、个人专著《携智慧和阳光漫步》，开创基于学科教学的实践性学习新领域，创办《探索者——基于学科教学的实践性学习》系列期刊，先后获济南市、山东省、全国优质课比赛一等奖第一名。被评为山东省十大教育创新人物，被聘为山东省远程研修课程团队专家，教育部首批中小学赴美访问学者。

　　王晶华一直坚持以爱为主旋律，用心谱写教育篇章的理念，她的勇敢、执著、聪慧，不仅使她的课堂富有魅力，使她的人格充满感召力，更使她的事业熠熠生辉。

喜欢，是最好的理由

　　王晶华：从教学中开心的事情说起吧。我一直固执地认为，让世界转动的，是爱。对自己的爱，对生活的爱，对工作的爱，对这个世界的爱。对我来说，注定当一辈子老师，仅仅因为喜欢。

　　陶继新：我也有同样的感觉。我喜欢当记者，终日忙忙碌碌，却又乐此不疲。因为太热爱这工作了。经常有人问我，你为什么天天快乐？我说，我的工作太有意义了！特蕾莎修女所说："工作就是最好的休闲活动。"我则说，工作是最佳的审美追索啊！

王晶华：喜欢的时候，你会尽心、尽力、尽智慧，会有一些智慧的小点子，而这些会让课堂很新鲜，学生会盼着上你的课。这是很美好的感觉，这就是幸福吧。面对那些多姿多彩的学生，会让人油然升起一种责任感，你不得不时时擂响心头的大钟小鼓——轻慢自己的工作，是一种罪过，也不会快乐。

陶继新：喜欢与快乐的时候，不但会外显为一种特别良好的生命状态，还会不时地生成意想不到的智慧，甚至会达到走向思维巅峰的美妙境界，让灵感不断地闪烁出耀眼的光芒。这时候，学生乐于上您的课，并与您产生思想与情感的共鸣，也就有了水到渠成的美丽。

王晶华：这种喜欢让我更能沉下心来，让生命散发出智慧和光彩。近几年，在静静的夜晚，我设计制作了高、初中地理必修教材全部章节的教学课件，它们是我智慧和喜悦的见证。好朋友问我："你本来是很轻松的人，何苦做那么多东西，多累啊？"其实，我并不像别人想象的那么"累"。一个人做自己喜欢的事，再累也不觉得累；而做不喜欢的事，轻松再轻松也会感觉累。

陶继新：《大学》开篇明义："大学之道，在明明德，在亲民，在止于至善。知止而后有定，定而后能静，静而后能安，安而后能虑，虑而后能得。"这方面的译文尽管很多，我却有自己的诠释——正是因为"止于至善"，才能有心灵的安顿，有了心灵的安顿，才能进入到宁静致远的境界。您为什么能在这个喧嚣的社会静下心来，关键在"止于至善"。正是因为您的善良，您对学生的爱，对万事万物的爱，才有了特殊的心灵的宁静，也才有了特殊的智慧，有了不同于一般老师的境界，和真正意义上的"得"。

王晶华：在这个世界上，能做自己喜欢的事情，本身就是一种奢侈。只有打心里喜欢，才能让自己的聪明才智得以发挥，才不会吝啬投入的时间、金钱和精力。

陶继新：是啊！这个国庆节七天，除了昨天回老家一趟外，我都是在编辑部度过的，每天通过 QQ 与局长或校长对话，每天完成一万字左右的文章。从来不羡慕别人在外面游玩与吃喝，而是自我陶醉于电脑前的思想碰撞与文字对接。所以，每天一点儿也不觉得累，每天都是诗意而又幸福地工作着。

王晶华：同感！我喜欢"浸"这个字，一个人的一生，若有一样东西，能使他浸在里面，也就不算虚度了。仿佛水一样，这种东西，慢慢上升，淹没了你的每一寸肌肤，震颤了你的每一缕思绪，洗涤了你的每一个杂念。在里面，你绝对的纯净，绝对的快乐，世俗的东西早已不复存在，那是属于你自己的溢彩流光的世界。

陶继新：为什么纯净？因为您"浸"之于"水"有了一种美妙的感觉，不过，并不是所有人都有这种感觉。老子对水特别欣赏，他说："上善若水。水善利万物而不争，处众人之所恶。故几于道。"如果处处想着高人一等，事事与人争个是非，就失却了水的本然品质。有的人为什么那么烦恼？一个重要原因，就是没有水之美德。您为什么总是这么快乐？就是因为您有了"上善若水"的体验。

王晶华：作为一名普通教师，我们左右不了大环境，唯一能做的，就是沉下心来，做最好的自己。在我很小的时候，每逢过年，左邻右舍都找奶奶裁衣服做衣服，她从不嫌烦还乐于帮忙。有一次，奶奶边裁衣服边不无得意地对我说："人这一辈子，不管干啥，只要让别人一想到这个活，就想到你，就行了。"我至今记得她脸上的笑容。"做一样，像一样，要做什么，就把它做好。"一个人如果能静下心来把一件事做到极致直至成为艺术，生命永远是新鲜而幸福的。

陶继新：您奶奶之言，一点儿也不逊色于哲学家的格言！在一般人看来，她老人家所做也许太过平凡，可是，正是从这平凡中，昭示了她的美好品德，以及积极的人生态度。她不是时时想着求别人为自己做什么，而是处处想着为他人做些什么。可以说，她是幸福的，是对社会作出贡献者。而老师，就要过这样的有意义的生活。在这方面，您为老师们树立了一个榜样。

幸福，源于爱和良知

王晶华：谢谢陶老师。被需要感、被围绕感是幸福词典里的关键词，真正幸福的人不是让别人羡慕他幸福，而是让别人因为他而幸福。

陶继新：能够让别人因他而幸福，首先他要有利他的品质，且乐于为他人服务；其实就是要有一定的能力，别人做不了的他能做好。

王晶华：是的。这个国庆节我过得很开心，这种幸福是我跟学生共同创造的。记得 2009 年国庆假期，我分批组织一个班的学生去古月山考察，我们是坐公交车去的，我的家人和我们家的"豪华"摩托车帮了大忙。而这次我所教的班报名的有一百多人，分为两批，每次五十多人，校车负责接送，地理组老师全体出动。那条路线步步精彩，我们都被家乡秋天山林的美打动了。

我记得山顶吃完饭后，孩子们把垃圾装进袋子，带下了山，我为他们骄傲；我记得很多地方的山势较陡，当孩子们抓着两边的藤蔓手脚并用地往上爬，或者排成小火车一点点往下走的时候，喊起了军训的口号，是那么积极向上；我记得在林间平坦处行走时，孩子们一次次欢唱，歌声嘹亮；在那片石灰岩山崖处我给孩子们讲地质史和岩石的形成时，孩子们听得那般认真，他们有那么多有趣的问题，这比起教室内眉头紧锁的学习和训练富有魅力得多。还有积木山对外力作用的诠释，时间与太阳的方向，牵牛花、小雏菊、白苇草、蒲公英、棉花田、玉米田、被遗弃的村落、流动的山岚、密密的山林……这些我和我的学生都会记得。

陶继新：王国维说："一切景语皆情语也。"看您描绘的美丽的古月山就让我想到，您与学生一起，大家的情感之美与山林之美已经融为一体了。快乐之感，是可想而知的。而且，这种快乐，与个人旅游是不一样的。《孟子》有言："独乐乐"，"不若与人"乐乐；"与少乐乐"，"不若与众"乐乐。况且，这里的"众"，正是您朝夕相处且又深爱着的学生呢！

从另一个角度讲，现在学生被圈在学校里，几乎没有了校外生活，更少有野外活动。所以，一旦有了野外之行，就会如鸟之出笼，鱼之入海，学生的快乐将是难以言表的。现在，不少学校以担心学生安全为由，已经禁止了学生集体外出旅游。岂不知，你今天担心学生出现安全问题，以后他就不外出旅游，就不到社会上去了？其实，现在的外出，既是锻炼，也是为了未来更加安全。况且，如果考虑周全，做好准备，也不会有什么安全问题的。古人之所以强调"读万卷书，行万里路"，就是因为"万里路"与"万卷书"同等重要，疏离了学校之外的活动，就等于斩断了学生发展双翼中的一翼，就不会使他们更好地成长。从这个意义上说，你们的古月山旅游，何止是一个"乐"字，还有他们的成长意义在啊！

王晶华：是啊。我们的教育欠孩子们的太多了。健康的体魄、对自然的爱护、生命的乐趣和尊严、责任和担当、幽默感和面对失败的勇气、心灵的快乐和痛苦、纪律和规则，还有鸟鸣，蝴蝶，云朵，阳光，月夜，运行有序的星辰，乐于助人的双手，一往情深的憧憬……都是我们应该给予孩子的礼物。

陶继新：陶行知先生说："学校有死的，有活的，那些以学生全人、全校、全天的活动为中心的，才算是活学校。死的学校只专注在书本上下功夫。"可是，直到现在，很多学校依然是死的！更加可怕的是，一些教师及校长，并没有意识到这个"死"，一如故我地"专注"教科书，不管学生健康与否，不管他们有没有鲜活的生活，要的只是分数，要的只是升学率。其实，他们不知道一个起码的常识，一个身体不健康的孩子，一个没有丰富生活的孩子，即使一时考上所谓理想的学校，也会因为"先天"不足缺失发展的潜力，以致最后败下阵来。丰富的生活，会在学生的心里生成一种特别的快乐，进而抵达以逸待劳、事半功倍的境界。同时，健康的身体，也会让人拥有饱满的精神，从而提高学习的效率。鲁迅先生早在20世纪30年代就大声疾呼："救救孩子！"现在，的确是应当救救孩子了！

王晶华：是啊，唤醒教育者的教育良知是个很迫切的问题。有时想想会很心疼。我们的孩子太知足了，课堂上稍微一用心，孩子们就很欢喜；组织一次小小的活动，他们就会念念不忘。在山顶跟学生吃饭的时候，有一支爬山小分队欣喜地喊"王老师"，原来是我多年前的学生也来爬山了。下山的时候，有一位阿姨跟学生打听哪位老师是王老师，原来是我16年前的学生钟国维和他的妈妈、爱人和女儿一起来爬山了。看到自己的学生那么热爱生活，家庭那般幸福，我很欣慰。被学生记住是很幸福的事情，而这种幸福，总是不期而遇。对于我这样一个平凡而简单的人，真的是很奢侈。

陶继新：您的学生何止是知足呢？是特别幸福。您也不是稍微用心，而是特别用心。因为您有一个教育者的良知，也有特别丰富的教学经验，更有超越于一般教师的智慧。所以，听您的课，他们从中获取的还不只是知识，还有智慧与思想。这些，是对他们一生都有用的东西啊！为什么您组织一次活动学生就那么兴高采烈呢？因为他们的同龄人没有这种幸福体验，他们特别需要这种幸福之行。师生同游，其乐融融的感觉，是妙不可言的。其实，真正爱孩子，就会想方设法为孩子着想，就要让他们快乐，就要力所能及地为他们组织令身心愉悦的活动。所以，不让学生外出活动，是"不为也"，"非不能也"。爱心与智慧结合起来，就会让学生拥有更加幸福的人生体验。

王晶华：是啊。如果说担心安全问题，学生上学、放学的路上比起组织活动要危险多啦，难道就不让孩子出门了？办学设施、安全问题都不是理由，关键还是人的问题。想做好，你会尽心、尽力、尽智慧，克服种种困难；不想做，条件再好都枉然。真爱教育、不功利、责任担当、使命意识、善于行动……教育是需要勇气的。

陶继新：责任担当太重要了！学生未入校门，自己活动，即使出了安全问题，都与校长、教师无关，都不需要承担责任，所以，如果只是为自己负责，而不是为学生负责，就会对这些地方出现的安全问题熟视无睹，听之任之；而对于自己需要承担责任的活动则敬而远之，不管不问。没有责任感的校长与教师，并不是真正为学生生命成长负责任者。

王晶华：真正热爱教育、懂得教育的老师才有真正的责任担当。很多时候也会感到忧虑，教育者的生命状态深深影响着我们的教育。上次听您的报告，心有戚戚。我一直认为教师的职业境界有着高下之别：

第一个层次，是中规中矩、认认真真的教师，为数很多，他们为生活而奔波，心中缺乏内驱力和鼓动的声音，多辛苦而少快乐。

第二个层次，是忘我奉献的模范教师，他们是可敬而可怕的，佛都要先修自身才能普度众生，我们的模范教师，常常忘我，甚至因为工作牺牲了健康和家庭，这样的生活不应为其他教师效仿。

第三个层次，是充满幸福感的教师，他们的工作热情从内心深处油然而生，不为工作而工作，更因为需要，因为喜欢，因为发现了乐趣，上帝也总是褒奖他们，最后他们总能从工作中得到满满的幸福的回报。

陶继新：有的教师之所以充满幸福感，有两个重要原因：一是因为他们真爱教育，从而在教育教学中感到了工作的意义，有一种虽累犹乐的感觉，甚至不累亦乐的感觉。二是自身不断地发展，这个发展有业务水平的提高，也有思想境界的提升，还有"功夫在诗外"且又"取法乎上"的学习的不断上进。这样的教师，在教学的时候，就会游刃有余地入乎其内，出乎其外，教学不再是一场又一场心力交瘁的苦役，而是变成了一次又一次快乐的才能与智慧的展示，甚至是一场又一场巨大的精神享受。

人生，不能停止成长

王晶华：我很赞同您对教师幸福之源的分析。一个人的幸福来自不断的成长和发展，人在不断地自由成长中，才能体会到生命的喜悦。一直庆幸，我是一名教师，我喜欢自己的这份职业。即使有时疲惫心烦，也依然会一天天去热爱它，除此之外，我一无长物，就该在这份工作中，欢喜忧愁。

陶继新：孔子为什么说自己是"发愤忘食，乐而忘忧，不知老之将至"呢？因为他太爱他的学生了，太爱自己研究的"道"了，而且，他还从中有了"知之者不如好之者，好之者不如乐之者"的体悟。有了这种境界，非但不会再累，而且还乐在其中呢！

王晶华：能做自己喜欢做又能发挥个人价值的事，是人世间的奢侈。这种爱使人"发愤忘食，乐而忘忧，不知老之将至"，使人的生命永远年轻而新鲜。我十几岁的时候，看到那些二十几岁的人，就觉得他们已经老了，他们的生活已经过去重要的一半，剩下的大半都将了无乐趣。但现在我已入不惑之年，依然与朋友们谈论未来，知道生命中有很多东西等待着我去发现、感悟和学习，并不像当初自己想象得那样睿智到可以停止成长。正如您说的，这种成长有业务水平的提高，也有思想境界的提升，还有"功夫在诗外"且又"取法乎上"的学习的不断上进。

陶继新：我已经进入"耳顺"之年，可是，我仍有一句名言："昨天的陶继新，一定赶不上今天的陶继新；今天的陶继新，一定赶不上明天的陶继新。"为什么这么"执著"呢？因为我觉得，"学不可以已"，而且可以在"学"中听到自己生命再生的声响。今年，我背诵了《周易》的一些内容，全文背诵了《学记》，现在正在背诵《大学》，还看了一些世界名著；而且，除了每月半个月以上的外出讲课与采访之外，还发表4万字以上的文章。所以，真正是"不知老之将至"，而感到自己在成长着，快乐着。所以，有人问我现在怎么样，我总是这样回答："太幸福了！"

王晶华："于无声处听惊雷"是我对您的印象。上次您的讲座坚定了我不断成长的信念。刚工作的时候，我对自己的要求是上好每一节课，因为我知道教师的尊严应该在课堂中获取，课要上得精彩，这是教师的立身之本。学生课上分心不是他的问题，是你的课堂没有吸引力。威信从佩服中来，而不是靠高压。课精彩了，学生才会佩服你。

陶继新：报告也如讲课一样，听者之所以能够有一种如沐春风的感觉，是因为讲课者有"春风"在。如果报告是狂风暴雨，听者就会有另一种感受。所以，教师不要指责学生不喜欢自己的课，而应当反思：自己的课为什么上得不精彩？自己为什么不能做到"腹有诗书气自华"？这样，非但听者会特别快乐，讲者也会拥有一种享受的感觉。有人说：我讲了这么长时间，太累了！我要问："你达到'天然去雕饰'的境界了吗？"自己没有水平又故弄玄虚，当然讲起来会累；可是，你想没想过，听者才更累啊！我经常想，一个课讲得不好的老师，自己讲起来会难受，学生听起来会是怎样一种无尽的折磨啊！

王晶华：是的，低智慧无成就感的工作最折磨人，使人未老先衰，也牺牲了教师的生命成长。您提到的"功夫在诗外"且又"取法乎上"的学习和成长非常重要，因为各科知识是融会贯通的，这就需要教师规划、拓展自己的成长领域。就我们地理教师来说，我们需要懂点物理，不了解饱和空气，如何"看清"雨来前云层上升还是下降？如何学好气旋、反气旋？如何理解气压带、风带与降水？我们需要懂点数学，不熟知几何知识，怎么学习地球的运动？我们需要了解生物进化史，否则我们如何解读化石？如何理解沉积岩的年龄顺序、物质组成和沉积环境？我们需要懂点历史，不了解三次技术革命，如何理解工业种类的分布和工业布局的变化？……

陶继新：您教地理课的时候，之所以能够做到左右逢源，得心应手，一个重要的原因，就是您不但精通地理，对其他学科知识也有所了解。而且，除了学科知识，还懂学科之外的内容，甚至是一些生命哲学方面的智慧。因为从与您的对话中，我已经感受到您不是一般意义上的教师，而是有着哲学思考的名师，是有着生命思考的教育者。而这些，恰恰是将地理课教出特殊味道的本质原因所在。

王晶华：对老师来讲，真的是"功夫在诗外"。一位有才华、有境界、有智慧的老师，更易于感知这个世界，易于走进学生的心灵，能在各种情境中作出独到的判断……这些良好的素养带有强烈的吸引力和精神感召力，学生会不由自主地听其言，仿其行。可以说，教师的素养决定着一个国家和民族的素养，更决定着教育的高下。

陶继新：何止老师呢？其他行业也是"功夫在诗外"。就说记者这个行业吧，有的人系新闻专业毕业，后来又参加了很多培训班，学了不少新闻写作的方法技巧；可是，写起文章来却做不到下笔成文，挥洒自如，更达不到文采斐然，富有理论张力。有的人未必是新闻专业毕业，也未必知晓很多这方面的技巧与方法，可是，由于博览群书，特别是阅读甚至背诵了一些教育之外的经典篇章，而写起文章来文如泉涌，生动形象，又时时闪现出理性的光华。这是因为，前者只有"诗内"功夫，是"不识庐山真面目，只缘身在此山中"；后者有"诗外"功夫，有"横看成岭侧成峰，远近高低各不同"之妙。

王晶华：所以，成长也是一种能力，它需要正确地把握和定位。只有关注自己的内心，了然外部的环境，才能找到自己成长的方向。

陶继新：是的，一个老师有了好的定位，再行努力，就会有好的发展。孔子说："为仁由己，而由人乎哉？"真想有大的发展，形不成内在动力，没有主动发展意识，是绝对不可能的。

追梦，使生命不同凡响

王晶华：我想您说的内在动力就是我们称之为梦想的东西，生命因梦想而不同。不要笑话别人的梦想，那是值得敬畏的东西。世界上很多奇迹，是被认为"疯子"的人创造的。只要你想，并且不卑不亢，为之奋斗，就一定可以使生命光彩夺目，使生活洒满幸福的阳光。

陶继新：为什么说"心想事成"？可以肯定地说："心不想事不成。"有了梦想，就会出现梦想中需要的人、需要的条件、需要的情景，抵达一次又一次梦想实现的彼岸。而且，有梦想者，大多是有理想与追求者，而且有的时候，他们会忘记时间，忘记其他事情，被人称之为"疯子"。山东省乐陵市实验小学李升勇校长在全国之所以越来越有影响，就是因为他有一个颠覆与重建农村小学课堂的梦想，而且带领一批老师矢志不移地走了好多年，被人戏说成"一个大疯子带着一批小疯子永不停止地进行课堂改革"。

其实，外在之疯，恰恰映照出内心的淡定。为了自己的梦想，不管风吹浪打，依然毫不犹豫地走下去，直到获得大的成功；然后再行努力，向着另一个梦想目标行进。

王晶华：是的。人生最大的赌注是自己，没有人比你自己更在乎你的工作与生活，更适合管理和改变你的人生及事业。了解自己的兴趣、激情和能力，找到自己热爱的领域，你会在走路、吃饭甚至洗澡时都念念不忘，你会为它废寝忘食，甚至会在睡觉时因一个好主意一跃而起。当成长变成了一种乐趣，一种意义和需要，一种人生价值的时候，你就会从心底开出花来。

陶继新：这就是所谓的痴迷状态，进入到了一种物我两忘的审美境界。当别人在乎官位与名利的时候，这种人却对之不屑一顾，只是着魔似的在自己的追索的园地里行走。在这个过程中，尽管会有波折，会有失败，可是，却是义无反顾，决不回头，结果，终于取得了一般人意想不到的成功。其实，任何事情都有一个定律，有付出，就有收获；少付出，就只能少成功；不付出，就没有成功。成败的关键固然与环境有关，而与个人的奋斗与坚持关系更大，正所谓"有志者，事竟成"也。

王晶华：真正的追梦人能够从繁华中抽身，静得下心，耐得住寂寞。他们拥有处变不惊的内心世界，能清晰地把握内心的需求，看得透名利得失、荣辱成败，能清醒地领悟日月运行和生命成长，他们终能心想事成。正如您所说，心不想事一定不成，可是心想不一定事成。有些人把世俗的流转当成目标，太过于关注那些做不到的事情，最终以一种消极的态度限制了获得幸福和抵达成功的能力。如果我们能够忽略那些做不到的事情，找到适合让自己痴迷的事情，绕开暂时的挫折，心无旁骛，奋斗下去，用不了三年，我们就会有不一样的人生。

陶继新：之所以心想事不成，就是有的人设定的不是梦想，更不是理想，而是妄想。妄想往往脱离实际，往往为了某种功利，所以，很难事成；即使一时事成了，也不是真正意义上的成，因为这个成还会在未来的生命中流失，甚至转为更大的败。所以，心想什么，十分重要。想错了，为之努力，就会一败涂地且一蹶不振；想对了，为之努力，就会取得成功且再接再厉。

您说的用心很重要，有的老师对我说，我已经教了几十年课了，可是，我问他："你用心教了多少年课？"往往回答是犹豫的，甚至是否定的。没有用心，不是真教，而是敷衍。其实，这种人往往是"聪明反被聪明误"，你不用心教的时候，学生也不会用心听课，你的一生也会因为没用心而了无意义，直到退休，也只能是一个教书匠。

王晶华：是啊，定位不同，导致了人生的千差万别。所以，必须真爱教育的人才能做老师，遇到一个用心的优秀老师是每个孩子、每个家庭的福分；遇到不用心的老师，可以说是一种灾难。

陶继新：柏拉图说："一个民族只有最优秀的公民才有资格当教师。"这里的优秀，固然不是指的一个方面，而爱教育当是最主要的，没有爱，不管其有多少知识，不管其有多高的能力，都称不上真正意义上的优秀教师。

真爱，打开教育之门

王晶华：爱学生，让学生爱你，这是教育成功的奥秘。只有爱学生，才可能爱这份辛苦的职业；如果学生不喜欢你，你工作的快乐和幸福感就不会开始。

陶继新：爱是治疗一切病痛的良药，也是走向人生幸福的必备品质。世界如果没有了爱，简直不可想象将会发生什么样的事情。当你爱的时候，你的内心就没有了分裂，你和周围世界的界限消失了，"你的"变成了"我们的"，从而达到"止于至善"的境界。由此看来，爱能引导我们从孤独的小我走向完整的大我。

教师爱学生，既要真爱，也要会爱。真爱多能引起学生爱的回应，可是，如果不得其法，也会适得其反。有的家长非常爱孩子，可孩子并不领情，甚至非常反感。其原因就是不会爱。老师在真爱学生的时候，还要研究他们的年龄与心理特征，学会爱的方法与技巧，这样，才能让爱产生神奇的效果。

王晶华：陶老师提到"会爱"学生，这很重要。如果缺乏正确的方法，再好的爱心也没有效果。很多时候学生抗拒的，不是爱，而是爱的方式。如果爱得不得法，爱心同样可能贻误学生，葬送未来。所以，一个好老师，仅有责任心是不够的，仅有爱是不够的，仅靠激情燃烧是不行的，要练就教育的智慧，要遵循学生身心发展的规律，懂得爱的方法、爱的智慧，要爱到"点子"上。

陶继新：我曾经采访过一位教师，他认为自己特别爱自己的学生，可是，他极其困惑，因为几乎每天放学的时候，他的自行车就会被他班里的学生拔了气门芯，甚至还扎了车胎。后来，他开始研究学生这样做的原因，反思自己爱的言行，最后，他发现是自己错了。这种认识，让他非但不再抱怨学生，反而更爱他们。于是，他召开座谈会，征求学生意见，研究爱的方法，结果，学生也真的爱他了。一天下雨，一个学生竟然将自己的雨披盖在了他的自行车上。这让他感动不已，也更加爱自己的学生。这种师生的和谐关系，使得他的教学效果也越来越好。因为"亲其师"，才能"信其道"；"信其道"，才能产生高效啊！

王晶华：学生喜欢阅历丰富、知识广博的教师；喜欢尊重学生、了解学生需要、主动与学生交流的教师；喜欢真诚、亲切、值得信赖的教师；喜欢能言善辩、谈古论今的教师；喜欢有共同兴趣爱好，能在课余讨论世界、网络的教师。用一颗最初的心，向社会学习，向同事学习，向学生学习，向一本本杂志、一本本图书、一篇篇文章学习，才能多一些智慧、从容和自信。如果不改变，就会落伍。甚至，被残酷地淘汰。

陶继新：教师的真诚与智慧，是打开学生兴趣的钥匙。一个不真诚的教师，不管其如何能言善辩，都不可能在学生中矗立起"仰之弥高"的丰碑。所以，陶行知先生说："千教万教，教人学真；千学万学，学做真人。"而要让学生学真，成为真人，老师首先要是一个真诚的人。可是，当下老师"不真"并不是新闻，甚至有的学校在接受上级检查的时候，有意让教师造假。结果，有些"火眼金睛"的学生，就看穿了教师的不真，也学着不真起来。所以，不管社会上有多少花样的造假行为，教师是绝对不能不真诚的。同时，教师还要有智慧，因为并不是说有了知识就一定能教好课，知识不等于智慧，两者不在一个层面上。《学记》有言："其言也，约而达，微而臧，罕譬而喻。"这样，才是真正的善教者也。孔子则主张"不愤不启，不悱不发"，所以，他说："举一隅不以三隅反，则不复矣。"

王晶华：是啊，教师的人品至关重要。教育的急功近利和不诚实很可怕。社会呼唤负责的教育，呼唤真实可信的教育。诚实的教育，才能换来健康的孩子，才能锻造孩子作为一个人最起码的品质——自信、尊重事实、直面现实、有健全的思维。要学生诚实，我们首先要诚实；让学生怎么待人处事，我们就必须先那么做；让学生健康地生活，我们首先要有健康的心理和生活方式。"千教万教教人求真，千学万学学做真人。"陶行知先生的话，应成为教育最基本的准则。

陶继新：其实，孔子早在两千多年前就感慨道："人而无信，不知其可也。大车无輗，小车无軏，其何以行之哉？"意思是说，一个人不讲信用，那怎么可以呢？正如大车小车没有驾车的横木木销，那它靠什么来行走呢？孔子之言，实在精妙。"信"虽非物质的，可是，一个人真想立足于社会，"信"却是必备的品质。如果缺失了这一品质，即使得到了高官厚禄和万贯资产，也一定会得而复失。所以，老师就应当很好地培养学生"诚"的品质，以至让"诚"跟随学生的一生，从而让他们受益一生。

王晶华：学生的眼睛是雪亮的，教师首先应该是一个善良诚信的人，一个真爱孩子的人，讲究爱的尊重、爱的智慧，学生才能"亲其师，信其道"，有了这个基础，嬉笑怒骂皆成文章。

陶继新：一个善良的老师，可以教出一批又一批善良的学生；而一个不善良的教师，也可能将自己的不善之念传递给学生。所以，教师必须是善良的人。当然，正像爱一样，这种善，一定要让学生感知到。唯其如此，才能做到"嬉笑怒骂皆成文章"。

王晶华：最强韧的不是金钱，不是名利，甚至不是爱情，而是精神的共同成长。每一个学生身上，都有一种来自生命的令人畏惧的力量，每一个都如此不同，都带着独特的生命密码，带着独特的禀赋，充满梦想地来到世上。对于教师来说，善待每一个学生，用守望、期待和敏锐的观察，发现学生的特长和天分，就显得尤为重要。

陶继新：孔子的"因材施教"和"有教无类"，不但有对学生的真爱，也有爱之谋略。因为，"中人以上，可以语上也；中人以下，不可以语上也"。针对不同的学生，就要采取不同的教法。而且要"知其心"，《学记》有言："知其心，然后能救其失也。教也者，长善而救其失者也。""心之莫同"，采取同一的办法，肯定行之无效。由此看来，教师不但要有精神品质，还要有教育智慧。二者兼具，才能让不同类型的学生都能感受到老师之爱，都能成为善于学习者，从而抵达"师逸而功倍，又从而庸之"的高层学习境界。

王晶华：我们心中都有一个强大的小宇宙，只要唤醒了它，无论环境怎样恶劣，我们都会努力地成长，面对人生的辛苦，享受沿途的精彩。在不断成长的过程中，许多陌生美好的事物，丰富了我们的生命，使每天都新鲜而充满活力。

陶继新：对于整个宇宙来说，我们每个人都是一个小宇宙，都有无限的能量，关键是如何唤醒这个小宇宙，让它的能量充分释放出来，创造出一个又一个的新的自己。汤之《盘铭》曰："苟日新，日日新，又日新。"这种不断的变化和超越，无疑会创造出新的教育景观。

（原载于《创新教育》，2012年第10辑；作者：陶继新、王晶华。）

数学教育： 智慧生成之旅

——刘建宇老师的诗意教学与哲学思考

　　山东省临沂市罗庄区册山中学是山东省创新教育重点实验学校。近日，记者前去采访。采访刚一开始，便有人对记者说，刘建宇老师有一根数学教学的魔鞭，变幻莫测，异常神奇——他教的学生中，90％喜欢数学，80％认为数学简单，45％以上在初二下学期开始不久便自学完了全部初三课程，而且有的学生还学完了物理和化学课程。2000年6月，5名初一学生自愿参加初三毕业考试，均获佳绩；2名初二学生在初三全国数学竞赛中进入全区前8名；67名初二学生破例参加全市组织的数学中考，平均得分超过全市初三学生平均分6.8分，有两名学生突破110分（满分120分）。2001年12月全国数学竞赛预赛中，全区前4名均被刘建宇班的学生包揽。2002年4月7日决赛中，他的两位学生在全市排名中进入前三名，并获得了国家级竞赛奖。

　　然而刘建宇老师所在的学校是一所农村中学，他在初中与高中上学时数学考试多不及格！

　　事实有悖常理，但事实就是事实！

　　这不能不令我们思考当今教学的某些缺失，不能不令我们去探寻刘建宇老师数学教育的奥妙所在。

"16 字教学方略"的提出与诠释：
数学教育理论的构建

与刘建宇初次对话，是在去年一次省级教育年会上。他还存留着乡村青年的一点儿羞涩，普通话中不时跳跃着沂蒙山区的方言；但这都没能遮掩住他教育思考的光华——

他说，目前教育教学上的教材统一、学时统一、进度统一、测试统一等等，追求的是一种形式上的平等和完美，阻碍了不同学生的个性发展，在很大程度上违背了教育的客观规律与人的生命发展学说。而人们对"全体性"的肤浅诠释——要求所有学生知识技能都达标，既忽视了英才的培养，也忽视了教育的个性化和区域性。生命个体拥有巨大的内在潜能，求知便是人的一种生理自然行为。因此，挖掘这一潜质，还求知一种诗性，且在这种诗性的求知过程中产生挥洒生命的灵性与智慧，方是当今教育的真正使命。而要实现这一使命，就必须为学生营造一个自行探索的时空，让他们积极主动地参与求知过程。为此，经过实践与研究，确立了"框架构建，整体推进，全局着眼，局部完善"的"16 字教学方略"。"方略"是一种以体现数学的价值性为发展趋向，以问题简单化为施教原则，以学生科研意识为培养切入点，通过对知识快速、高效的框架跨越式学习，使学生得以站在整体的高度去领会知识的同中存异、异中存同、八方联系、浑然一体的课堂教学方略。通过这种教学，学生形成一种求同存异的数学学习观念，以及对问题处理时的辩证统一的哲学观点。

在刘建宇老师的指导下，学生将整体认识与局部把握物化到数学学习之中：把初中三年视作一个整体，从整体性和全局性的角度去处理教材，先框架构建、整体推进，后局部完善、全局着眼。传统的教学与学习大都走了一条从局部到全局的思维线路，而事实上先全局后理解部分比先部分理解后全局更加容易。所以刘老师在教学中，不追求"堂堂清，单元清"的"完善"，而是把教材作为一种载体，以三年为总的目标，将每个阶段、每个过程作为完善、补充的有机组成。如果对中等生来说学习容易产生的障碍且对后面的教学影响不大，可以暂时跳过去，朝着学生感兴趣的方向前进，从而树立他们学习的信心。刘老师举了几何第二册中求"作一个角的平分线"的例子。他说，教材上的解法复杂而又严密，很多学生还不知道这种作法的理由；所以就暂时跳过去。在学完等腰三角形三线合一时再回观这一内容，学生顿生易如反掌的感觉。因此，对于部分不求完全精通，只懂八成即可，以后回过头来再达到十成。使学习数学由易到难，始终让兴趣与自己为伴。

刘建宇老师认为，教学只有实现了自觉自动，才能真正实现其教育的价值。所以课堂教学的一切设计、组织和实施，必须围绕着学生现实的学习需要、学习实际来加以调整和组织，形成以学习者为中心的开放的学习过程和教学过程。因为课堂教学是一个充分体现师生互动、生生互动的双边、多边活动的交流过程，是师生共度的生命历程，以及共创美好体验的历程。

局部入手：关注教学的细节

老子说："图难于其易，为大于其细。天下难事必作于易，天下大事必作于细。"这一哲理在刘建宇老师的教学中得到了很好的验证。刘老师在整体推进中并没有忽略教学的局部与细节，他对每个教学环节与细节都进行了周密的思考和精心的安排，将每一个知识点的教学，既作为把握整体不可分割的重要内容，又看作完善学生人格、生成个体智慧和张扬生命个性的有机组成部分。

一、归纳梳理寻关联

对课文内容的逻辑归类与梳理，是寻得知识间联系的必要条件；而在寻求知识间联系的过程中，又使学生对课文有了更深层次的认知。比如，在章节复习课上，通过对方法的整合，学生提出了求圆形木料直径的两种不同途径；在跨章节的复习课上，学生提出了在解决池塘宽度的问题时，除了课本上用全等的方法求解外，还可以用四边形、解直角三角形、相似形和圆的知识来解决。正是在追求知识间的联系之中，培养了学生比较、联想、分析、概括能力和迁移思维的能力，提高了学生对数学知识的系统化、条理化的认知水平。

二、紧盯目标如破案

在微观做题方面，刘老师对学生提出了具体要求：眼里不仅有这道题，还要有结论的思维发散体系，通过对题目已知条件的深层把握，要有条件作用的广度体系以及处理类似问题曾有过的思维空间，然后再做到三者的结合。让学生形成比较规范的思维运作体系，让做题的过程成为补充完善这种思维运作体系的过程。即做题的过程是"经验＋条件作用的延伸＋数学思想＋归纳解决"的有机结合。刘建宇老师将做题喻作侦探破案，有排除，也有猜想与论证，须对某一问题牢牢抓住不放，从理解——联系——比较——挖掘思想方面进行合理推进。但这需要灵性与感悟。在很大程度上，一种能力的形成，不是教出来的，而是做与悟的结合所产生的必然结果。

三、学会反思走捷径

刘建宇老师认为，做题是一种研究性学习，反思至关重要。比如，老师讲过多遍的题，学生为什么还不会做？这不能从学生听讲不太认真甚至笨方面考虑，而应当从学生生理的角度（遗忘规律）、做题时的心态与学科体系的角度分析研究。例如，学生在做 $1+2/X+X/（X+2）=10/3$，学生想不到先化成 $（X+2）/X+X/（X+2）=10/3$ 这一步。这与学生做题时的心态有关，他没有首先考虑有没有更简捷的方法。如果学生做题时考虑到了简捷的方法，并看到它是一个分式方程，就自然地会想到通分，以下的解题步骤也就水到渠成了。这正如分解因式时首先考虑提公因式一样。特别需要注意的是，对于学生做出的题，特别是多种方法解出的题，应让他们进行做题后的反思性研究，即产生的多种方法是受什么思维和数学思想所支配的，这是学生形成能力的至关重要的一步。推而广之，学生每天晚上可以反思一天学习的内容，也可以进行一周的反思性研究，包括自己行为与思想上的反思。方法并非"多多益善"，一种方法学会了，并能举一反三，就会产生很好的效果。久而久之，便可以形成习惯素养。

数学素养：学好数学的思想奠基工程

刘建宇认为，学生基本数学素养的形成，是学好数学的思想奠基工程。它只有通过对思维有深刻影响的活动方可实现。这种活动从知识的角度讲，体现在反映共同数学思想的知识进行模块化组合，进行活动式的系统施教。零散的知识点分散施教形不成思维习惯，更形不成素养。所以，必须站在全局系统的高度上，对课本知识进行一种模块化组合，从而培养学生类比、归纳、转化的"三思维能力"。

一、类比思维让学生举一反三

要想对学生进行类比思维的训练，首先必须找出课本上可资类比思维的内容。这些内容可以由性质、公式、法则的相似进行类比，可以由"数"或"形"的结构或形式的相似进行类比，可以由解决问题方法的相似进行类比，还可以由有限到无限进行类比，等等。例如——

由同底数幂乘法法则推导的方法研究幂的乘法法则，积的乘法法则，同底数幂的除法法则；由类比单项式与多项式的乘法法则，研究多项式与多项式的乘法法则。——这是以法则、性质相似进行类比。

由类比于整数的因数分解，研究为多项式的因式分解；类比于分数的概念、性质与运算研究分式的概念、性质与运算；类比于三角形的面积公式研究圆面积公式等。——这是以数或形的结构形式进行类比。

由等腰三角形性质与判定的研究，类比于四边形的性质与判定的研究；以直线和圆的位置关系研究，类比圆与圆的位置关系的研究。——这是从解决问题方法相似进行类比。

这是教师所进行的创造性工作，是对教材内容重组与再建的一项重构性的工程。既需要高屋建瓴俯视整个教材的高水平，又需要细致入微分析具体内容的真功夫；既是教师对教材内容与教学方法的一种挑战，也是学生重新认知与寻找最佳学习方式的创新求索之旅。它直入学生学习的思维深层，是"举一隅可以三隅反"的"授之以渔"法，是学生终生受益的"善莫大焉"之举。

二、归纳思维让学生建立知识的因果链

归纳思维是从多个个体中寻出一般规律的一种逻辑推理过程。它不属于必然律，所以在归纳中对个体的选取有很高的要求。刘建宇老师不仅深入地剖析了教材，而且对有关内容进行了合理的归类，并从中找出了知识的因果链。如——

通过对代数中有理数的加减乘除运算的法则，有理数运算的交换律、结合律、分配律、添去括号的法则，不等式的基本性质，对一元二次方程与系数关系进行研究，对函数图像与性质进行研究等。

在几何中，由三角形、四边形的内角，去研究 N 边形内角和等。

这种从已知到未知，从特殊到一般的推理训练，可以使学生看到知识内在的联系，可以训练学生抽象思维的能力。所以，刘建宇老师一方面自己进行这种归纳推理，另一方面放手让学生自己推导，自寻规律，并从中获取成功的乐趣。而乐趣一旦在思维训练被激发起来，学生的归纳思维能力的提高便有了一种持久的动力支撑。

三、化归思维训练让学习由复杂变简单

刘建宇老师说，初中数学教材中可以化归思维训练的内容几乎无处不在。他举例说，在运算中减法向加法的转化，除法向乘法的转化，几种三角函数的相互转化；在几何中复杂图形向简单图形的转化等。为了提高学生的转化思维水平，刘老师又把转化分为分解转化、化合转化和找第三量的转化。

这种转化，使复杂问题简单化，增强了学生学好数学的信心，提高了学生学习的质量。

为了让学生的思维活跃起来，刘老师要求学生在上课之前，预习未学内容，并要对老师讲授的内容提出自己的见解，以使教师的教与学生的学产生思维碰撞。于是，学生呈示了一种良好的思维态势：一个命题提出来，自己先试着判断它的真假；一个概念提出来，自己先试着定义它；一个定理或公式写出来，自己先试着证明它；一个例题写出来，自己先试着分析它、解出它。学生再不是跟在老师后面亦步亦趋，思维始终跑在老师的前面。正因如此，学生的思维能力飞速地发展，学习的质量不断提高。朱丛振同学在总结学习方法时写道："应当从系统的角度学习知识，着眼于知识间的联系与规律，深入本质，挖掘思想。对待概念，我是'深入——发现——再深入——再发现'，概念不再是生硬的逻辑定义，而是相互关联而又融通活跃的生命符号。做错了题，我会仔细分析出错的种种原因，找出避免再错的方法。"孔子高足颜回的"不贰过"，在这位学生学习之时重现光彩。

四步一贯穿：真正意义上的自主学习

所谓"四步一贯穿"的课堂教学策略，就是以最优的学法贯穿于指导学生预习、问题的精讲点拨、学生自主活动、学生自主测试四步教学活动之中，

构建一种高效率、高质量的教学机制。

一、"四步"：教师教精与学生会学结合的最佳途径

1. 学生自会预习的"四环读书法"

学生自会预习是"四步"课堂教学实施的第一步，也是至关重要的一步。这一步走好了，就可以激发起学生的学习热情，使课堂教学达到事半功倍的效用。因为即使学习优秀者心目中的自学，也多是停留在看懂书、会做题的浅层面上，达不到真正自学意义上的进一步深化。为此，刘建宇老师提出了"四环读书法"——

一是看书求理解。理解课本中的公式、法则、定理、概念等。二是看书求结构。对课本中的知识框架能够基本回忆起来。三是看书求联系。它包括知识间的渗透联系，知识点在章节的位置，章节与章节之间的联系，章节在整书中的位置，在整个初中中的位置。让学生学会从全局把握知识，从全局把握某个知识点，某个章节该学到什么程度。四是看书求归纳。使知识达到系统化、规律化。

对于学习成绩一般的学生，只要求达到第一、二步就可以了；而对于学习优秀的学生，则要求四步都要走好。

2. 教师精讲点拨的"八化""六性"

传统意义上的精讲点拨，认为只要把问题讲清、讲透就行了。其实，这是十分片面的，在某种程度上，它背离了学生创新素质培养的宗旨。而刘建宇老师则赋予精讲点拨以新的内涵，提出了"八化"与"六性"说。

所谓"八化"即：讲清所学知识内涵的"价值化"；通过一种比喻、类比或缩讲的方法，使复杂问题"简单化"；在讲公式、定理、法则时讲明其产生过程与符合规律的"合理化"；让学生暴露对于问题思考轨迹与找出解决问题方法的"暴露思维化"；讲出知识所体现的数学思想和方法，让学生知道规律化是数学的特点和归宿的"规律化"；讲授某一问题时，力争做到前复习，后渗透，讲成一个知识链网的"渗透化"；对于各个知识点整体性把握，以及学生应该学到什么程度了然于胸的"全局化"；让所有学生学好会学，特别是将目光放在学困生身上的"全员接受化"。

所谓"六性"即：鼓励学生寻找与相关知识间的联系，培养学生的联想能力与系统论观点的"系统性"；指导学生进行主动地、个性化的探索和学

习，从而培养其思维的敏捷性与深刻性的"自主性"；延伸、拓宽知识，加大课堂容量，使学生的认知能力不断地发展的"发展性"；遇到不懂的问题暂时跨过去，以后回过头来再学的"跨越性"；让学生自己研究知识产生的过程，从而让学生知道知识是一个结果，更是一个过程的"过程性"；师生、生生之间在课堂上充分讨论、交流和合作，共同研究问题的"合作性"。

3. 学生自主活动的"七化"

学生自主活动就是让学生通过自己动口、动手、动脑等，达到高质量高效率的学习目的。实践证明，人的创新精神只有在宽松正常的环境下才能生成。所以必须为学生提供充分的自由想象空间，创设一种让学生可以自由选择的空间。而这种空间的提供与创设者则是有着当代教育观念的教师。教师要敢于怀疑，敢于批判，实施真正意义上的启发式和讨论式教学。这样，才能有效地克服学生教学中的服从状态、循规状态和机械状态，激发学生的质疑精神和批判精神。从而使学生自主活动真正走向自由的境界。为此，刘建宇老师将部分教学内容让学生自主学习，让他们走上讲台，开展概念课《看谁讲得明》，习题课《比比谁的方法好》，复习课《最佳优化之路探讨》等比赛活动。这些活动可以是讲授，可以是演讲，不拘形式，率性而为。讲者是学生，裁判也是学生。在活动中，刘老师注意把学生的思路向会学、自管上引，让他们感知学习方法，感知知识形成过程的严谨性，感知知识间的内在联系，尤其感知归纳总结在数学中的地位。

学生自主活动是学生拥有自学能力的基石，为此，刘建宇老师对学生的自主活动提出了"七化"要求——通过对易出错、易混、不易理解的问题的研究，来锻炼学生发现问题和解决问题的能力的"难点问题科研化"；让学生形成一个研究群体，不仅有多种思维的碰撞，也有合作精神的培养的科研问题合作化；面对一个题目，要求学生了解它的知识点，探求有无多解，从而培养学生求异善思能力的"题目训练多思化"；对于一个公式，要求学生不但知其然，而且还要知其所以然，即使公式法则一时忘却时，也能够自己推导出来的"公式法则推导化"；对于复杂的知识，要让学生不仅了解各个知识点，更要探索各知识点之间的逻辑联系，对其有一个系统的认识与把握的"复杂知识系统化"；不仅会做题，更要把握这一类题型的做法的"技能问题规律化"；在章节学习时，具有统观全局的思考与宏观的把握的"章节问题全局化"。

学生自主活动"七化"是老师精讲点拨"八化"的目的，只有如此，才能真正实现教与学的和谐与统一，达到"教是为了不教"的自由境界。

4. 学生自主"口试"与"笔试"

由教师测试学生到学生自主测试，这不仅可以促进学生出题能力的提高，也是学生自我梳理知识的过程，更是对学习主体的充分信任，是促进学生自觉意识觉醒与自我探索精神的生成的一种有效形式。刘建宇老师将测试分为两种：一是学生之间的口头测试，检测学生对概念、定理和法则的把握情况和知识结构的掌握情况；二是笔试，不仅是学生出题，而且由学生交换批改。学生在拥有出题权与批卷权的同时，也承担一份沉甸甸的责任。学生的认真态度与探索精神，与重构知识体系同现光彩。

自主测试与交换批卷并非一种常规性的行为，刘建宇老师更加关注的是学生对知识的重新认识与知识体系的再次构建，特别是学生逻辑思维的训练与学习方法的探寻。所以，对于考过的试卷，要求学生还需做到以下七点：

一是明确试卷体现的知识结构；二是回忆自己对结构所掌握的知识数量；三是把课本当做信息资料去查阅，去修改自己做错的试题，以此完善结构；四是回忆自己出错的思维过程，从心理及知识的角度明确出错的原因，确立遏制再次出错的策略；五是总结试题的规律，进行分类、归纳；六是从试题中寻求经验与教训，以此来确定下一节如何学习；七是要求学生对考过的试卷经常翻阅，使学习处于一种循环往复的系统之中，从而强化学习的目标定位意识，并力争达到"温故而知新"的目的。

二、"一贯穿"：学法贯穿始终

就是学法指导贯穿于以上每一环节。一种学法，学生知道了不等于行，行不等于恒，更不等于素养。在一种新的教法诞生时，刘建宇老师并没有让学生停留在明白的浅层面上，而是让学生去掌握，去运用，从而升华为学生的行为习惯素养，因为这是自学能力培养的关键。为此，刘建宇老师根据教学实际，巧妙地将学法渗透于教法之中，让科学的方法内化为学生自己的思维方式和行为方式。当然，学法的内化并非一日之功，甚至一年半载尚难大见成效，但持之以恒地做下去，恰如"随风潜入夜"的绵绵细雨，终可达到"润物细无声"的目的。

"四步一贯穿"的课堂教学策略的实施，实现了教师由"抚养者"到"培养者"，由"育知者"向"育智者"角色的转变；最大限度地开发了学生的内在潜能，使他们接受的知识由"有限"到"无限"过渡，从而实现了真正意义上的自主学习的自觉。

"家庭炉边谈话式"与"微型小说式"：
让课堂教学充满诗意

课堂教学内涵的丰富与智慧的生成，往往与教学形式的自由与学习主体的愉悦休戚相关。刘建宇老师的家庭炉边谈话式与微型小说式的教学形式，便使这种自由与愉悦同台共舞。课堂上，学生带着一份自然而又渴求的心情去接受知识甚至自我探求未知，并在这个过程中学会归纳与升华，进而形成一种性格，生成一种智慧。这既反映了认知基础与未来发展领域之间所应遵循的承启关系，也反映了课堂教学的价值取向；既使学生感到学习数学趣意盎然，又使他们学会了发现问题和解决问题的方法。

一、家庭炉边谈话式课堂教学

这种课堂教学的突出特点是：随和、融洽、自然与轻松。数人一围，无尊卑之别，惟友情相处；无严肃气氛，惟兴趣使然。就某一问题或几个话题展开讨论，人人敢想、敢说，敢动，最后达成共识，或者未成共识。这种形式唤起了学生内心深处的那种从属于生理行为的求知欲望，个体创造性思维被挥洒得淋漓尽致。

二、微型小说式的课堂教学

微型小说通过幽默活泼和言简意丰的文字，诠释丰富的人生哲理，从而给读者留下回味与思考的空间。刘建宇老师认为，在一定的时间与空间里，数学教学也应该是微型小说式，也应该赋予它很深的哲学内涵和性格智慧内涵。哲学内涵包括事物间的辩证性、联系性与规律性，数学课堂教学则可以将这种哲学内涵具象化，如，数学知识的同中求异、异中求同，问题的一题多解、多解归一、多题归一，处理问题的发散与集中的观点等。性格智慧内涵则包括解决问题时的探究意识，解决问题后的反思意识，反思问题时的归纳意识，解决面临问题时的主要矛盾意识；能够体验到的任何事物的研究所应遵循的认知——理解——归纳——升华的规律意识；让学生懂得学习不是单一的获得知识技能，它更应该包括获得技能的方法和拥有"没有最好，只有更好"的良好学习心态；让学生更多地掌握静与讨论、解与反思的关系，从而实现学会——会学——性格智慧的转变。

知识是死的，更是活的。活的知识如源头活水，陶冶人的情操，净化人的心灵，增长人的智慧。家庭炉边谈话式和微型小说式课堂教学则悄然打通了吸纳源头活水的笔直通道，成为远古传说中能带人驶入神奇天地的那片神舟。

学习更是一种责任：终生的精神追求

学生的学习在很大程度上是其在具有良知的基础上所产生的一种责任行为。在平常教学中，要让学生逐渐认识到，学习不能单凭兴趣，更是一种责任。

许多学生尽管已经感受到了学习的重要性，但有时就是管不住自己，为此，刘建宇老师实施了"自教循环往复策略"，即让他们循环往复地开展自我教育。譬如，让学生写《我心目中的×××》《假如父母在我身边》《本周我做了哪些不满意的事》《这样做，我能成功吗》等，并且分批开展"我如何培养自主学习习惯方法谈"等活动。在教学中，观察学生的优点，挖掘学生的优点，赞美学生的优点。对于部分后进生，开展"一天学会一道代数题，一个几何定理"，以及"一天有一定收获"的活动，以此来培养他们自我评价、自我研究、自我约束的能力。从而，让学生认识到：学习不能单凭兴趣，它更是一种责任。同时，教师通过观察、挖掘与赞美，培养学生的羞耻感，塑造学生的成功感，从而使其形成自爱、自尊、自信、自强的良好品格，"于无声处"实现学生由考好向终生追求精神满足的转变。这种数学教学中的人文教育，因与科学的连襟，往往可以产生特殊的效用。不少学生有了忧国忧民之心，有了自己的精神追求。请看同学们是如何说的——

五彩缤纷的世界已将当今国家分成两种类型："头脑国家"和"躯干国家"。"头脑国家"科学极为发达，人民素质非常优秀，他们用自己的头脑和双手编织和创造着种种奇迹，来控制着那些技术落后、人民素质较差的"躯干国家"。弹丸之地的日本已经成了"头脑国家"，而拥有 13 亿人口的泱泱大国的中国，竟然被贬为后者，这对我们中国人是莫大的侮辱与讽刺。所以，我们不学习不可，不努力不可，不爱国不可！

我们渴望和平，但我们不乞求和平，整日喊和平的，是一个弱国的无奈的呐喊。

自从进了初中，我真正明白了"比、学、赶、帮、超"五字学习法的内涵。比，不但比知识，还要比学习方法，比速度质量。要同别人比，也要和自己的昨天比，更重要的是比做人。学，要有方法，有目的，学会从大局出发。赶，要向着自己的目标赶，去努力奋斗，从哪儿倒下就得从哪儿爬起来。帮，有的同学常想，如果我把时间用来帮助别人，自己还学什么？但你想没想过：在帮助别人的过程中，你也在进步。自私的人会想，我把经验告诉了别人，那别人不就比我强了吗？这令我想起了老师的一句话："一个苹果换一个苹果，手里还是一个苹果；一种思想换一种思想，脑中就是两种思想。"更何况帮助是相互的，你告诉了别人，别人也会同样把自己的方法告诉你呀！超，这是五字学习法的终点，也是起点。说是终点是因为终于完成了前四项内容的任务，马上就可以看到超越别人，超越自己的胜利曙光。说是起点，是因为它即将迎来下一个目标。特别是超前学习，它使我敢于向传统挑战，向课本挑战，向自我挑战。以前常常听到跳级一类的新鲜词儿，现在在我们班已经十分普遍，因为我们在初一、初二时就学完了三年的全部数学课程，而且将这种方法向其他课程转化，并收获了丰硕的果实。

潇洒轻松的数学课：中考前夕，学生笑看"世界杯"

世界杯足球赛的激烈争战，引起了全球各地人们的密切关注，万人空巷，引颈伫观，成了一道道美丽的风景线。但中考在即，众多初中毕业生虽是热血沸腾，却只好安坐教室，做着"临阵磨枪，不快也光"的最后一搏。然而刘建宇的数学课堂却构成了另一样风景：教室电视荧幕上足球健儿鏖战正激，满堂学子喊声叫声不绝于耳。每场比赛结束，大家还要品评一番，真是好不热闹。他们从课堂里走出来，一边笑声不止，一边叫着"真爽"，全没有临考前的紧张气氛。

　　令人奇怪的是，从学校领导到一般教师，全没有因为刘建宇班级的这一"越轨"行为而惊诧。用副校长路文明与教导处主任汪振华的话说："他们早已成竹在胸，这不过是临战前的休养生息而已。"数学教师颜士猛则告诉记者："这是一个没有负担的班级，刘建宇老师从来没给学生布置过课外作业，他的学生从入学的第一天起，就是这么轻轻松松地走过来的。"邵长令老师在多次听过刘建宇的课后找到了答案："学生经常自己讲课，自己出题，自己改卷，其水平并不逊于一般的数学老师，初中的课程早已学完，有的学生已经自学高中的教材，上课看看足球赛，有何不可？"邓开超老师还告诉记者，刘建宇老师平时的课堂教学也是不同寻常，他安排了10个课时，让学生系统地观看了《共和国卫士》电影片；用了大约20个课时的时间为学生讲了许多革命战争故事；允许学生上课时看课外书，甚至允许学生上课时睡觉……

　　当记者将采访的这些内容告诉刘建宇老师时，他说，他非常感谢老师们对他的信任。他认为，高层次的数学教学，其实是一种数学教育，是让学生智慧生成的思维之旅。他说，世界杯里有激战，也有智慧之争，人格之美，作为一个社会的人，学生理应从中获取自己应该得到的东西。它不会影响数学的学习，相反，还会给他们以激励，以鼓舞。他们在老师的信任与"放纵"里，尽情享受着被理解、被尊重的愉悦，进而生成一种持之以恒的学习动力。他说，讲革命故事，不是枯燥的思想灌输，而是感性的人文关怀，是向学生隐性地注入高尚人格的因子。而在课堂上讲哲学，与数学教育更是休戚相关，数学本来就是哲学王国里的一个重要成员，马克思主义的传播，是一位数学老师义不容辞的责任，也是真正教好数学的一条捷径。刘建宇老师给学生讲《资本论》《共产党宣言》等，从容自若中透射出哲理的光华。他说，我是将数学教学当成了教育与哲学来对待的。原来，数学教学还可以进行如此的诠释！

年薪十万的诱惑，心如止水的他平静地说"不"

　　刘建宇教学佳话不胫而走时，声名鹊起的小伙子也渐渐地引起了教育界人士的关注。省城有的学校请其另谋高就，本地民办学校更以年薪十万的许诺诱其"上钩"。但刘建宇老师心如止水，平静地告诉他们："我是沂蒙山区的儿子，我的根在这里，我不能走。"如果真的清楚刘建宇老师的思想与个性，以及他对教育科研的执著追索，如果知道区教育局和学校为他提供了一个怎样适宜于生存发展的空间与环境，我们就会明白他的"根"在这块土地上何以扎得如此之深。

罗庄区形成了一种浓郁的科研氛围，创新教育、科技教育、心理健康教育、合作教育等省和国家级课题，在许多学校开展得既有声有色又扎扎实实。而领导关注科研、关心教师，又为这一区域性的教育改革增添了一抹别样的亮色。分管教育的副区长刘剑利不管工作多忙，总是抽空找刘建宇老师询问教育科研的进展情况。他常说，我们区出了刘建宇、李秀伟等几个既懂教学又会科研的年轻人才，这是我们全区的骄傲。我们一定要爱护他们，关心他们，支持他们。区教育局局长张士健在接受记者采访时说："名师既是品牌，也是资源，更是财富。我们要有自己区的名师，也要有走向全省全国的名师，刘建宇就是一个很好的苗子。2000年省优秀教师评选，在局党组召开的会议上，我投了他一票；今年全区一个到北戴河疗养休假的名额，我又送给了他。"张局长还说，刘建宇的教学可以"出格"，享有特权。如果需要，我们还可以为他配上专车。当我把张局长的话告诉刘建宇时，他激动得好久没有说出话来。他说，他不会要车，但他要这个"特权"，对于他来说，这比车重要得多。

册山中学是罗庄区一所相对闭塞偏远、办学条件并不优越的农村初级中学，记者近日去采访时，那里还没有真正意义上的现代化设备。但是，这里却有一个宽松和谐的人文环境，有一支蓬勃向上的科研队伍。从原校长姜怀顺，到现任校长陈炳伟，都对教育科研倾注了满腔的热忱与心血，以其超前的教育理念，为科研创设了一个可持续发展的优势环境。学校不仅成立了科研处，还实行兼职研究员制度，他们每月可以享受60元的科研津贴，并可在购买微机时享受1000元的补助。同时，实施个性化管理，将自主权放给教师。教师可以自己确定教学进度，选择教学内容，甚至允许不同的学生选择不同的进度和不同的学习内容；自主确定评价的形式与周期；调整教学目标并在教学过程中灵活变化教学目标。教师拥有了教学计划的自主权。学校还鼓励教师根据教学内容和组织形式的不同自主地选择教学方法，教学的形式也可以"百花齐放"：在空间上，可室内，也可室外，可校内，也可校外；在时间上，可课堂内，也可课堂外；可用一节课，也可以用更长的时间；在内容上，可以是课本内的，也可以是课本外的。从而，将教学方法和教学组织形式的选择权放给了教师。学校还把对学生的评价权送给了教师，教师可以根据学生不同的情况实施分层次评价。而学校实施的发展性教师评价制度更具特色，它不是面向过去，而是在总结工作过程中的经验与不足的基础上面向未来；不以奖惩为目的，而是以教师的发展为目的，终极目标是充分调动全体教师的积极性。从而实现学校、教师和学生三者发展的最佳结合。所以，学校形成了一种很好的科研氛围，不仅拥有一批热心科研的教师，而且还有不少进行自主学习的学生研究者。

近日，教育局党组研究决定，调刘建宇老师到区实验中学任教。陈炳伟校长从有利于刘建宇课题实验和全区教育改革发展的大局出发，只好忍痛割爱。因为实验中学是一所从初一到高三的六年一贯制学校，打通初中与高中数学科研的通道，在更大范围与更高的层面上进行课题实验，将有利于全区的教育教学改革。现在，刘建宇老师已经调整教育思路，着手从初一到高三数学实验方案的制订。我们相信，在这一片适宜于新的教育思想生根、开花、结果的地方，定能迎来一个更加灿烂的明天。

沂蒙山区的孩子与纯朴诚挚的刘建宇有着一种天然的维系，刘老师爱他们，喜欢他们。他说，这些学生是他生命的一部分。是的，记者在采访徐志敏、徐冬彬、杨传斌、顾敬文、陈雪梅等同学时，曾突发奇想地问了他们一个问题："你们已经毕业，刘老师不再教你们了，对此，你们有何感想？"问话尚未结束，方才还笑语不断的他们，顿时静寂下来。有的学生甚至反问道："你怎么问这样的问题？"然后，用双手捂住脸呜呜地哭了起来。后来我将这一情节告诉了刘建宇老师，他好久没有说出一句话来，不知何时，一行清泪，已经悄悄地流到了他的脸上……

在"教育净土"说渐渐失去生机的今天，还有这样一片本真的土地，一批锐意改革的教师，一群天真纯净的孩子，一位视数学教育为生命的刘建宇老师，真的令我们有一种回归生命本原的感觉，一种为教育感到自豪的激动。

（原载于《山东教育科研》，2002年第10期。）

让学生沐浴在人性光照的温情里

——王立华老师班主任工作的新视角

　　班主任的一项重要使命，就是对学生进行"生命教育"，不是让一个个鲜活的生命个体在你的手里"枯死"，而是让他们焕发更加富有生机与活力的激情；不是在你的训斥中埋葬既有的自信与自尊，而是在你的挚爱中丢弃自卑与自悲；不是在你的"教育"中对未来迷失方向，而是在你的指引下对前途充满憧憬。

——摘自王立华工作日记

　　有人说，班主任是学校里的一个"官"，其主要职责就是"管"学生，监管他们的学习、纪律乃至隐私。如有违抗，就可以行使班主任的权力，对他们体罚和处分，甚至将家长叫来"告状"，采取更为严厉的方式将其制伏。于是，班主任与学生之间构成一种对立情状、一种没有人情和人性的治人者与被治者的关系。

　　但临沂八中的班主任王立华却认为，他的学生，都是一个个鲜活的生命体，都是需要人性光照的成长者。缺失了富有人情味的抚爱，血肉之躯便会形同槁木，心如死灰，甚至会有"不知路在何方"的迷离与茫然。班主任，则是人性的播撒者，学生人生行进的引领者。所以，他将班主任工作视作一种"伟业",从人们常说的"职业"中剥离出来,将其升华成一种值得为之奋斗终生的最崇高的事业。于是,他的班主任工作便弥散一种浓浓的人情味,显示一种挑战传统的别样的色彩。

"我是咱们班第65号成员!"

苏霍姆林斯基说:"在教学大纲和教科书中,规定了给予学生各种知识,但却没有给予学生最重要的东西,这就是:幸福。理想的教育是:培养真正的人,让每一个从自己手里培养出来的人都能幸福地度过一生。这就是教育应该追求的恒久性、终级性价值。"给予学生幸福,非常重要的就是要使他们具备健全的人格;而健全人格的形成,首先要使学生感到自己是一个真正意义上的"人",一个在人格上与其他同学以至老师完全平等的"人"。为了营造这种"平等"的环境,王立华便采取了不同寻常的"平等"措施。

班主任与新一届学生第一次班上"见面",一般都少不了"点名"。传统的做法是,老师在讲台上依次点名,学生逐一应声起立喊"到"。师生高下之别,在这第一天的"见面会"上便拉开了帷幕。

王立华与新生的第一次班上"见面"却是别出心裁。他让学生逐一走上讲台,自作介绍;然后将名字写到黑板上,编上号码。64位同学全部介绍完毕,王立华也像同学们一样,走上讲台,工工整整地写上自己的名字,认认真真地做一番介绍,然后给自己编为第65号。最后,郑重其事地向大家宣布:"我是咱们班第65名成员!"同学们先是一愣,随即便是一阵发自肺腑的欢呼。

师生的第一次班上"见面"不单是形式上的翻新,更是观念上的更新。打破师道尊严的禁锢,走进人格平等的园地。65个鲜活的生命,从一开始就不分高下贵贱地融入一体,让"人格平等"的魅力放射出美丽宜人的光彩。

一位学生大声说道:"立华老师,您早!"

一天早晨,王立华在楼道里和一位同学打招呼的声音刚落,这位"大逆不道"的同学旋即大声说道:"立华老师,您早!"此语响亮而别致,令往来行走的师生们顿生惊讶。在大庭广众之下，直呼老师大名，在临沂八中还是首开"纪录"。即便在开放的大都市，如此而为者恐怕也是凤毛麟角。这突如其来的称谓，令一向机敏的王立华也陷入尴尬之中。面对驻足观望的众多师生和这位公然"叛逆"的弟子，王立华的大脑火速地运转。对耶？错耶？何以待之？在场的人们也在拭目以待。一会儿，王立华的脸上露出了笑容，非常满意地对那位同学说："你叫得对，老师听着也亲切。请你告诉同学们，以后都可以这样和我打招呼！"大家先是一愣，很快便响起一阵热烈的掌声。

古往今来，学生对教师总是敬畏有加，所以称之为"先生"、"老师"。是的，师生在年龄、阅历、学识等方面确实存在着差异，师之为师有其固有的优势。但有人却利用这种"优势"，将师生关系不平等化。教师不仅是教育过程的控制者，教育活动的组织者，教育内容的制定者，学生优劣的判定者，甚至成了真理的化身，形成了凌驾于学生之上的威严。所以，学生直呼老师之名，绝对会被看做一种大逆不道的行为。但是，教师是"人"，学生也是"人"，他们在人格上是平等的。所以有人说，平等是美丽的。于是，"起点是人，归宿也是人"的教育，不得不面对平等的教育。但现实中它总是像海市蜃楼那样，给追求它的人留下一片荒漠。王立华试图让平等教育在他的手下生成一片绿洲，所以他容忍甚至鼓励他的学生直呼其名，这样则少了一些教师的威严，多了一些师生间的亲和，弥漫了一些人性的味道。这既是对传统教育观念的挑战，也是对师生关系的一种全新诠释。记得当年北大学子打出"小平，你好！"的标语后，曾引起了国人乃至世界的震惊。但它却把中国几千年来传统影响下的领袖人物从万众仰望的神坛上拉到了平民百姓的心中，还原成了小平同志"人"的人性本位。总设计师尚且如此，何况我们的教师呢？从这个意义上思考，我们或许会对王立华教育理念之新更多一份敬意。

中央电视台节目主持人白岩松在其题为《人格是最好的教育》一文中讲述过这样一个真实感人的故事——

北大新学期开始了，一个外地来的学生背着大包小包走进了校园。他实在太累了，就把包放在路边休息一下。这时正好一位老人走了过来。年轻学子就拜托老人替自己看一下包，而自己则轻装去办理入学手续。老人爽快地答应下来。近一个小时过去了，学子归来，老人还是尽职尽责地看守着。谢过老人，两人分别。

几日后，举行开学典礼，这位年轻的学子惊讶地发现，主席台上就座的北大副校长季羡林正是那一天替自己看行李的老人。

我不知道当时那位学子作何感想，反正我是每读此文都是激动不已。文学泰斗加之中国名牌大学领导，在守望那个毛头小伙的行李时，竟是怡然从命，坦然自若。我们的一般老师身处此情此景，将会作何思考，有何行为？季老先生之所以没有俯瞰这个位卑年少的孩子，是因为他将其视作与自己平等人格的生命。人性光华流泻得如许自然美丽，不由得令一些认为理应凌驾于学生之上的为师者自省自检自悔。

一个不把学生当作"人"来培育的教师有辱师名，一个对生命理解肤浅的教师愧为人师。因为没有了生命的符号，没有了人性的光照，教师的眼里就只剩下孤立的知识点，象征教学成绩的分数，评先选优的荣誉，提升生活"质量"的奖金。于是，把学生当成了添装知识点的口袋，逆来顺受的鸭子，获取荣誉的工具。王立华认为，对于这种教育，不仅要"口诛笔伐"，更要在行动上与之分道扬镳。作为一个合格的人民教师，要以充满真诚的人道主义情怀，将一腔热血洒向每一位学生；用人性特有的深情，照亮每一位学生的心灵世界；用自己的激情与智慧，开启蕴藏在每一个学生中的巨大潜能；以充满自信的激励性描述，让每一个学生看到最瑰丽的前景。

"见你小屋里的灯没亮，老师很担心……"

我已是第三次读1998级学生王文婧的《老师的背影》了，但依然激动不已——

晚自习放学后，王老师到校门口送我们已经是家常便饭了。

今天王老师一如先前，满贮慈爱地笑着送我们逐一离去。我仍旧快跑回家，到我的小屋里赶紧把灯打开，迫不及待地向校门口第二根电线杆处望去。我家就住在学校的对面，透过窗口，正好可以看清校门的全貌。每晚，我总是欣慰地看到电线杆旁边王老师的身影。那橘红色的灯光，定会留住我对老师的祝福："天晚了，回去吧！我敬爱的老师！"但我从未向老师透露过这隐秘的一幕，连爸妈也不知道。

今晚，我习惯性地往窗口一站，却不见了老师的背影。难道是去送某个车子坏了的同学？学校附近治安不好，老师是不是为维护学生的安全而受了伤？还是……我忽然心慌起来，这习惯性的一瞥，没想到于我竟是如此的重要！"等等吧，王老师一定会来的。"我自我安慰道。可是学生走光了，还是不见老师的身影。爸妈催我睡觉的话，我一句也没有听清。无精打采地离开窗口，连衣服也没有脱，就关上灯，躺在床上瞎想。一会儿，客厅里的电话响了，爸爸说是王老师打来的。我一跃而起，拿起电话，急切地问道："老师，您到底去哪儿了？急死人了！"王老师支支吾吾地说："我还能去哪里，不就在学校里吗。"于是，我情不自禁地向老师诉说了窗口之望的一切。电话那边沉默了一会儿，然后传来了王老师深受感动的声音："傻孩子，今天我刚一出教学楼就遇到了一位学生家长，跟他谈起了他孩子的事，所以晚到了一会儿。孩子，我肯定会到那根电线杆子下边去的。我想，你们看到站在电线杆子下的我，心里就会有一种安全感。不过，我也会向你家望上一会儿，待你屋里的灯一亮起来，我的心也就放下了。看到你到家了，老师仿佛看到同学们全都安全到了家。你小屋里的灯光，带给老师的是释然和希望。今晚见你小屋里的灯没亮，老师很担心……"

慢慢放下电话，才发现爸妈站在我的身后。"我的儿，你干吗抹眼泪？"妈妈问道。

师生之间的感情达到如此心有灵犀一点通的默契，真的是"冰冻三尺，非一日之寒"。没有长久时间的积沉，没有真挚感情的投入，没有"把孩子当作'我的孩子'去关心"（苏霍姆林斯基语）的一颗爱心，这种"背影"的故事就不会诞生。不过，当我将这篇文章拿给王立华的一些学生看的时候，他们一个个一脸的不以为然。他们说，类似的小故事，几乎每天都会在我们师生之间发生，不足为奇，不足为怪。就是每天迎送学生这一项，就有数十个甚至上百个王文婧式的故事。他们告诉记者，早晨和中午的第一节课前，王老师都会早早到校，站在班级门口，用慈祥的目光、和蔼的语气迎接同学们的到来，让你没进课堂就已感受到老师的拳拳爱心。有时候，我们也和老师抢时间，试图捷足先登，给老师一个"弟子不必不如师"的惊喜；但是，王老师肯定是最后一个离开学校的。整个初一年级，同学们一直享受着夜晚被老师送离学校的幸福。尽管到了初二年级不再上晚自习了，可是老师依然每天送同学们离校，只不过时间改为傍晚，地点改作教室门口而已。同学们看着老师满面的笑容，听着老师"唠叨"的嘱咐，正像一进学校就有了一种好心情一样，放学回家也就有了一种幸福感。

问及王立华老师，何必如此"执著"？他说，教师最可贵的一种品质是富有人性。因为只有富有人性、人情和爱心的教师，才能培养出具有健全人格的学生。我之所以风雨无阻、数年如一日地迎送学生，只是想以自己的人格感化学生，让他们沐浴在人性的阳光里，感受爱的温暖与可贵。而人如果生活在鼓励与欣赏中，他便具有强烈的自信心和成就感；如果生活在受欢迎与和谐友善的集体中，他便会去爱周围的人；如果生活在幸福中，他便会有安全感，并会去相信自己身边的人；如果生活在爱中，他便会觉得世界非常美好，并会自觉去建设这个世界。

一位纳粹集中营的幸存者，后来成为美国一所学校的校长。每当一位新的老师来到学校，他就郑重其事地交给这位老师一封信，信的内容如下——

亲爱的老师：

我是集中营的生还者。我亲眼看到人类所不应当看到的情景：毒气室由学有专长的工程师建造；儿童由学识渊博的医生毒死；幼儿被训练有术的护士杀害；妇女和婴儿被受过高中或大学教育的人们枪杀。看到这一切，我怀疑：教育究竟是为了什么？我的请求是：请你帮助学生成为具有人性的人。你们的努力绝不应当被用于制造学识渊博的怪物、多才多艺的变态狂、受过高等教育的屠夫。只有使我们的孩子在具有人性的情况下，读写算的能力才有价值。

这位校长推行的教育虽不能说是最好的教育，但它把握准了教育必须以人性完善为终极目标这一根本。而有了这一终极目标，教育才有理想和信仰，才会把学生当"人"来培养，而不是把学生当作"产品"来生产。正如小国原芳所言："我只能把出发点归之于'人'，'回到人！回到人！'只有进行人的教育，才会有真正的教育。"

"这可是千金难买的一笑啊！"

王立华班里曾有过一个先天性"兔嘴"生理缺陷的同学，因不能与其他同学正常语言交流而产生了极度的自卑心理，初入班级就要求坐到西南角的最后一排。他走路低着头，生怕同学看到令他羞愧难当的"兔嘴"；他上课不发言，担心表述不清惹来大家的嘲笑。王立华怀着深切的同情研究让他产生自信的方略。观察其行为举止，发现他有着非常良好的生活习惯：文具和课本放置得井井有条，甚至连擦过笔迹的橡皮上的铅笔痕都要弄得一干二净，以防下次再用时越擦越脏。这对于一个十几岁的孩子来说，确实是一种不可多得的好习惯。再细细研究他的学生档案，发现还有写作的特长。于是王立华断定：除了先天性的缺陷和心理上的自卑之外，他在许多方面都不亚于其他同学。随即，王立华不跟任何班干部商量，故作武断地任命其为班里的"安全保卫委员"，全面负责班级公物保护工作；并单独发给他一个红色聘书。从而让全班同学明显地感到班主任对他特殊的赏识与信任。那一天，他第一次笑了，而且笑得格外开心。这令王立华欣慰异常，这可是其告别自卑、树立自信的一笑啊！千金难买，意义非凡。因为据了解他的同学讲，和他一起学习生活五六年间，就从来没有见过他如此开心地笑过。在他的意识里，他属于另一类，是没有资格过正常人的生活的，更不要说担任班级干部了。

又一次机会来了。入学几天之后，正好是这个学生的生日。王立华与同学们一起策划，共同为他过一个充满信任与友情的生日。这个同学已忘记那天是自己的生日，更没有想到全班师生会给他过生日。当他走进精心布置的教室里，听着大家洋溢着真情的祝福时，他一下子激动得欲语无言，抱着老师和同学们痛哭起来。他更深地感受到了老师的信任，同学们的友善。是夜，他在日记中写道："以前我一直认为自己不是一个正常人，甚至是一个人见人怕的'怪物'，所以极度的自卑。可是自从来到这个班级，自从有了王老师的信任，同学们的关心，我感到自己不是什么怪物，而是一个和老师、同学们一样的正常人。"

这位同学的日记写得真挚感人，很有特色。王立华将其修改打印后，推荐给有关报刊。结果，这篇作品在《少年天地》等四家报刊上发表，并得到了众多读者的一致好评。他的笑更多了，学习成绩也日渐提高。特别是写作水平，有了突飞猛进的发展。仅在初一年级，就在正式报刊上发表了十多篇文章，有的还被选为一些刊物的"刊首寄语"，成为中学生争相传阅的佳品。

初三毕业时，因为成绩突出，这个学生应邀到临沂市人民广播电台"校园之声"做热线，向全市听众介绍自己的成长历程，并即兴回答听众的问题。

王立华真是又喜又忧：这是提升其自尊的一次更好的机会；但这毕竟是他第一次面向全市听众直播啊！谁能料到人们会提出什么样的问题呢？况且他口齿不清，万一引起误会，会不会刺伤他的自尊心？

直播开通之后，王立华才如释重负。这个学生非常冷静，反应异常机敏，就是表达，也格外地清晰流畅。还时不时地向直播间外的王立华老师竖起"V"字手指造型，自信之心溢于言表。因其直播深受欢迎，原定 30 分钟的节目临时延长到 50 分钟。真可谓反响强烈，好评如潮。节目结束了，守候在直播间外面的王立华，也顾不得"男子有泪不轻弹"的古训了，一边笑着，一边喊着，去拥抱满面春风走出直播间的这个学生……

记得在 2002 年教师节期间，王立华作为山东省师德报告团的成员，在由省教育厅和济南市人民政府组织的报告会上，也讲了这段感人的故事。讲到动情处，王立华激动的声音有些颤抖，泪花在他眼里闪烁。台下，静无一声，不少人用手帕拭着难以抑制的泪水。直到今天，谈起此事，王立华还是感叹不已。他说，这位同学的自信也给了我更大的自信，我的高扬人性旗帜的断想，由此便化作一种指向明确的目的：尽可能地营造一种氛围，维护每一位学生的自尊，为处于"雨季"中的孩子们撑起一把保护伞，让自信走进他们的心灵世界，使"沉睡的生命得到苏醒"。他说，班主任的一项重要使命，就是对学生进行"生命教育"，不是让一个个鲜活的生命个体在你的手里"枯死"，而是让他们焕发更加富有生机与活力的激情；不是在你的训斥中埋葬既有的自信与自尊，而是在你的挚爱中丢弃自卑与自悲；不是在你的"教育"中对未来迷失方向，而是在你的指引下对前途充满憧憬。

但让一个有生理缺陷的学生走向自信还要有一种前提，那就是班主任充分相信这个孩子可以走向成功。说及此事，王立华却将话锋一转："我们大都读过《红楼梦》吧，人们想没想：为什么里面的女孩子都那么可爱？我想，关键是在曹雪芹的眼里，少女便是天地精英，便是本来就存在于天地间的大自然。在他看来，世上最有价值的，就是这些美丽的、拒绝名利的自然生命。她们的天性，是一个被曙光所照射的原始海洋与原始宇宙。在海洋的深处与宇宙的深处，站立着她们洞察人间全部龌龊的眼睛与性灵。"说至此处，王立华会心地一笑，接着又说道，我就是把我的所有学生都看作了最美丽的"自然"生命，我不想让这世间最美好的东西异化。即使有的同学有些生理或心理缺陷，但那不是他的错，是大人将其固有的美丽扼杀了。所以，我的一个重要的任务，就是让生命还原成本色，让美丽回归孩子，让天真与纯情与他们结伴，让内蕴的潜质在他们那里勃发。

"我和同学们为班级起的名字就叫'激情七班'"

历史上的许多大哲学家，其实都称得上是大诗人，他们要用前所未有的思想观念，去营造子虚乌有的世界。就是黑格尔这个素以概念、抽象和思辨著称的哲学家，其实也是一个大诗人。他的逻辑学在本质上与诗是相通的，就是"凭空"给世界一个"说法"。

年仅 23 岁的王立华不是哲学家，也不是诗人，但他那敢于吃螃蟹的精神却格外令人敬仰。他购置了上万元的书刊，几乎花尽了所有的积蓄。博览群书，尤其是爱看有思想的新书，不仅吸收其间的精华，还要加点眉批与旁批，天马行空地批评一番。他很欣赏每年完成 20 部大预算电影的派拉蒙影业公司首脑人物谢里·兰辛的一段话："技术性的革新足以让人兴奋，但对于每个个体的生命来说，唯一重要的仍然是人性的亲近。热爱人们，热爱你所做的一切。世界上的所有技术永远无法带给你任何真正的幸福。"翻阅王立华的日记，拜读他在全国各种刊物上发表的十五六万字的文章，你都可以看到他对人性的特殊关注，对学生的全心热爱。他说："我讨厌矫情，而学校则大多与矫情相悖。只要你走进校园，看到孩子，你就会看到远离矫情的那种清纯与朴实。他们和社会上的人不一样，有的人想着如何赚钱，孩子们却想着如何获取知识与精神愉悦。于是，我便会涌动起一种激情，为能与他们共同挥洒生命而快乐。"他很自豪地告诉记者："我和同学们为班级起的名字就叫'激情七班'。'为幸福人生奠基'是我们引以为傲的班训，'让世界因为我的存在而美丽'是每一个学生的口头禅。"他还说，被称之为"激情燃烧的岁月"系列档案之一的《明天日报》问世之后，学生办报的热情一直"烈焰"长"燃"。而人性之美，则是其激情不歇的主题。

他打破班长终身制，实行值周班长制，让每一个人都过一次"官"瘾，真正体验做"官"的苦恼与幸福。"学生日常行为报告单"、"家校联系表"、"家长建议反馈表"、"合作互评提高表"、"学习实力现状分析表"等等，以及

"激情七班十读书"、"激情七班师生十约定"、"激情七班学生干部十作风"、"激情七班十提倡"、"激情七班十忌"、"激七班十无"等等规定，都是在人性的光照之下，师生吃"螃蟹"的结果。他们"吃"得不合传统，"吃"得离经叛道；但却"吃"得意气风发，精神百倍。

有人告诉王立华："峣峣者易折！"王立华笑笑："有失就有得，即使我失败了，也还可以为其他班主任提供一份借鉴吧。"其实，他"固执己见"，因为他与学生有一个心理约定：激情不可灭，人性不能少，"螃蟹"坚决吃，幸福共同造。

据人口普查显示，中国有2亿多个中学生，如果按50人一个班级计算，全国就有400多万个班级。也就是说，中国中学中就有400多万个班主任。但如王立华者，究竟能占多大的比率？如果全国有二分之一的班主任具有王立华的思想境界，我们的学生将会是一种什么生存和学习状态，我们祖国的未来将会是一种何种前景？

（原载于《现代教育导报》，2004年1月8日，第3版。）

附：

20 位中学教师的出生年代

20 世纪 20 年代

(1) 于　漪 (1929. 2)

20 世纪 30 年代

(2) 钱梦龙 (1931. 2)　　　　(3) 刘朏朏 (1935)

(4) 陆继椿 (1937. 12)　　　　(5) 王锡干 (1939)

20 世纪 40 年代

(6) 张万祥 (1943)　　　　(7) 李希云 (1948)

20 世纪 50 年代

(8) 魏书生 (1950. 5. 4)　　　　(9) 杨同杰 (1958. 4)

(10) 李镇西 (1958. 9)

20 世纪 60 年代

(11) 陈晓华 (1960. 4)　　　　(12) 韩　军 (1962)

(13) 刘恩樵 (1963. 9)　　　　(14) 苏同安 (1964. 10)

(15) 沈红旗 (1966. 5)　　　　(16) 张晓梅 (1968. 9)

(17) 史建筑 (1969)　　　　(18) 王晶华 (1969. 8)

20 世纪 70 年代

(19) 刘建宇 (1973. 6)　　　　(20) 王立华 (1979. 7)

图书在版编目（CIP）数据

教坛春秋：20位中学教师的境界与智慧/陶继新著.
—福州：福建教育出版社，2014.5
ISBN 978-7-5334-6345-8

Ⅰ.①教⋯　Ⅱ.①陶⋯　Ⅲ.①通讯－作品集－中国
－当代　Ⅳ.①I253.4

中国版本图书馆 CIP 数据核字（2014）第 038920 号

教坛春秋

————20 位中学教师的境界与智慧

陶继新　著

出版发行	海峡出版发行集团	
	福建教育出版社	
	（福州梦山路 27 号　邮编：350001　网址：www.fep.com.cn	
	编辑部电话 0591－83779615　83726908	
	发行部电话 0591－83721876　87115073　010－62027445）	
出 版 人	黄　旭	
印　　刷	福州万达印刷有限公司	
	（福州市仓山区桔园洲工业园仓山园 19 号楼　邮编：350002）	
开　　本	720 毫米×1000 毫米　1/16	
印　　张	16.25	
字　　数	249 千	
插　　页	1	
版　　次	2014 年 5 月第 1 版　　2014 年 5 月第 1 次印刷	
书　　号	ISBN 978-7-5334-6345-8	
定　　价	33.00 元	

如发现本书印装质量问题，影响阅读，
请向本社出版科（电话：0591－83726019）调换。